이노우에 야스시의 여행 이야기

INOUE YASUSHI REKISHI KIKOBUNSHU Vol. 4
KITA KARA YOROPPA E
by INOUE Yasushi

Compiled by Hirotoshi Fukuda

Originally published in Japan by Iwanami Shoten, Publishers.
Korean translation rights arranged with The Heirs of INOUE Yasushi, Japan through
THE SAKAI AGENCY and SHINWON AGENCY.

이노우에 야스시의 여행 이야기

이노우에 야스시 지음

김춘미 옮김

문학판

이노우에 야스시의 여행 이야기

초판 1쇄 인쇄 2016년 6월 2일
초판 1쇄 발행 2016년 6월 15일

지은이 이노우에 야스시
옮긴이 김춘미
펴낸이 정중모
편집인 민병일
펴낸곳 문학판

기획 · 편집 · Art Director | Min, Byoung-il
Book Design | Min, Byoung-il
           Kang, So-ri

편집 박은경 임자영 서희정 심소영 이지연 | 디자인 강소리
홍보마케팅 김경훈 박치우 김계향 | 제작관리 박지희 김은성 윤준수 조아라

등록 1980년 5월 19일(제406 - 2000 - 000204호)
주소 경기도 파주시 회동길 121(문발동)
전화 031 - 955 - 0700 | 팩스 031 - 955 - 0661~2
홈페이지 www.yolimwon.com | 이메일 editor@yolimwon.com

Printed in Korea

ISBN 978-89-7063-974-1 03830
책값은 뒤표지에 있습니다.

문학판은 열림원의 문학 · 인문 · 예술 책을 전문으로 출판하는 브랜드입니다.

문학판의 심벌인 무당벌레는 유럽에서 신이 주신 좋은 벌레, 아름다운 벌레로
알려져 있으며, 독일인에게 행운을 의미합니다. 문학판은 내면과 외면이 아름다운 책을 통하
여 독자들께 고귀한 미와 고요한 즐거움을 드리고자 합니다.

이 도서의 국립중앙도서관 출판예정도서목록(CIP)은 서지정보유통지원시스템
홈페이지(seoji.nl.go.kr)와 국가자료공동목록시스템(nl.go.kr/kolisnet)에서
이용하실 수 있습니다. (CIP제어번호: CIP2016014615)

차 례

일러두기

· 이 책은『北からヨーロッパへ: 井上靖歷史紀行文集 第四卷』(岩波書店, 1992)을 저본으로
  삼아 한국어로 번역한 것이다.
· 인명, 지명 등을 비롯한 고유명사는 국립국어원 외래어 표기법에 따랐고, 본문에 등장하는 도시,
  건물, 장소명과 화폐 단위 등은 이 글이 씌어진 당시의 기록으로 존중하여 그대로 옮겼다.
· 각주는 옮긴이의 주석과 원서에 수록된 편집자의 주석이며, 지은이의 주석과 그 밖의 필요하다
  고 판단되는 원어는 본문 안에서 첨자로 병기했다.
· 단행본과 잡지 등의 연속간행물은『 』, 논문과 단편소설 등은「 」, 영화와 음악 등의 예술 작품
  명은〈 〉로 표시했다.

세 편의 시詩

니콜라 마을

니콜라이라는 고승의 이콘*을 갖고 있는 성당이 바이칼 호반에 있다고 전하는 오래된 기록이 있다. 그를 기리는 기일에는 거주 지역을 막론하고 몇 천 명이라는 남녀가 모여들었다고 한다. 나는 그 이콘을 보기 위해서 니콜라라는 마을을 찾아갔다. 앙가라 강 하구에 옹기종기 모여 있는 30~40호 되는 마을로 반은 강가에, 반은 호숫가에 있었다. 앙가라 강은 4미터 깊이이지만, 호수는 들어간 순간 1000미터 깊이가 된다. 각각 마을의 그림자를 비추고 있는 두 개의 수면은 미세하게 그 색이 바뀐다. 물론 니콜라이의 이콘도, 그 이콘을 갖고 있었다는 성당도 없었다. 12월 말 바이칼 호의 오리가 전부 이 물가에 모인다는 것과 여기 물만이 얼지 않는다는 것이 마을 노인들의 자랑거리였다. 그림 속 신승神僧 니콜라이 미를리키스키를 닮은 하얀 수염이 갸름한 얼굴을 덮은 노인들이었다.

---

* 성화聖畵

지중해

초등학교 저학년 시절, 비가 막 갠 교정에서 한 선생님이 물웅덩이를 가리키면서, '이게 지중해야'라고 했다. 그 이래, 나에게 지중해란 늘 그런 것으로 생각되었다. 커서 나는 그 물웅덩이 주위에 빨간 꽃을 배치했다. 협죽도가 지중해의 상징이라는 문장을 어딘가에서 읽었기 때문이다.

지중해를 실제로 본 것은 2년 전쯤이다. 그리스의 코린트 해안과 이탈리아의 나폴리, 스페인 남단의 작은 도시에서, 각각 한 달간의 간격을 두고 기름을 부은 것처럼 번들거리는 지중해의 파란 일렁임을 보았다. 그러나 지중해는 그것을 보고 있는 동안은 큰 바다였지만, 눈길을 조금만 돌려도 언제나 작은 물웅덩이가 되었다. 나는 물웅덩이 옆의 레스토랑에서 식사를 하고, 물웅덩이 곁의 호텔에서 잤다. 호텔에서는 늘 새벽에 지루하고 평온하면서 어딘가 한 점 격렬하게 서글픈 구석이 있는 꿈을 꾸었다.

미시시피 강

미시시피 강은 아이오와 주에서 일리노이 주에 걸쳐 현기증이 날 만큼 한없는 옥수수밭 가운데를 흐른다. 옥수수 지대가 끝나면 하구까지의 1000마일을 양 기슭의 깊디깊은 수림지대가 짙은 녹색 테를 두른다. 미시시피 강은 뉴올리언스에서 멕시코 만으로 들어가지만 하구는 그 양쪽 기슭이 셀 수 없을 만큼 많은 부두로 밝게 장식되어 있다. 영국, 이탈리아, 스웨덴, 일본, 프랑스, 인도 제각각인 모습의 만국기선이 연기를 토해내거나, 기적을 울리거나, 국기를 펄럭이고 있다.

　그러나 물이 밤낮없이 흐른다는 것은 이러한 일과는 완전히 별개의 일이다. 미시시피 강은 정령 같은 것, 혹은 난쟁이 같은 것들이 북적거리면서 해면에 빨려들듯이 확연히 알 수 없는 형태로 멕시코 만으로 스며들고 있는 것이다. 달밤, 이 강가에 서 있으면 그 사실을 잘 알 수 있다.

북유럽의 두 도시

스톡홀름과 헬싱키

북유럽의 7월 말은 꼭 일본의 10월 기후이다. 셔츠 한 장으로는 썰렁하다. 나한테 스톡홀름은 여러 가지 의미로 많은 것을 생각하게 하는 도시였다.

스톡홀름을 걸으면서 재미있다고 느낀 것은 초라한 복장의 남녀를 보지 못한 점이다. 늙은이나 젊은이나 하나같이 깔끔한 옷차림을 하고 있었고, 그들이 지닌 표정과 태도는 무척 평온했다. 사회보장제도가 고도로 확립되어 있고, 빈부격차가 없고, 똑같이 생활을 즐길 여유가 있기 때문일까. 고소득자는 95퍼센트까지 세금으로 빼앗긴다고 하니까 부자는 없을 것이다. 세금은 도시 중앙부에 있는 지하 3층의, 여차하면 그대로 방공호로 시민을 수용할 수 있는 광활한 주차장이 되기도 하고, 노인이나 병자의 연금이 되기도 한다.

여자들은 잘 차려입고 생기 있지만 남자들은 대체로 무기력하다. 전철을 타도 레스토랑에 가도 온화하고 선량한 인상의 남자들밖에 안 보인다. 청년들도 마찬가지이다. 일본 같은 입시 지옥도 없고, 대학교도 들어가면 좋고, 못 들어가면 무리해서까지 대학교에 갈 필요가 없는 것 같다. 의무교육만 마쳐도 취직하고 4, 5년 지나면 제법 여유 있는 생활을 할 수 있다. 속도위반을 하는 폭주족 젊은이는 이 나라에도 많지만, 청년의 공갈, 상해사건은 작년 1959년 말에 한 건 있었을 뿐이라니까 폭주족은 있어도 불량배는 전무하다고 할 수 있다.

도시를 걸으면 많은 노인이 눈에 띄는데 여기는 노인에게는 천국이다. 노인들이 카페에 가고 레스토랑에서 식사한다. 아무한테도 신세를 지지 않으니까 비굴함과 노추가 없다. 시 중심부에 로열 팰리스 왕궁이 있는데, 그 뒤편의 돌이 깔린 광장에는 저녁나절이 되면 어디에서 나오는지 노인들이 모여들어 밤인데도 지팡이를 들기도 하고 모자를 들기도 하며 벤치에 앉아 있다. 한잔 걸쳐서 불그스름한 얼굴도 있다. 그런데 백야의 흐린 광선 안에 떠오르는 그들의 모습을 보면, 아무런 사회보장도 못 받는 일본의 노인들보다 더 쓸쓸해 보인다.

그래서 그런지 노인 자살률도 청년 자살률도 세계에서 이 나라가 가장 높다고 하니 이상하다. 살아 있는 한 모두가 똑같이 먹고살 수가 있고, 그 대신 가난해질 수도 없고 부자가 될 수도 없게 되면 인간이라는 것은 살아가는 데 중요한 뭔가를 잃어버리는 것일까.

왕궁은 오래되고 훌륭한 건물이다. 시민도 관광객도 자유롭게 그 건물에 들어갈 수 있다. 문에는 하얀 철모를 쓴 위병이 총을 들고 서 있지만, 무엇 때문에 서 있는지 모르겠다는 지루한 표정을 하고 있다. 거리는 조용하고 네온사인도 짙거나 칙칙한 것은 없다. 시민은 누구라도 불쾌한 네온사인이 있으면 그것을 떼어달라고 요구할 수 있고, 그것은 곧장 국회에 상정된다고 한다. 소음도 완전히 방지되어 있다. 시내를 걸으면서 스피커에서 튀어나오는 목소리를 들은 적이 없다. 이 도시에서 가장 오래된 지역인 올드타운의 카페에 들어갔는데, 어느 좌석이든 그 좌석의 손님만 들을 수 있는 축음기 스위치가 달려 있었다. 개인의 권리가 누구에게도 침해당하지 않게 지켜지는 것은 정말 대단하리만치 완벽했다.

스웨덴은 두 번의 세계대전에서 멋지게 중립을 지켜낸 나라이다. 따라서 스톡홀름은 전화를 입지 않았다. 오래된 건물도 구시가지도 아름다운 자연 속에 그대로 남겨져 있다. 정말이지 이것은 정치적 승리에 다름 아니었다, 그 정치는 전후, 사람들이 오랫동안 꿈꿔왔던 이상의 몇 분의 일인가를 실현시켰다.

이 나라만큼 정치가 대중의 것이라는 사실을 실감시키는 나라는 없어 보인다. 그런데도 남자들은 무기력하다. 스웨덴에서 사회보장제도는 앞으로 점점 더 완비되고, 남자들은 점점 더 무기력, 무감동이 되어가지는 않을까. 여자들은 본능이 시키는 대로 멋을 내고 들뜨고 걱정이 없는 존재가 되어 갈 것이다. 사실은 노인천국이 아니고 여인천국인지도 모르겠다.

비행기로 한 시간 20분이면 갈 수 있는 이웃 나라 핀란드의 수도 헬싱키로 가니, 이 도시의 표정은 훨씬 더 생기발랄하고 활동적이다. 헬싱키는 두 번의 세계대전에서 전화를 입었고, 전후 소련에 3억 달러의 배상금도 치렀다. 일찌감치 8년 전에 올림픽까지 개최한 나라인 만큼 노동, 노동, 노동이 국가적 정치 구호인 것 같다. 사회보장제도에는 핀란드도 꽤 힘을 쏟고 있지만, 스웨덴에서는 못 봤던 구두닦이 소년도 있었고, 초라한 옷차림의 아줌마도 보인다. 금주국이라고 되어 있지만 술주정뱅이도 많이 보인다.

국토의 넓이는 일본과 같고 인구는 도쿄의 반이다. 헬싱키에 간 사람 누구나가 느끼는 청결함은 아마도 어디를 가도 사람이 적기 때문이 아닐까 한다. 오래된 빌딩은 아낌없이 헐고 근대적 고층빌딩을 잇따라 세우고 있다.

인구가 적은 이 나라에서는 무엇보다도 아이가 소중하다. 어린이 전용 대형 병원을 비롯해서 어린이에 대한 복지시설은 과잉이라고 할 만큼 잘되어 있다. 일요일에는 이 도시 사람들이 자랑하는 몇몇 공원에 은수양나무 가로수길 아래를 유모차를 밀면서 아이 일광욕을 시키는 부인들 모습이 눈에 띈다. 토요일 오후부터 일요일에 걸쳐서는 백화점도 일반 상점도 굳게 문을 닫지만, 사람들은 많이 걸어다니고 있다. 햇빛을 쬐기 위해서이기도 하고, 놀기 좋아하는 성격 때문이기도 할 것이다. 사람이 적어서 레스토랑도 카페도 거의 예외 없이 셀프서비스이다. 그래서 백 명 이상의 손님을 맞는 식당도 소녀 두세 명이 담당하고 있다. 백화점에서 쇼핑할 때도 셀프서비스. 손님은 스스로 계산을 하고 포장을 한다.

현재, 헬싱키대학교에서 세계지진학회가 열리고 있어서 전 세계의 지진학자 이천 명가량이 이 도시에 모여들었다. 손에 사진기를 들고 있는 외국인은 전부 지진학자라고 봐도 무방할 것이다. 대회 첫날 밤, 엄청난 뇌우가 도시를 엄습했다. 지진은 아니지만 다소 참고는 되었을 거라고 호텔보이가 익살스럽게 이야기하고 있었다.

이 나라에는 대소 합해서 삼백 곳의 출판사가 있다. 이 한 가지만 봐도 알 수 있듯이 독서 계층이 넓고 독서 수준도 높다. 유럽에서도 유수의 서점인 대학서림이 스톡만 백화점

1층, 2층의 큰 면적을 차지하고 있다. 독서가 왕성한 것은 겨울에는 갇혀서 지내야 하고, 여름에는 언제까지고 어두워지지 않는 백야가 있기 때문일 것이다. 현재 일몰은 8시 반이지만 10시가 지나도 플래시 없이 사진을 찍을 수 있는 밝기이다. 여행객도 도시를 돌아다니지 않는 한 책이라도 읽지 않고는 길고 밝은 밤을 보낼 방법이 없다.

백야

작년[*] 7월 마지막 열흘 정도를 북유럽에서 보냈다. 스톡홀름, 오슬로, 헬싱키, 코펜하겐을 이삼일씩 돌아다녔는데, 그때 나는 처음으로 백야라는 것이 어떤 것인지 실감했다.

해가 져도, 밤이 되어도 전혀 어두워지지 않는다. 저녁나절의 희미한 밝음이 10시까지건 11시까지건 이어졌다. 밤도 아니고 낮도 아니었다. 백야라는 것은 참 잘 갖다 붙인 이름이라고 생각했다. 하얀 밤이라고 할 수밖에 없어 역시 백야라는 표현이 가장 적합한 것 같다.

송나라 시대에 도교 전진파全眞派의 세조世祖 장춘진인이 칭기즈칸에게 초청받아 힌두쿠시 산중으로 그의 진영에 갔는

---

[*] 1960년

23

데, 그때의 기행을 장춘진인의 문하생 한 명이 정리한 『장춘진인 서유기』는 서역기행문으로 걸출하다. 그 속에 장춘진인의 시가 많이 수록되어 있는데, 베이징 근처에서 읊은 것 가운데, "청명한 밤 깊어 희미하며 색이 없다"라는 것이 있다.

나는 북유럽의 하얀 밤을 경험했을 때, 장춘진인의 이 시 구절을 떠올리고, "희미하며 색이 없다"라는 것은 백야 이야기가 아닐까 싶었다. 그때까지 이 시의 의미가 아무래도 이해가 안 되었는데, 백야 이야기라고 생각하자 그 의미가 분명해지는 것처럼 느껴졌다.

내가 이 시를 갑자기 떠올린 것은 오슬로에서 동행한 마이니치신문 기자인 다카하라 도미야스와 백야의 공원을 걷고 있을 때여서 바로 그 이야기를 다카하라에게 하자, 그는 북유럽이 아닌 베이징에 백야 현상이 있을지 모르겠다고 문제를 제기했다. 물론 나도 그 사실을 몰랐던 것은 아니지만 날이 제일 긴 때 이 시를 썼다면, 비록 백야가 아니라도 하얀 밤에 대한 실감이 있었을 것이고, 그 느낌을 쓴 시일 거라고 생각했다.

유럽에서 귀국하고 나서, 바로 『장춘진인 서유기』를 펴고 그 시가 있는 부분을 다시 읽어보았다. 그러자 그 시에는 "11월 14일 용엄사의 식式에 갔다가 그때 복도에 이 시를 쓰다"라는 설명문이 붙어 있어 아무래도 날이 제일 길 때일 거라는 내 상상은 틀렸고, 반대로 날이 제일 짧은 때 쓰인 시였다. 그렇게 되면 "청명한 밤 깊어 희미하며 색이 없다"라는 시와 백야를 연결시키기는 어려울 것 같다.

이야기가 샛길로 빠졌지만 오슬로에서의 백야 공원은 아름다웠다. 희미한 밝음 속에 많은 남녀가 산책하거나 벤치에 앉거나, 레스토랑의 테라스에서 차를 마시고 있었다. 나하고 다카하라는 공원 입구의 레스토랑에서 맥주를 마시고, 그러고 나서 사진을 찍었다. 9시가 지났는데도 플래시 없이 사진을 찍을 수 있었다.

스톡홀름에서 인상적이었던 것은 왕궁 옆 광장에 노인들이 모여서 언제까지고 지지 않는 긴 밤을 보내는 광경이었다. 노인들이 갖고 있는 모자와 지팡이가 하얀 밝음 가운데 마술사들의 소지품처럼 떠올라 노인들한테서 떨어져 제멋대로 움직일 것처럼 보였다.

헬싱키에서는 백야의 공원에서 독서하고 있는 남녀의 모습이 많이 보였다. 낮에는 일광욕을 위해 어린아이를 데리고 다니는 여성이 많았지만, 백야의 공원에는 그러한 어머니의 모습은 없고 책을 펼친 젊은 남녀들이 벤치를 점령하고 있었다. 나는 북유럽 중에서 헬싱키를 좋아하는데 그 좋아하는 이유 중 하나가 백야의 공원에서 독서하고 있는 젊은 남녀의 모습이 눈에 아로새겨져 사라지지 않기 때문이다.

외국 여행을 하면 정말 노인들의 모습이 자주 눈에 띈다. 나는 파리에서는 가을에서 초겨울에 걸쳐 루브르 근처에 있는 호텔에 묵었는데, 마침 호텔 앞이 공원이어서 창에서 한눈에 공원을 내려다볼 수 있었다. 아침 9시경 일어나서 유리창의 커튼을 열면 여기저기에 드문드문 있는 잎사귀 떨어진 나무 가운데 놓여 있는 벤치가 보인다. 그 벤치 몇 개인가에는 꼭 노인의 모습이 있었다. 쌀쌀한 아침 공기 가운데 앉아 있는 노인의 모습은 결코 유쾌한 것이 아니었다. 노인들은 예외 없이 등을 구부린 채 장식물처럼 움직이지 않고 멍하니 앉아 있었다. 개중에는 신문을 읽고 있는 사람도 있지만 대개는 할 일 없이 그저 멍하니 있었다. 햇살이 강해지고 따뜻해지는 것을 참을성 있게 기다리는 느낌이었다. 그 노인들의 모습은 무척 고독했다.

점심 가까이 되면 공원의 벤치는 몽땅 노인들 차지가 된다. 아침부터 계속 앉아 있는 사람이 있는가 하면, 매일처럼 점심을 먹기 위해 오는 사람도 있다. 손가방에서 종이에 싼 빵을 꺼내서 그것을 따분하다는 듯이 천천히 입으로 가져가는 노인들의 모습을 나는 매일같이 호텔 창으로 바라보았다.

노인이 눈에 띄는 것은 파리만이 아니다. 런던이나 뉴욕, 로마도 마찬가지였다. 다만 나라에 따라서 노인들의 고독한 모습에도 다소 차이가 있었다. 파리의 노인이 나한테는 제일 쓸쓸하게 보였다. 그 모습에는 가족이라는 것을 지구 상에서 완전히 잃어버리고 정말 외톨이라는 쓸쓸함이 느껴졌다. 가끔 공원에 가서 그런 노인들한테 다가가본 적이 있지만 가까이에서 보는 노인들은 예외 없이 까다로운 얼굴을 하고 있었고, 모든 것을 거부하는 차가운 눈빛을 하고 있었다.

뉴욕에서도 공원은 노인들이 점령하고 있었지만, 그러나 뉴욕의 노인들은 서로 이야기하기도 하고 웃기도 하면서 하릴없는 지루한 시간을 서로 상쇄시키는 면이 있었다.

베를린에서는 길을 걷고 있는 노인들이 많았다. 어디에 간다 할 목적도 없이 자기 발에 시선을 떨어뜨리고 한 발짝 한 발짝 천천히 발걸음을 옮기고 있다. 그것은 산책이 아니며, '나는 아무것도 할 일이 없기 때문에 이렇게 걷고 있는 것이다' 하는 것처럼 보였다.

거리에서 노인의 모습이 제일 많이 눈에 띄는 곳은 스웨덴이다. 스톡홀름의 번화가에 가서 레스토랑에 들어가면 꼭 몇 명의 노인이 자리를 차지하고 있었다. 레스토랑뿐 아니라 카페에도, 카페의 테라스에도 노인이 많았다. 젊은 사람들은 일하러 갔기 때문에 젊은이가 없는 도시를 노인들이 점령하고 있는 모양새였다. 세계에서 스웨덴이 제일 노인 보장제도가 완벽해서, 노인들은 생활이 곤란하지 않아 레스토랑에서 식

사를 하거나 카페에서 차를 마시면서 할 일 없는 시간을 소
비하고 있는 것이리라.

스톡홀름 왕궁 곁에 밤이 되면 노인들이 모이는 광장이 있
다고 해서 나는 대사관 사람한테 안내를 받아 가보았다. 내가
스톡홀름에 간 것은 7월 말로 아무리 지나도 날이 저물지 않
고 저녁 어스름이 남아 있었다. 그런 소위 백야의 희미한 밝
음 속에 술기운을 띤 노인들이 어디에선지 모르게 모여들어
그 광장 벤치에 앉아 있었다. 개중에는 모자나 지팡이를 갖고
있는 사람도 있었다. 노인들은 두세 명씩 모여서 뭔가 수군수
군 이야기를 나누고 있었다. 그런 노인들이 삼십 명 정도 있
었는데 거기에서 떨어져서 돌아가는 노인도 있었지만, 그 반
대로 어디에서라고 할 것도 없이 모여드는 노인도 있어서 삼
십 명 정도인 노인 수는 언제까지고 늘지도 줄지도 않았다.

얼른 보기에 스톡홀름의 노인들은 생활 걱정이 없고, 지루
하다는 것 하나만 빼면 가장 느긋해 보이지만, 그러나 역시
견딜 수 없는 쓸쓸함을 그 발걸음 가운데 지니고 있었다. 노
인 자살률이 세계에서 가장 높다는 나라가 스웨덴이다.

나는 구미에서 노인들의 모습을 볼 때마다 자주 일본의 노
인을 생각했다. 일본은 노인 생활보장제도가 제대로 되어 있
지 않아 그런 점에서는 가장 불우한 셈이지만, 그런데도 어떻
게 된 일인지 외국 노인들과 비교해서 일본 노인 쪽이 더 불

행하다고 생각되지 않았다.

그것은 아마도 일본의 가족제도에 기인하는 것으로 노인들은 젊은 사람들과 뜻이 안 맞고 끊임없이 불평불만에 싸여 있다 하더라도, 외국 노인들에게 배어 있는 저 말할 수 없이 쓸쓸한 외톨이라는 그림자는 없다.

일본의 가족제도에는 그 속에서 야기되는 여러 가지 문제가 있고, 고쳐야 할 점도 많지만, 그러나 나는 유럽처럼 노인들이 완전히 외톨이가 되어서는 안 된다고 생각한다. 더는 인간으로서 할 일이 아무것도 없고, 이제 죽는 일만 기다리는 삶은 그 얼마나 불행한가.

젊은 사람도 언젠가는 노인이 될 것이고 그러한 쓸쓸함도 돌고 도는 것이니까 어쩔 수 없다고 한다면 그뿐이지만, 평생 일하다가 일할 수 없게 된 사람의 쓸쓸함은 어떻게 해서든 조금이라도 줄여주고 싶다. 일본도 하루속히 노인의 생활보장 문제를 해결해야 하겠지만, 그 해결과 함께 일본 노인들의 뒷모습에 유럽의 노인들이 갖고 있는 저 견디기 어려운 고독의 그림자가 달라붙는 일만은 막고 싶다.

로마에 45일간 체재했는데, 그동안 나는 생활 걱정 없는, 돈 있는 늙은 과부댁에 신세 지고 있었다. 친척이나 자식도 있는 것 같았지만 아무도 찾아오지 않았고 완전히 노파 혼자인 삶이었다. 이야기를 하면 과거 이야기뿐으로 하루에도 몇 번씩 앨범을 펼쳐 옛날 회상에 잠기고, 그 밖에는 돈에 대한 집착뿐이었다. 돈에 대한 집착은 매년 깊어질 것이 틀림없다고 생각되었다. 돈 말고는 그녀를 지켜줄 것이 아무것도 없으니 당연했다.

나는 어느 날, 노파가 잘 차려입고 혼자 넓은 식당에서 저녁을 먹고 있는 모습을 보고 소름이 끼쳤다. 자살이라도 할 생각이 아닌가 했다. 나중에 들으니 한 달에 몇 번인가 정장을 하고 식사를 하는 습관이 있다고 한다.

"청명한 밤 깊어 희미하며 색이 없다."

이탈리아 여행

아시시와 피렌체

감동을 불러일으키는 미술과 종교의 도시 아시시

아시시와 피렌체를 방문하고자 로마에서 베네치아행 기차를
탄 것은 더위가 한창인 8월 중순이었다.* 로마를 벗어나자
바로 저 멀리까지 전원이 펼쳐진다. 이 부근이 유럽에서 가장
일본 풍경을 닮은 지방이다. 나무와 들판의 초록색이 밝은 것
만 일본과 다르다. 일본처럼 어두운 녹색이 아니라 신록이라
고 할 만한 밝은 녹색이다. 그 밝은 녹색 평야 가운데를 기차
는 가로지르며 세 시간이 못 되어 아시시에 도착한다.

　아시시는 커다란 언덕 중턱 비탈면에 펼쳐진 도시로, 역에

---

* 1960년

서 시내까지는 상당히 거리가 있어서 기차 유리창 너머로 엷은 벽돌색 석조 가옥이 언덕 일부를 메우고 있는 것이 보인다. 같은 돌집이라 해도 아테네 같은 데는 돌 색이 하얘서 멀리서 보면 조금 쌀쌀한 느낌이 나지만, 아시시는 친근하고 따뜻한 느낌이다.

아시시는 미술과 종교의 중세도시로 유명하다. 미술 애호가에게는 지오토의 벽화가 있고, 종교 순례자에게는 중세 종교계의 거물인 성 프란체스코의 유해를 모신 산 프란체스코 성당과 미모의 수녀 성 키아라가 살았던 산타 키아라 성당이 있다.

나는 미술도 종교도 전공이 아니라서 주로 유서 깊은 오래된 중세도시로서의 아시시에 가보고 싶었다. 야시로 유키오 씨를 비롯해 몇 명인가 아시시에 가봤던 사람들의 기행문을 읽었는데, 그들이 이 도시에 관해서는 대부분 일종의 흥분에 휩싸여 기록했다는 것을 알아차렸다. 도대체 아시시가 어떤 도시인지, 일본을 출발하기 전부터 나는 이 도시에 특별한 흥미를 가지고 있었다.

역에서 자동차로 들판 가운데 길을 달려 언덕의 경사면을 올라간다. 예약해둔 호텔은 도시 입구, 즉 시내에서 제일 낮은 곳에 있고, 산 프란체스코 성당이 바로 옆이다. 호텔에 짐을 던져놓고 바로 동행인 쓰노다 후사코 여사와 시내로 나가기 위해 호텔 앞부터 급경사를 이루고 있는 언덕길을 올라간다. 시내에 간 것은 식사할 레스토랑을 찾기 위해서였지만, 레스토랑은 잊어버리고 우리는 오래된 돌 깔린 언덕길을 한없이 올라갔다. 아시시는 대표적인 중세도시이니만큼 어딜 가나 오래된 집들뿐이다. 보기에도 고풍스러운 건물들이 도로 양쪽에 늘어서 있다. 집은 3층짜리이지만 돌벽은 풍화되어 있고, 거기에 작은 유리창이 몇 개인가 뚫려 있다. 1층 문도 작고 가까이 가서 들여다보지 않는 한, 상가인지 일반 주택인지 알 수 없다. 제비나 비둘기가 처마 끝에 둥지를 틀고 있는 집도 있다. 문 안을 들여다보니 바로 지하로 내려가는 계단으로 이어진 집도 있고, 반대로 2층으로 올라가는 계단으로 이어진 집도 있다.

거리를 걷는 동안에 예배 시간이 되었는지 모든 집의 문에서 까만 옷을 입은 신부와 수녀가 나타나서 산 프란체스코 성당 쪽으로 내려간다. 도로 양쪽은 대부분 상점 같은데, 그 2층 아니면 지하에 신부들이 살고 있는 구절일까. 어떤 광장에 나가자 중앙에 물 마시는 곳이 있고, 세 마리의 사자 입에서 물이 졸졸 흐르고 있다. 나는 어떤 책에서 이 도시가 물이 부족한 도시라고 쓰여 있던 구절을 떠올렸다. 그러고 보니 도로 곳곳에 몇 곳인가 공동 취수장이 있는 것이 보인다. 산 프란체스코 성당이 만들어진 시기가 13세기이니까 이 도시의 집들도 대체로 그 정도 되었을 것이다.

이 도시는 그저 걷고만 있어도 즐겁다. 한창 더울 때에 언덕길을 올라가는 일은 상당히 힘들지만, 언덕의 도시이니만큼 가끔 고풍스러운 도로를 바람이 빠져나가는 순간이 고맙다.

어떤 레스토랑에서 늦은 점심을 먹은 뒤, 이 도시가 아니면 볼 수 없는 것을 오늘 안에 한두 곳 보기로 했다. 성 프란체스코가 잠들어 있는 산 프란체스코 성당은 나중으로 미루고, 산타 키아라 성당으로 가기로 한다. 성 프란체스코를 사모해서 수녀로 평생을 보낸 성 키아라클라라가 살았던 수녀원이다. 택시로 20분 정도 산 중턱 길을 달려간다.

산타 키아라 성당은 초록색 잡목에 싸인 아름다운 성당이다. 건물을 막 들어간 곳에 작은 안뜰이 있는데 그 안뜰도 아름다웠다. 부근 일대의 공기가 맑은 것도 상쾌하다. 건물 내부에 들어가본다. 천장의 나무틀만은 일본 건축 비슷하지만 나머지는 물론 다 돌로 되어 있다. 어두운 계단을 따라 작은 방들과 기도소를 차례차례 돌아본다. 감옥같이 만들어졌지만 감옥 같은 음산함은 없다. 성 키아라가 "나의 마당"이라고 말했던 손바닥만 한 작은 정원을 본다. 거기에서는 평원이 눈 아래 내려다보여 "나의 마당"이 무척 높은 곳에 있는 것을 알게 된다. 협죽도가 피고 올리브 나무가 바람에 하얀 잎사귀 뒷면을 드러내 보인다. 여기에서 보는 언덕의 경사면도 그 너머의 평원도 아름답다. 중세의 수녀원은 어둡고 차지만 역시 어딘가 다정한 기운이 떠돌고 있다.

산타 키아라 성당을 나와서 성 프란체스코가 젊을 때 수행한 장소라고 하는 산 중턱의 수도원에 가본다. 산꼭대기로 향하는 드라이브이다. 그 수도원은 15세기에 만들어졌고 18세기에 복원되었다고 한다. 오래되기도 했지만 나는 수녀원 쪽이 더 재미있었다. 성 프란체스코가 수행했다고 하는 동굴이 현재 건물 안에 있지만, 어쩐지 관광객을 위한 구경거리라는 느낌이 강했다. 잠시 수도원 뒤쪽을 산책한다. 산꼭대기의 바람이 서늘하며 어딘지 모르게 일본의 고야 산이라도 걷고 있는 것 같은 느낌이다.

차로 호텔에 돌아왔지만 아직 해가 있었기 때문에 내일로 예정해둔 산 프란체스코 성당에 간다. 회랑으로 양쪽이 둘러싸인 장방형의 장난감 같은 광장을 걸어가면 막다른 곳에 산 프란체스코 성당이 나타난다. 건물은 위층과 아래층으로 되어 있는데 먼저 아래층으로 들어간다. 어두워서 눈이 익숙해질 때까지 아무것도 알아볼 수 없다. 한참 지나 눈이 익숙해지자 안쪽에서 삼십 명 정도 되는 수도사들이 뭔가 드높이 찬양하고 있는 모습이 보인다. 가까이 가자 정면 옆 출입구로 들어온 광선이 그 일부에 뿌연 빛을 보내서 오른쪽 벽에

그려진 다섯 사람의 초상화가 보인다. 그 가운데 오른쪽에서
두 번째가 〈성 키아라의 초상〉이다. 시모네 마르티니 작이라
고 전해지는 그림이다. 차가운 미모의 수녀의, 속되게 말해,
무언가를 원망하는 듯한 다소 원한에 찬 표정이 보는 사람의
마음을 잡아끈다. 그녀가 수행하던 수녀원의 차갑고 맑은 분
위기를 떠올리면서 다시 한 번 성 키아라의 갸름한 아름다운
얼굴을 본다. 그것은 수행하는 성녀의 얼굴도, 광신도의 얼굴
도 아니다. 고민을 가슴 가득 품고 깨끗하게 처신한 여성의
얼굴이다.

오른쪽 벽에는 '일몰의 마돈나'라고 쓰인 성모와 아기예수
의 그림도 있다. 그것도 뿌연 광선으로밖에 볼 수 없지만 기
품 있는 도안으로, 이 성모 또한 원망스러운 표정인 것이 이
상했다.

횃불은 여기저기 작게 켜져 있지만 정말이지 등불 같다.
건물 내부는 고딕 양식으로 거기에 들어찬 분위기는 고딕 성
당 특유의 어두운 아름다움이다.

정면 오른쪽 출구로 나와 매장에서 그림엽서를 사고 나서
위층으로 가는 계단을 올라간다. 계단은 두서너 단마다 꺾인
다. 위층은 아래층과 달리 밝은 광선이 유리창으로 풍족하게
들어오고 있다. 지오토의 벽화가 벽과 천장을 메우고 있다.
지오토의 그림은 처음 본다. 종교화이긴 하나 종교화 느낌이

안 나고 색채감각 등이 현대적으로 무척 신선하다.

지오토는 13세기 후반의 화가로 르네상스 시대에 앞서 로마 회화에 혁신을 초래한 화가이다. 대부분의 벽화는 극적인 장면을 다룬 종교화이지만, 기독교 지식이 없는 나는 거기에 다뤄진 그림의 의미는 모른다. 인물이나 의복은 유형적이고, 인물도 건물도 산도 오래된 동양화처럼 평면으로 처리되어 있지만 그러면서도 새로움이 느껴지니 이상하다.

나는 종교화 중에서 인간 냄새가 안 나는 오래된 도상적인 것에 끌린다. 지오토의 벽화는 그 지점에서 한 발짝 빠져나와 새로운 양식을 보여주기는 하지만 아직 인간 냄새는 나지 않는다. 총체적으로 종교화에 관한 한 르네상스 이후보다 그전의 작품에 저항감 없이 녹아들어갈 수 있다.

출입구 좌우에 있는 〈샘의 기적〉과 〈새에게 설교하는 프란체스코〉 두 작품이 비교적 뛰어나다고 평해진다는데, 나는 그런 것은 잘 모르겠다. 어쨌든 이 수많은 벽화가 그려진 당시에는 무척 참신하게 보였을 것이라고 생각한다. 물론 지금 있는 것은 복원된 작품으로 채색도 다시 했겠지만 그것은 조금도 문제가 되지 않는다. 저녁 광선이 건물 내부에 다가왔을 때쯤 우리는 지오토 벽화 앞을 떠났다.

다음 날 아침 9시에 평원이 내려다보이는 식당에서 아침 식사를 하고, 바로 다시 산 프란체스코 성당에 가본다. 어제

와 똑같이 아래층, 위층 순으로 한 바퀴 돈 뒤, 거기에서 나와서 오래된 시가지를 걸었다. 이 도시에는 다시 한 번 와보고 싶다고 진심으로 느낀다. 도시를 품고 있는 언덕에는 자두나무가 많아서 봄의 아시시는 얼마나 아름다울까 상상된다.

12시에 호텔 앞에서 역으로 가는 버스를 탄다. 피렌체 행 기차를 타기 위해서이다.

르네상스 예술의 도시 피렌체

아시시에서 탄 기차는 3시 반에 피렌체 역에 도착했다. 숙소는 아르노 강변의 호텔 엑셀시오르 이탈리아. 호텔에 짐을 던져놓고 차를 마신 뒤 아직 해가 중천이어서 바로 시내에 나가기로 한다. 쓰노다 후사코 여사가 피곤한 기색이라 혼자 산책하고 와야겠다고 생각했지만, 부인도 피렌체에 도착하고 나니 호텔 방에 틀어박혀 있을 수만은 없는 모양인지 같이 호텔을 나와 아르노 강을 따라 상류 쪽으로 걸어간다.

피렌체는 글자 그대로 예술의 도시이다. 피렌체라든가 플로렌스라는 이름은 나한테 일종의 특별한 울림으로 다가온다. 교토대학교 시절의 나는 무척 나태한 학생으로 우에다 주소 박사의 미학 강의도 셀 수 있을 정도밖에 출석하지 않았지만, 그래도 박사 입에서 나오는 피렌체라든가 르네상스 예술의 옹호자였던 메디치 가문이라는 이름은 흐드러지게 핀 꽃의 향내 같은 풍요로운 감촉으로 지금도 사라지지 않고 강렬한 인상으로 남아 있다.

이 도시는 15세기경, 메디치 가의 거대한 부 아래 예술의 도시로 번영했는데 단테, 레오나르도 다빈치, 미켈란젤로, 보티첼리, 라파엘로 같은 거장들이 모두 여기 모여 있었다. 정말이지 장관이라는 말로밖에는 표현할 길이 없을 정도이다.

아르노 강을 따라 걸어가면, 앞쪽에 바로 아르노 강에 걸린 다리 중 가장 오래되었다는 베키오 다리가 보인다. 13세기 중엽에 만들어진 것으로, 제2차 세계대전 때 시내의 다른 다리는 전부 폭격으로 무너졌어도 이 다리는 무사했다고 하니 무척 장수를 누리고 있는 다리이다. 다리 양쪽에 가게가 늘어선 소위 가게 달린 다리屋橋이지만, 하류 쪽에서 보면 신기하기는 해도 아름다운 다리라고 하기는 어렵다.

베키오 다리로 나가기 조금 못 미친 곳의 레스토랑 테라스에서 커피와 샌드위치로 가볍게 식사하고 나서 다리 앞에서 오른쪽으로 돌아 시뇨리아 광장으로 나간다. 옛날부터 도시의 중심 광장이었다고 하는데, 과연 당당한 광장이다. 광장 입구에 서양과자 같은 시뇨리아 궁전 건물이 있고, 탑이 하나 뿔처럼 드높이 솟아 있다. 광장 한쪽 구석에 회랑이 있어서 거기에는 조각과 조각상이 늘어서 있다.

그 부근은 다음에 천천히 보기로 하고 거기에서 멀지 않은 두오모 광장에 간다. 두오모는 정식으로는 산타 마리아 델 피오레꽃의 성모 마리아 성당라고 불리는데, 이름 그대로 크레용으로 칠한 것같이 다양한 색채로 칠해진 대성당이다. 거기 구경도 내일 일정에 들어 있지만 온 김에 대성당 안을 보기로 했다. 쓰노다 여사는 윗도리 소매가 짧아서 내부에 들어갈 수 없을지도 모른다고 걱정한다. 혹시나 해서 입구에서 물어봤더니 역시 삼가달라고 한다.

대충 호텔 쪽일 거라고 짐작하고 이제 겨우 석양이 다가오려는 구불구불한 길을 걸어간다. 오래된 도시이니만큼 길은 좁지만 그것이 이 도시를 이탈리아의 다른 도시에서 보기 어려운 차분한 곳으로 만들고 있다.

8시에 호텔에 돌아와서 9시부터 식사. 밖은 덥지만 호텔 내부는 가볍게 냉방이 되어 있다. 살롱도 식당도 상당히 기분 좋게 만들어져 있다. 살롱에서 밤늦게까지 피렌체 안내서를 읽고 우피치, 피티 양 미술관에 소장된 명화를 사전에 조사한다. 몇 십 년 만에 시험공부를 하는 것 같다.

다음 날은 9시 반에 호텔 앞을 떠나는 관광버스를 탄다. 이 관광버스 투어는 실패였다. 안내원은 말이 많아서 시끄러웠고 자꾸 재촉을 해서 완전히 기분을 잡쳤다. 처음에 메디치 가문의 예배당에 데려가서 거기에서 미켈란젤로의 〈낮〉, 〈밤〉, 〈아침〉, 〈저녁〉이라는 고명한 네 개의 대리석상을 본 것으로 만족할 수밖에 없었다. 나머지는 흔들리는 버스 안에서 피렌체 시를 멍하니 보거나 내렸던 곳도 결국 다시 볼 생각으로 카메라 셔터를 누르는 데 전념했다.

1시에 호텔에 돌아와 점심식사 후, 쓰노다 부인과 산타 크로체 성당으로 간다. 지오토의 〈성 프란체스코의 죽음〉과 18세기 말에 재건되었다고 하는 사원 내부를 보는 것이 목적이다. 산타 크로체 성당은 외관도 상당히 아름답지만 내부가 좋다. 높은 천장은 조각 맞추기처럼 돌을 끼워서 만들었고, 천장 가까운 곳에 18개의 장방형 창이 있는데 거기에서 빛이 들어와 넘치는 햇살처럼 바닥에 떨어진다. 신부나 수녀는 늘 어딘가에 있었고 구경꾼도 끊임없이 이삼십 명은 있지만, 그들이 어디 있는지 알 수 없을 만큼 어둡다.

정면의 예배소 뒤는 스테인드글라스인데 그 좌우에 지오토의 대벽화가 네 점씩 마주 보고 있다. 이곳의 지오토 벽화 중에서는 예배소 오른쪽에 있는, 예배소 것보다 다소 작지만, 성 프란체스코의 임종 장면을 다룬 것이 좋다. 이것도 좌우로 한 쌍씩 마주 보게 그려져 있어, 이 두 점이 이 일련의 벽화를 불후의 명작으로 만들고 있다고 생각했다.

두 점 다 칠이 무척 많이 벗겨지고, 많이 상해서 색도 흐려져 고색창연하지만, 그럼에도 불구하고 보는 사람들의 마음에 다가오는 것이 있다. 성 프란체스코가 누워 있는 쪽은 그나마 알아볼 수 있지만, 다른 한 쪽은 중앙 부분이 몽땅 없어져서 아마도 성 프란체스코가 침대 위에 상반신을 일으키고 있는 장면을 그려놓은 것으로 생각되지만, 그 부분은 완전히 없다.

아시시에서 본 지오토의 벽화에도 감동했지만, 〈성 프란체스코의 죽음〉을 본 뒤에는 그 존재감이 희미하다. 복원된 것과 오리지널인 것과의 차이일까.

산타 크로체 성당을 나와 시뇨리아 광장 옆에 있는 우피치 미술관으로 간다. 시간 관계상 예비조사나 할 생각으로 몇몇 방은 그냥 지나친다. 어느 그림이 어느 방에 있는지 그런 것을 알아둘 생각이었지만, 보티첼리의 명작이 진열되어 있는 부근에 가자 다리가 안 움직인다.

보티첼리의 〈봄〉도, 〈비너스의 탄생〉도 학생 시절부터 온갖 미술책에서 사진 도판으로, 그야말로 지겨울 만큼 봤는데도 실물을 눈앞에 보니 무척 인상이 다르다. 〈봄〉과 〈비너스의 탄생〉, 그 밖의 몇 점의 작품을 보고 느낀 것은 보티첼리 작품의 생명이 이 작가 특유의 시정詩情에 있다는 사실이다. 달콤한 부분도, 감상적인 부분도, 신비한 부분도 모두 보티첼리의 시정에 내포되어 있었다. 그 시정은 화면을 통일하고 있는 고전적인 색조와 함께 실제 작품 아니면 알아볼 수가 없는 것들이다. 사진판으로 보면 〈봄〉의 여자들 얼굴은 한결같이 건강하지 못하게 느껴지지만, 실물은 그런 부분이 전혀 느껴지지 않는다. 신비하긴 해도 결코 건강하지 못한 느낌은 아니다. 보티첼리의 그림을 보고 있는 동안에 완전히 지쳐버린다. 다른 방으로 걸어갈 기력을 상실하고 밖으로 나온다. 다시 어제와 똑같이 저녁나절의 거리를 걸어서 호텔로 돌아온다.

"우피치를 보는 것만으로도 힘이 드는데 또 하나 피티 미술관이 있잖아요. 내일은 일찍 일어나셔서 대분투하셔야겠어요"라고 쓰노다 부인이 말한다. 쓰노다 부인은 아침 일찍 로마로 가기 때문에 나 혼자 대분투해야 한다.

밤에 우피치, 피티 양 미술관의 도록을 보면서 두 군데의 미술품 대창고에서 꼭 봐야 할 것을 골라본다. 그렇게 하는 것 외에는 대분투를 완전하게 마칠 방법이 없을 것 같다.

라파엘로와 티치아노

8시 반에 일어난다. 8시에 호텔을 출발한 쓰노다 부인의 편지가 방에 들어와 있다. 8시에 호텔 현관까지만이라도 여사를 배웅할 생각이었는데 행차 후의 나팔이 되어버렸다. 9시에 호텔을 나서 대분투를 시작하기 위해 우피치 미술관에 가자, 저런! 월요일은 휴관이라고 한다. 문이 굳게 닫혀 있다. 피티 미술관은 열려 있다고 해서 오늘 오후는 거기에서 보내기로 하고 우선 갑자기 구멍이 난 오전 시간을 어떻게 때울지, 시뇨리아 광장 한 모퉁이, 조각이 늘어서 있는 회랑에서 쉬면서 생각해보기로 한다.

회랑에서의 휴식은 상당히 좋았다. 피렌체에 온 뒤 처음으로 한가한 기분으로 회랑의 돌계단에 앉아 담배를 피운다. 그렇기는 하지만 그 돌계단은 사람이 앉기 위해서 만든 것이 아니다. 조각상을 진열하기 위해서 만든 건데 많은 사람들이 앉아 있길래 나도 따랐을 뿐이다. 이러한 것은 파리에서는 생각할 수도 없는 이탈리아 특유의 느슨한 점이다. 회랑을 휴게소로 생각하는 사람은 노인이 많다. 무슨 생각을 하는지 조각상과 조각상 사이에 앉아서 뿌리박힌 것처럼 움직이려고 하지 않는다.

결국 두오모 구경을 오전에 하기로 하고 슬슬 걸어서 두오모 광장에 나간다. 건물의 중심 부분은 거대한 팔각당으로 다양한 색의 대리석으로 만들어져서 우아하고 아름답고 장려하다고 하지만, 외관은 그다지 매력적이지 않다. 그러나 1296년에 착수해서 1462년에 완성되었다고 하니까 엄청난 규모의 대건물인 것만은 틀림없다.

내부를 한 바퀴 돌고 나서 밖으로 나와 거대한 팔각당 건물을 일주한다. 주위는 도로에 둘러싸이고 자동차 왕래가 많아서 슬슬 산책할 수도 없다.

두오모 구경이 단시간에 끝났기 때문에 다시 한 번 어제 갔던 산타 크로체 성당으로 〈성 프란체스코의 죽음〉을 보러 간다. 어제와 달리 구경꾼이 많지 않아 성당 내부가 아주 조용하다. 신부가 끈을 잡아당겨 정오를 알리는 종을 울리고 있다.

점심을 거르기로 하고 거기에서 자동차로 피티 미술관으로 향한다. 어제 저녁까지 너무 돌아다녀서 뻗정다리가 될 지경이지만 수많은 방으로 이루어진 관내를 돌아다닌다. 라파엘로와 티치아노의 작품을 다른 것보다 꼼꼼하게 본다. 라파엘로의 그림은 성모화보다 초상화가 좋고, 초상화 중에서도 남성의 초상화가 훌륭하다. 라파엘로에 대해서 자주 고전적 정밀미가 있다고들 하는데 그것이 초상화에 가장 잘 나타나 있다. 티치아노의 작품도 초상화가 좋지만, 이쪽은 라파엘로와 반대로 여성 초상화 쪽이 좋다. 티치아노는 여성을 그리는데 온 정열을 다 기울이고 있다는 느낌이 난다. 극적인 장면을 취급한 종교화에서조차 화가의 정열은 그중의 한 나부裸婦에게, 혹은 그 나부의 유방에 쏠린 것 같다.

이번 유럽 여행에서 피렌체의 두 미술관을 효시로 각국의 미술관을 돌았지만, 어딜 가나 라파엘로와 티치아노의 작품이 없는 곳이 없었다. 무척 다작한 화가로 대작도 많다. 그에 반해 자기 재능을 얼마 안 되는 작품으로 지키고 있는 화가도 있다. 그것은 그 사람의 미술적 자질임에 틀림없지만, 대체로 대작가라는 소리를 듣는 예술가들은 라파엘로, 티치아노뿐 아니라 자신의 넘치는 재능을 수많은 작품에 쏟아부은 사람들이다.

밤에는 피곤해서 일찍 잔다.

다음 날은 피렌체에서의 마지막 날이기 때문에 8시 전에 일어난다. 아침식사를 방에서 하고 바로 우피치 미술관으로 간다. 개관은 9시 반이지만 30분 전인 9시에 이미 백 명 정도의 사람들이 입구를 메우고 있다. 안내서를 읽고 있는 사람, 미술책을 끌어안은 사람, 신문을 읽고 있는 사람, 이탈리아인도 프랑스인도 미국인도 있다.

나는 그저께와 반대로 출구 가까운 방부터 본다. 그쪽이 처음에 사람들한테 방해받지 않고 조용하게 볼 수 있다고 생각했기 때문이다. 그러나 결국 한 번은 그냥 지나치면서 봐야 할 작품이 어디 있는지 위치만 확인하고, 두 번째에 꼼꼼하게 보는 방법을 취한다.

두 번째로 돌 때 한가운데쯤 되는 방에서 레오나르도 다빈치의 〈수태고지〉 앞에 섰을 때가 제일 감동적이었다. 그때까지 봤던 안젤리코도, 라파엘로도, 티치아노도, 보티첼리도 전부 사라지고 레오나르도 다빈치의 〈수태고지〉만이 혼자 광휘를 발하고 있는 것 같았다.

나는 이번 여행에서 〈수태고지〉만을 골라서 봤는데 그것도 다른 작가의 〈수태고지〉를 레오나르도 다빈치의 작품과 비교해보고 싶었기 때문이다. 파리의 루브르에도 또 다른 다빈치의 〈수태고지〉가 있지만, 그쪽은 작고, 화면에 떠도는 냉엄함도 기품도 우피치의 것에 견줄 바가 못 된다. 처녀의 몸으로 예수를 임신했다는 고지를 받은 한 여인과 그것을 전달하는 하늘로부터의 사자는 마치 결투라도 하는 듯이 마주 보고 있다. 다른 작가의 〈수태고지〉와 달리 거기에는 인간과 신 사이의 투쟁 같은 긴박함이 있다.

11시 반에 우피치 미술관을 나와서 광장 곁의 레스토랑 테라스에서 커피를 마신다. 12시에 자동차로 서둘러 산 마르코 성당으로 간다. 200리라를 내고 건물 내부로 들어간다. 입구로 들어가자 바로 아름다운 안뜰이 있고, 화단에는 빨간 꽃이 흐드러지게 피어 있다. 그리고 그 안뜰을 둘러싸듯이 건물이 있고, 회랑식 1층 복도에는 지오토의 벽화가 있다.

어두운 계단을 올라가서 2층으로 간다. 작은 방이 복도를 끼고 마주 늘어서 있고, 그 모든 방에 지오토의 벽화가 하나씩 있다. 아름다운 안뜰과 달리 방은 한결같이 감옥처럼 어두운 느낌이다. 산타 크로체 성당에서 〈성 프란체스코의 죽음〉을 본 내 눈에는 여기의 지오토의 어떤 벽화도 생기가 없는 것으로만 느껴진다. 이것들도 나름 지오토의 걸작이라고 평해지는 것이지만, 〈성 프란체스코의 죽음〉을 봤으니 이제 다른 것은 아무것도 안 봐도 될 것 같은 기분이다.

12시 반에 호텔로 돌아와 서둘러 준비해서 1시 40분 로마행 급행을 타기 위해서 호텔을 나선다. 처음부터 끝까지 분주했던 피렌체 여행이었다. 그러나 그 분주한 피렌체 여행에서 얻은 〈성 프란체스코의 죽음〉과 〈수태고지〉에 대한 감동은 아마도 평생 내 가슴속에서 사라지지 않을 것이다.

베네치아, 베로나, 밀라노

베네치아의 인상

7월 말*부터 9월 중순까지 한 달 남짓 체재했던 로마를 떠나 베네치아, 파도바, 베로나 등 북이탈리아 여행에 나선 것은 9월 13일이었다.

올림픽 캡틴으로 로마에 와 있던 마이니치신문의 파리 지국장 쓰노다 아키라 씨는 나보다 일주일 늦게 로마를 출발하여 북부 여행을 마친 나와 밀라노에서 합류하여 같이 자동차로 스위스를 거쳐 파리로 가기로 되어 있었다. 나는 외국에서 혼자 하는 여행에 익숙하지 않지만 쓰노다 부인이 동행해주

---

* 1960년

기로 해서 이번에는 외국 여행에서의 성가심과 음울함을 느끼지 않을 수 있었다.

로마의 숙소를 체크아웃하고 오랫동안 신세 진 집주인인 늙은 과부댁에게 작별인사를 했다. 걷는 것도 힘들 만큼 살찐 70대의 여인은 나를 끌어안을 듯이 "그라치에 탄토 탄토_{정말 아주 많이 고맙다}"를 되풀이한다. 실제로는 내가 해야 할 말이지만 한 달 반 동안 이탈리아어를 쓰지 않고 보낸 이상 마지막까지 정조를 지키기로 한다.

"목욕."

현관문을 연 뒤에 체재 중 여러 번 노파에게 강제로 가르친 일본어를 마지막으로 말해봤다. 그러자 노파는 지금까지와는 달리 웃는 얼굴로, "바뇨"라고 말한다.

"물."

"아쿠아."

"빨리."

"스피토."

"안녕하세요."

"본 조르노."

나는 노파의 어깨를 몇 번인가 가볍게 두드리고 이국의 노파에게 다소 가족에 대한 애정 같은 것을 느끼면서 문을 닫았다. 대강 위와 같은 것이 내가 노파에게 가르친 일본어이고 반대로 말한다면 내가 노파한테 배운 이탈리아어이다. 도대체가 이 집에서는 거기에 서너 마디 더한 정도의 단어로 한 달 반 동안 지장 없이 지낸 셈이다.

무척 인색하고, 제멋대로이고, 의심 많은 노파이지만, 헤어질 때가 되자 그래도 좋은 점만 생각난다. 좋은 점이라고 해도 극히 적지만, 정직한 것, 청결한 것, 아침에 계란 노른자를 남기면 걱정되어 슬픈 얼굴을 하는 것 등등. 세기 시작하면 그 밖에도 몇 개인가 더 있을 것이다.

마이니치신문 지국에서 올림픽 기간 중 같이 즐겁게 지낸 특파원들과 헤어지고 쓰노다 아키라 씨 차로 공항으로 향한다. 고대 로마의 수도水道를 자동차 유리창으로 본다. 한 달 반 전 로마에 처음 온 날, 역시 지금처럼 자동차 유리로 빨간 아치형의 고대 수도 유적을 감동하면서 봤던 것이 생각난다. 햇살만이 그때보다 다소 약해져서 여름이라기보다 벌써 가을 느낌이 든다.

공항에서 우리하고 반대로 베네치아에서 온 듯한 체육 관계 인사로 보이는 중년의 일본인을 만나 서서 이야기한다. 베네치아에서 짐을 잃어버려서 대사관에 조사를 부탁하기 위해서 이삼일 전에 떠난 로마에 다시 왔다고 한다.

"베네치아는 무서운 곳입니다. 끔찍한 곳에 다녀왔어요. 좋은 인상이 하나도 없습니다. 곤돌라를 타면 탄 대로 험한 꼴을 당하죠. 여러분도 정말 조심하십시오."

그렇게 주의를 준다. 남의 일로 들리지는 않지만 도와줄 방도도 없다. 유럽 구석구석까지 잘 아는 여행 경험이 많은 쓰노다 부인이 동행하기 때문에 어떤 경우에도 별일 없겠지만, 만일 혼자 하는 여행이었다면 베네치아에 갈 마음이 없어졌을지도 모른다.

10시 45분 이륙, 한 시간 반 만에 피렌체 도착. 20분간 대합실에서 휴식. 작고 한산한 기분 좋은 공항이다. 피렌체는 8월 중순경 4박했지만, 그때는 왕복 모두 로마에서 기차를 이용했기 때문에 공항에 내리는 것은 처음이다.

쉴 틈도 없이 다시 비행기를 타고 2시 베네치아에 있는 두 곳의 공항 중 최근에 생긴 공항 쪽에 착륙한다. 대합실에서 30분 기다린다. 만사가 무척 느리다. 항공사 버스로 40분간 흔들리면서 로마 광장에 도착, 거기에서 같은 항공사 모터보트를 타고 운하로 나간다. 과연 물의 도시라고밖에 말할 수 없는 광경이다. 흘러넘치도록 가득 물을 담은 운하를 수많은 배들이 오가고 양 기슭에는 현관까지 듬뿍 물에 잠긴 오래된 집들이 늘어서 있다. 골목이란 골목은 모두 수로이다. 이래가지고 물이 탁하면 홍수를 만난 도시 같겠지만, 예상 밖으로 깨끗한 물이 파도치고 있다. 파도치는 것은 끊임없이 오가는 모터보트 때문이지만 조류 역시 상당히 센 것임에 틀림없다.

이윽고 운하가 넓어지고 도시가 한쪽밖에 보이지 않게 된다. 얼마 안되어 배는 우리의 숙소인 호텔 다니엘리 앞에 도착한다. 호텔 구관 건물의 일부가 항공사 사무소이기 때문에 모든 것이 편리하다.

호텔 다니엘리는 400년 전에 지어진 귀족의 저택이라고 하며, 상당히 당당한 구조이다. 건물 앞은 큰길이지만, 1층 로비의 오른쪽은 수로와 접하고 있어 거기에서 곤돌라를 탈 수 있다.

내 방은 3층의 모퉁이 방으로 전망은 좋지만, 어떻게 된 셈인지 밖의 소음이 그대로 올라온다. 오래된 건물이 갖는 차분함을 얻으려면 이런 결점은 감수해야 한다.

방에서 한숨 쉬고 있자 쓰노다 부인이 내일은 가야 할 곳이 많으니까 오늘 중에 산 마르코 성당이라도 봐두는 게 좋겠다고 전화가 온다. 바로 호텔을 나선다.

호텔에서 산 마르코 성당은 2, 3분 거리이다. 호텔 앞 도로는 각국 관광객의 흐름이 끊임없이 이어지고 있다. 그 흐름에 껴서 슬슬 걸어가면 자연히 산 마르코 대광장으로 가게 되어 있다. 그 커다란 광장에는 엄청나게 많은 비둘기가 또한 엄청난 수의 관광객 속에 흩어져 있다. 광장 세 면에는 광장을 둘러싸듯이 회랑이 있고, 건물 1층은 전부 기념품 가게와 레스토랑이다. 유리세공 가게가 눈에 띄게 많다. 그리고 한쪽에 수많은 첨탑을 지닌 비잔틴식 산 마르코 건물이 있다. 비잔틴식 건물을 대표한다지만 외관은 고딕 양식이라고 하는 편이 맞다.

한없이 뾰족한 크고 작은 첨탑으로 장식된 데코레이션 케이크 같은 건물은 처음에 봤을 때는 너무 번잡해 보였지만, 눈에 익자 그 공예적인 아름다움이 순순하게 마음에 다가온다.

레스토랑 테라스에는 몇 백 명의 남녀가 차를 마시고 있었다. 나와 쓰노다 부인도 그 가운데 하나가 되어 멀리 수많은 첨탑과 다섯 개의 둥근 지붕을 가진 산 마르코 성당을 바라본다. 나는 결국 테라스의 의자에 앉아 있는 동안 내내 거기에서 눈길을 뗄 수가 없었다. 그런 건물은 프랑스에 가면 많이 있겠지만 아직 처음이었다.

황혼이 되기까지 아직 좀 시간이 있어서 성당 내부에 들어가보기로 한다. 들어간 순간 금박 상자 안에 발을 들여놓은 것같이 느껴진다. 벽과 천장을 메운 금 모자이크와 벽면을 채우고 있는 다양한 색깔의 대리석이 어둠 가운데서 묘한 광휘를 발하고 있었다. 모자이크의 금색이 오래되어 전혀 요란한 느낌이 없다.

건물의 딱 가운데쯤 되는 곳의 상층부 벽면과 천장의 모자이크는 양식적인 종교화로, 예수도 성모도 성인들도 전부 유형적이지만 말할 수 없이 보기 좋다. 후세에 그 부분만 새로 만든 것으로 생각되는 곳이 몇 군데인가 있어서 거기에 라파엘로식으로 그린 벽화가 있지만, 뭔가 너무 사람 냄새가 나서 잘못 놓여 있다는 느낌이 든다. 주의 깊게 보면 오래된 벽화와 나중에 그려진 벽화는 6대 4 정도의 비율이다. 정면 옆쪽 천장화가 좋다. 천장 가까운 곳의 유리창으로 들어오는 광선으로 그림이 확실하게 보인다.

대체로 어느 성당에 가나 천장 벽화를 올려다보는 것 때문에 완전히 지쳐버리지만, 여기에서는 이상하게 피곤이 느껴지지 않는다. 오래된 양식적인 종교화가 많고 도안이 단순한 탓도 있겠지만, 인물이 나란히 그려져 있는 것도 큰 원인인 것 같다.

또한 천장이 평면이 아니고, 어디에 눈길을 줘도 일정한 각도를 지니고 있어 그런 경사면의 그림을 보는 것이 피곤을 느끼지 않는 이유 중 하나일 것이다.

이 성당은 입구를 빼고는 유리창이 윗부분만 있고 게다가 대체로 작지만 그런 것치고는 어둡지 않다. 다른 성당 같으면 옆 사람의 얼굴 같은 것은 도저히 분간할 수 없겠지만 여기에서는 그렇지 않다. 무척 부드러운 광선이 어디에서인지 모르게 쏟아지고 있다는 느낌이 든다. 천장이랑 벽이 금색으로 칠해져 있기 때문이다.

나는 오랜 시간 성당 내부를 돌아다니기도 하고, 2층으로 올라가서 높은 벽화와 천장화에 가능한 한 가까이 가보곤 했다. 주위에는 수도사와 수녀와 일반 여행자가 많아 끊임없이 움직이고 있었지만 그것이 조금도 성가시지가 않다. 그것은 순전히 천장이 높고 다섯 개의 둥근 지붕으로 나뉜 광대한 공간이 머리 위를 점하고 있기 때문으로 생각된다. 떠나기 싫었지만 내일 다시 오기로 하고 성당을 나선다.

호텔에 돌아와서 8시에 바다에 면한 5층의 식당에 나간다. 거기도 관광지의 호텔 식당답게 여러 나라 사람들이 모여 있었고 민요 음악소리가 각 테이블의 이야기 소리와 웃음소리를 지우고 있었다.

카메라를 잊게 한 수많은 벽화들

다음 14일은 아침식사를 방에서 하고 10시에 호텔의 1층 로비에 나가 소형 모터보트를 탔다. 무라노 섬의 유리공장에 가기 위해서이다. 호텔에서 안내원이 한 사람 따라 왔다. 운하가 파도치고 있다. 바람이 강해서 조금 추울 정도이다. 배가 도착한 것은 유리공장 뒤쪽이다. 바로 공장에 들어가서 직공들의 작업을 견학한다. 빨갛게 달궈진 유리봉과 그것을 자르는 가위를 든 직공들이 열 명 남짓, 몸이 부딪칠 것같이 가까이에서 일하고 있다. 공장에 들어가자 바로 열기가 얼굴에 와 닿는다. 직공들의 일은 숙련이라는 한 단어로 표현된다. 위험한 일이라서 긴장한 얼굴이 아름답다. 공장을 나와 바로 상품을 진열한 방으로 들어간다. 진열실은 여러 개 있는데 거기에 유리 제품이 가득 차 있다. 한두 점, 집으로 배송시킨다.

2시에 호텔에 돌아와서 근처 레스토랑에서 식사를 하고나서 승합선으로 성당 방문에 나선다. 승합선은 다른 도시의 전차나 같아 손님을 가득 싣고 2, 3분마다 발착하며 다음 선착장이 바로 가까이에 보인다. 틴토레토의 벽화가 잔뜩 있는 산 로코에서 시간을 잡아먹는다. 티치아노의 〈수태고지〉가 인상적이었다.

그러고 나서 일단 호텔에 돌아와 산 마르코와 나란히 서 있는 왕궁으로 간다. 거기에도 틴토레토의 작품이 많아, 그 명작들이 각 방의 벽을 채우고 있다. 완전히 지쳐버린다. 수많은 방을 한 번 돌았을 때 카메라를 어딘가 놓고 온 것을 알아차렸다. 어느 방에나 꽤 많은 관광객이 있었기 때문에 카메라를 되찾는다는 것은 어렵게 느껴졌다. 일단 벤치에 앉았던 기억이 있는 방을 돌아보고 나서 깨끗이 단념하기로 한다. 단념하고 나서 그 사실을 쓰노다 부인에게 이야기했더니, 혹시 모르니까 각 방을 돌면서 차례차례 수위한테 물어보자고 한다. 헛일이라고 생각했지만 부인이 고집을 피워서 틴토레토 때문에 지친 다리를 끌고 부인 뒤를 쫓아간다.

"틴토레토를 이만큼 봤으니 카메라 정도는 잊어버리죠"라는 나.

"그런 소리 하시지만 이제 프랑스에 가시면 카메라가 몇 개 있어도 모자라요" 하는 부인.

"여기는 도둑이 많은 곳으로 유명한 이탈리아이고, 게다가 베네치아 아닙니까"라는 나.

"그렇지만 어떤 좋은 사람이 주워서 어떤 좋은 수위한테 맡겼을지도 모르잖아요"라는 부인.

몇 군데의 방을 지나 2층 복도로 나왔을 때, 부인이 거기 수위 중 한 사람에게서 유실물인 카메라를 3층 수위가 갖고 있다는 이야기를 들었다. 바로 3층으로 가서 그림엽서 매장에 있는 수위에게 이야기하자, 그는 바로 어디론가 가더니 얼마 있다 싱글벙글하면서 손에 카메라를 들고 온다. 바로 내 카메라였다. 나는 쓰노다 부인에게 한마디도 못 했다.

"이제는 제가 갖고 다닐게요." 부인이 말했다. "에이, 무슨 말씀을." 내가 말하자, "그렇지만 지금까지도 여러 번 나한테 카메라를 맡기신 적이 있으시잖아요. 생각 안 나세요?" 부인이 웃으면서 말했다. 나는 두 개의 카메라 중 한 개를 순순히 부인한테 맡겼다.

9월 15일 9시 기상, 방에서 아침식사를 하고, 10시에 호텔을 나와 어제 한 번 봤던 산 마르코 성당에 다시 간다. 광장에는 이미 관람객이 몰려들고 수많은 비둘기들이 그 사이를 누비고 있다. 어제 아카데미아에서 본 틴토레토가 그린 이 성당의 외관이 첨탑도, 둥근 지붕도, 문도 하나같이 금빛 찬연했던 것이 떠오른다. 틴토레토가 살았던 16세기경 이 성당은 지금하고 무척 달랐을 것이다. 성당 내부도 마찬가지로 그 당시의 모습과 금색이 반쯤 벗겨진 낡은 현재의 모습 중 어느 쪽이 더 아름다운가는 판단하기 어려운 문제이다. 소실되기 전의 고색창연했던 호류지法隆寺 금당과, 세워졌을 당시의 선명한 색채의 호류지 중 어느 쪽이 아름다울지 쉽게 결정하지 못하는 것과 같다. 그러나 베네치아에서는 누가 뭐래도 이 산 마르코 성당과, 그 성당이 있는 산 마르코 광장이 제일 구경거리라고 할 수 있다. 광장이라고 해도 로마 시에 흔히 있는 분수가 있는 광장하고는 전혀 다르다. 회랑이 빙 둘러싸고 있고, 한쪽에 산 마르코 성당을 배치한 장방형의 공터는 광장이라고 하기보다 안뜰 같다는 느낌이다. 세계의 모든 광장 가운데서 가장 사치스러운 곳일 것이고 사치스럽도록 설계된 곳이리라. 베네치아 번영기의 상징과도 같은 것이니까.

11시에 호텔로 돌아가서 서둘러 체크아웃하고 옆 운하에서 곤돌라를 탄다. 호텔 다니엘리에서 교섭해준 가격은 로마 광장까지 2000리라이다. 곤돌라는 시내 가운데의 좁은 수로를 구불구불 나아간다. 여러 번 오가는 곤돌라와 부딪칠 뻔하다가 간신히 피한다. 운하 양쪽의 집들은 보기에도 오래된 건물뿐이고, 작은 베란다랑 더러운 창가에 놓여 있는 화분은 몇십 년 전부터 한 번도 위치를 바꾸지 않은 채 그대로 놓여 있는 것처럼 보인다. 다만 모든 집 옥상에 텔레비전 안테나가 있어 간신히 현대와 연결되어 있다.

이윽고 곤돌라는 어제 지나간 대운하로 나간다. 약 30분만에 로마 광장 선착장에 도착. 호텔에서 연락을 해줘서 택시기사가 마중 나와 있다. 바로 파도바로 향한다.

자동차는 오랫동안 커다란 플라타너스 가로수 사이를 달린다. 정말 훌륭한 플라타너스이다. 한 시간 정도 후 파도바 시에 들어선다. 산 안토니오 성당 앞 광장에서 차를 세우고 작은 레스토랑에서 점심을 먹는다. 식사 뒤 바로 산 안토니오 성당 내부를 본다. 산 마르코 성당과 같은 양식으로 만든 내부로 차분하고 기분 좋은 성당이다. 그러고 나서 유럽에서 제일 오래된 식물원이 가까이 있다는 쓰노다 부인의 이야기를 듣고 보러 간다. 기원전 1세기경에 만들어진 곳으로, 식물을 약용이 아니라 관상용으로 심은 유럽 최초의 식물원이라고 한다.

한적한 파도바 시에 어울리는 한산하고 아담한 작은 식물원이다. 입구인 철제 격자문이 닫혀 있어서 벨 대신인 끈을 당기자 안쪽에서 종 울리는 소리가 들린다. 이윽고 문 너머로 인부가 열쇠를 흔들면서 들고 오는 것이 보인다.

안에 들어가보니 식물원이라기보다 인기척 없는 공원이라고 하는 편이 좋을 것 같다. 분수도 있고, 화단도 있고, 조각상도 서 있어 어쩐지 스페인 정원이라도 걷고 있는 것 같은 기분이다.

이 파도바라는 도시는 중세의 학문도시여서 갈릴레오도 여기에서 공부했다고 전해진다. 오래된 식물원 외에는 지오토의 벽화가 있는 걸로 유명하다.

자동차를 타고 그 지오토의 벽화라는 것을 보러간다. 성당 문에 들어서자 널찍한 정원이 있고, 그 안쪽에 아담한 성당 건물이 보인다. 내부에 들어갔더니 천장과 측면에 벽화가 있지만 무척 많이 훼손되었고, 정면의 예배소 벽화는 도안조차 전혀 알 수가 없다.

그러나 진짜 지오토 그림임에는 틀림없다. 장난감 같은 집, 장난감 같은 인물, 상자 안에 만든 미니어처 가든 같은 언덕과 언덕길, 그리고 산, 빨강과 파랑의 단순한 색의 아름다운 대비. 지오토의 그림은 아시시의 산 프란체스코 성당에서 너무 많이 봐서 왠지 모르게 옛 친구를 만난 것 같은 친근감을 느낀다. 지오토는 13세기에서 14세기에 걸쳐서 살았던 화가

이지만 지금 봐도 새로움이 있다. 물론 유형적이고 도식적이긴 하지만, 그러면서도 새 생명과 새 감각이 담겨져 있는 것을 느끼게 되니 이상하다. 르네상스에 앞서 이러한 작품을 낳았다는 데 화가로서의 지오토의 영원함이 있는 것이다.

거기를 나와 근처의 좀 더 큰 성당을 들여다본다. 폭격 때문에 내부 벽화는 완전히 없어져버리고 지붕은 날아간 것을 다시 만들었다고 한다. 폭격 전에는 무척이나 아름다운 성당이었을 것으로 생각된다.

아름다운 도시 베로나

베로나로 향한다. 5시에 베로나에 도착해서 시내 중심부 호텔에 짐을 푼다. 이 도시는 현존하는 대표적인 중세도시로, 폭격으로 다리가 몽땅 무너졌을 만큼 전화를 입었지만, 여전히 옛 자취가 남아 있는 구역이 많다고 한다. 이 도시에 대한 쓰노다 부인의 애착은 대단하다. 이탈리아에 온 이상 이 도시만은 꼭 봐주길 바란다는 말을 지금까지 몇 번 들었는지 모른다.

저녁식사 뒤, 부인이 권해서 밤거리를 산책한다. 거리에는 네온사인이 없고, 골목골목에 어두침침한 가로등이 켜 있다.

인적도 드물다. 내일 구경할 거라는 아레나 광장, 단테 광장, 엘베 광장 등을 차례차례 걸어간다. 하나같이 어두컴컴해서 밤눈에 어떤 곳인지 확실하지 않지만 이 도시 특유의 조용한 분위기만은 충분히 느낄 수 있다. 아무리 봐도 현대 도시가 아니다. 현대에서 갑자기 중세로 되돌아간 것 같은 묘한 감각이다.

골목이 많고, 골목 모서리에는 도매상 같은 커다란 집들이 많다. 열려 있는 문으로 들어가 안뜰에 들어서면 그대로 다른 골목으로 빠져나가게 되기도 한다. 골목에는 가로등인지 개인 집의 것인지 알 수 없는 네모난 처마 등이 드리워 있다. 그 아래를 걸어가는 통행인들은 살아 있는 인간으로 생각되지 않고 어쩐지 그림자가 스쳐가는 것 같다.

"이상한 도시네요."

나는 쓰노다 부인에게 베로나에 대한 첫인상을 그런 말로밖에 전달할 수 없었다.

"좋은 곳이죠?" 부인이 말했다.

"이상한 도시네요."

"좋은 도시와 이상한 도시는 의미가 다른가요?"

"다소 다르지 않을까요?"

"내일 낮에 걸어보시면 틀림없이 좋은 곳이라고 하실 겁니다." 그렇게 말하고 부인이 웃었다.

나에게는 이상한 도시이고, 쓰노다 부인에게는 좋은 도시인 밤의 베로나를 우리는 한 시간 정도 산책했다. 두 번째로 엘베 광장으로 왔을 때, 문을 닫고 있는 노점 중 하나를 들여다보니 밤과 고구마 찐 것을 팔고 있었다.

두 번째로 단테 광장으로 와서 광장에 면한 레스토랑 테라스에서 진피즈를 주문한다. 어느 틈에 여름이 지나가고 으스한 가을밤이 되어 있었다. 고장 사람인 듯한 젊은 남녀 몇 명이 테라스에서 와자지껄 떠들고 있는 것 말고는 테라스에도 가게에도 손님이 없다. 레스토랑뿐 아니라 단테 광장에도 전혀 사람 기척이 없다. 광장 중앙에 단테의 조각상이 있다고 하지만 내일 보기로 한다. 이 오랜 도시는 현재 공업도시로 새로 태어나려고 하고 있다는데 어째서 이토록 조용할까 생각한다. 호텔에 돌아오자 갑자기 번잡한 곳으로 돌아온 것 같다.

다음 날 10시에 호텔을 나선다. 5시경 기차로 밀라노로 가기로 되어 있어서 베로나 시를 구경할 시간은 몇 시간밖에 안 된다. 구경할 것은 어제 산책한 세 광장과 로미오와 줄리엣의 집이다. 고대 로마극장의 유적이 발굴되었다고 해서 거기에도 가보려고 한다.

원래 이렇다 할 관광지가 없는 도시라 발 가는 대로 슬슬 걸으면 그것만으로도 즐거운 도시라는 것이 부인의 의견이다.

호텔을 나서자 바로 이웃에 고딕풍의 커다랗고 훌륭한 성당이 있다. 13세기의 건물이라고 해서 스케줄 밖이었지만 들어가봤다. 오래된 성당은 무슨 일이 있어도 잠깐이라도 들여다보고 싶어지니 묘하다. 성당 안의 서늘한 공기 속에서 대부분 벗겨진 오래된 벽화를 본다.

호텔에서 2, 3분 거리에 셰익스피어『로미오와 줄리엣』의 주인공인 로미오의 집이라는 곳이 있다. 도로에 면한 벽돌로 된 오래된 건물로 중앙은 발코니이고 좌우는 주택이다. 주택 오른쪽에는 시계방과 액세서리점이 나란히 작은 가게를 열고 있다. 여행객 같은 금발의 여자가 열심히 사진을 찍고 있다.

그 집 외에도 가까이에 줄리엣의 집도 있다고 해서 그것도 보러 간다. 로미오 집은 도로에 면해 있어서 길에서 바라봤지만, 줄리엣 집은 문을 들어서면 작은 안뜰이 있고, 그것을 둘러싸듯이 건물이 들어차 있다. 전에는 한 가구였을 테지만, 지금은 여러 가구가 살고 있는 것 같다. 줄리엣의 방 맞은편은 유리 액세서리점이 되어 있고, 문패에 치과의사 이름도 있으니 어딘가에서 치과의사가 개업한 것 같다. 로미오보다 줄리엣 쪽이 인기가 있어서 여러 그룹의 관광객이 좁은 안뜰에 모여 있다.

안내서에 의하면 부근에 줄리엣의 무덤도 있다고 한다. 거기에도 가본다. 원래는 수도원이었는데 지금은 온전히 줄리엣의 무덤으로 다루어지고 있다. 회랑을 두른 안뜰이 아름답고, 묘소는 지하로, 캄캄한 가운데 석관이 하나 놓여 있다. 거기에서도 몇 그룹의 여행객이 사진을 찰칵찰칵 찍고 있었다.

거기에서 나와 쓰노다 부인이 강력히 추천한 소위 시장 광장이라고 하는 엘베 광장으로 갔다. 과연 오래된 건물에 둘러싸인 광장을 채소, 과일, 옷가지 등을 팔고 있는 노점이 빼곡히 메우고, 사람들이 북적거리고 있다. 원래 엘베 광장은 옛날부터 농산물 시장이었으며 광장 중앙에 작은 분수가 있어서 시장으로 모이는 과채들은 모두 그 분수 물로 씻었다고 한다.

우리는 그 분수와 분수에 서 있는 마리아상을 보기 위해서 노점과 노점 사이를 사람과 부딪치기도 하고 몸을 비스듬히 기울이기도 하면서 빠져나가야 했다. 광장을 메우고 있는 노점상들의 햇빛 가리개 때문에 마리아상은 완전히 가려져 있었다. 야채 시장의 수호신으로서 베로나 시에서는 누구 하나 모르는 사람 없는 마리아는, 보기에도 시장의 마리아다운 일꾼의 모습이었다. 그리고 마리가가 서 있는 대좌에서 몇 갈래인가의 가는 물줄기가 나오고 있었다.

이 시장에 서기만 해도 누구나 바로 이 도시가 오래되고 친근한 도시임을 알게 될 것이다. 여행객에게는 눈길도 주지 않는 시장 분위기도 좋았고, 광장을 둘러싸고 있는 건물이 시대와 동떨어진 구식인 것도 좋았다.

시장 광장에서 어젯밤 진피즈를 마신 단테 광장으로 걸어간다. 거기도 밤에는 알 수 없었지만 오래된 커다란 건물들이 사방을 둘러싸고 있고, 돌이 깔린 광장 중앙에 단테의 조각상이 서 있었다. 이 광장 또한 모든 사람에게 오래된 도시의 오래된 광장의 친숙함을 느끼게 할 것이 틀림없다.

"좋은 곳이네요. 여기에 일주일쯤 있으면 느긋해지겠죠?" 내가 말하자, 쓰노다 부인은 "아, 아직 멀었어요. 이제부터 더 좋은 곳을 안내하겠습니다"라고 했다.

단테 광장을 나와 골목에 들어서자 고딕 성당의 첨탑을 훨씬 더 작게 만든 것 같은, 작은 첨탑이 빼곡히 늘어서 있는 사당이 있었다. 이상한 건물이라서 물어보니까 스칼라 가문의 묘라고 한다. 조금 걸어가자 커다란 문을 지닌 오래된 건물이 있다. 어딘지 생김새가 이상해서 물어봤더니, 예전에 권력자의 집이었는데 지금은 시 관계 관공소가 되었다고 한다. 나중에 알았는데 그 관공소 건물 입구와 안뜰을 연결하는 계단은 오래전 양식의 계단으로써 건축계에서 귀중한 자료로 간주된다고 한다.

골목을 걷다 보면 어떤 골목이든 어떤 집에든 들어가보고 싶어진다. 오래된 건물이 하나같이 그대로 사용되고 있었다. 세월을 여기에서는 전혀 개의치 않는 것 같다. 세월뿐 아니라 오래된 것이 지니는 불편함도, 오래되어서 더러워진 부분도 똑같이 개의치 않는다. 베로나에서만은 새로운 것이 들어설 틈이 없다.

우리는 이 도시의 가장 큰 광장으로 갔다. 아레나 광장이다. 그 한쪽의 레스토랑에서 식사를 하면서 나는 이 도시를 가장 유명하게 만들고 있는 기원전에 세워진 고대극장의 거대한 원형 건물을 보고 있었다. 돔형 입구가 빗살처럼 늘어서 있는 2층 건물이다. 로마의 고대 격투기장인 콜로세움에 필적할 만한 건물이지만, 콜로세움처럼 보는 사람을 위압하는 중압감은 없다. 맨 윗부분에 사람들이 서 있는 것이 개미처럼 작게 보인다. 베로나의 중심부로 사람은 많이 지나다니지만 전혀 시끄럽지 않은 것은 베로나라는 도시가 지니는 독특한 분위기 때문일 것이다.

점심을 마치고 아레나 건물 안에 들어가 본다. 내부도 외부도 무너져가는 돌이 쌓여 있고, 거대한 건물 전체가 풍화된 양상이다. 그러나 그러한 예스러움에서 오는 폐허적인 것은 별도로 하고 내부는 정연한 대원형극장이었으며, 음향효과도 거의 완벽하다고 할 만큼 고려해서 만들어졌는데, 삼만 명을 수용할 수 있는 크기라고 한다.

우리는 잠시 스탠드 한쪽에 앉아 있었다. 흐린 하늘 아래 하늘을 향해서 크게 입을 벌리고 있는, 사람 하나 없는 지붕 없는 대극장에는 이미 가을 바람이 불고 있었다. 어젯밤 단테 광장에서 가을의 으스스한 한기를 느꼈지만 오늘은 아레나가 대낮의 가을을 포착한 것 같았다.

아레나를 나온 우리는 아레나보다 좀 더 오래된 고대 로마 극장 유적지를 보러갔다. 그곳은 아디제 강가 언덕 기슭에 있었다. 아레나와 비교하면 몇 십 분의 일밖에 안 되는 규모이지만, 언덕 경사면에 발굴된 스탠드 같은 것이 드러난 채였다. 고대 원형극장 유적에 대한 흥미보다 거기에서 보는 베로나 시의 아름다움에 우리는 떠나기 어려웠다. 물이 파랗게 맑은 아디제 강은 도시를 둘러싸듯이 활 모양으로 구부러져 흐르고, 도시는 밝은 벽돌색 지붕과 나무의 초록색에 파묻혀 있었다. 그리고 몇 개인가의 성당의 첨탑만이 무척 고즈넉하게 집들보다 높이 솟아 있었다.

우리는 예정대로 4시 47분발 기차로 베로나 시를 떠났다. 밀라노에 가까이 이르렀을 때 엄청난 뇌우가 왔다. 비는 차창을 폭포처럼 흐르고, 천둥과 번개가 찻간을 귀가 찢어지듯이 관통했다. 그래서인지 열차가 연착해서 밀라노 역에 내렸을 때는 7시가 지나 있었다.

멀리서 보이는 첨탑의 아름다움

엄청난 뇌우가 그친 뒤의 밤의 밀라노 시를 겨우 잡은 택시
로 가로질러, 밀라노가 자랑하는 고딕 대성당 두오모 바로 옆
의 호텔에 들어갔다. 뇌우 때문에 전기가 들어오지 않아 바로
잘 수밖에 없었지만, 시내 중심부라서 밤새도록 거리의 소음
에 시달렸다. 밀라노에서는 고급 호텔 중 하나이지만 특별한
장치가 있어서 자동차 소리와 때를 가리지 않고 소리소리 지
르는 길거리의 이탈리아 사람들의 명랑하고 새된 목소리를
유리창이 빨아올리고 있는 것 같았다. 그러나 아침이 되어 유
리창을 열자, 바로 눈앞에 두오모의 커다란 고딕 건축의 옆면
이 보이고, 임립林立한 첨탑 일부가 눈에 들어와서 수면부족이
준 불쾌감도 어디론가 날아가버렸다.

　10시에 호텔을 나와 두오모 광장으로 향한다. 로마보다 훨
씬 도시적인 느낌으로 자동차도 많고 사람도 많다. 아직 아침
일찍인데도 두오모 부근의 고급 상점이 늘어서 있는 거리에
는 수많은 남녀가 걸어다니고 있다. 관광객이라면 이해가 되
지만, 한가하게 왔다 갔다 하고 있는 모습으로 볼 때 이 도시
의 산보족이라고 밖에 볼 수 없다. 도대체가 이탈리아에는 언
제 일하나 걱정이 되는 남녀가 많지만, 이 도시의 그런 사람

들은 다른 이탈리아의 어느 도시에서 본 것보다도 잘 차려입은 당당한 중년 남녀가 많다.

두오모 건물을 바라보기에 적당한 장소를 광장에서 골라서 그 레스토랑 테라스에서 커피를 마신다. 호사스러운 티타임이다. 베네치아의 산 마르코 광장에서 마셨던 커피보다 한층 더 사치스럽다. 광장도 크고, 두오모 건물의 규모도 산마르코 성당과 비교가 안 되게 크다. 14세기 말에 시작하여 16세기에 완성되었다고 하니까 엄청난 세월이 걸린 건물이다. 전부 하얀 대리석으로, 하늘로 치솟아 있는 크고 작은 첨탑이 무수하다.

천천히 차를 마시고 나서 내부에 들어가 본다. 기둥은 거대하고, 유리창은 물론 스테인드글라스, 그러나 너무 커서 건물 내부라고 하기보다 커다란 동굴 가운데로 길을 잃고 들어간 것처럼 느껴진다. 나는 고딕건축을 사진으로 보고 늘 장식적이고 신경질적인 인상으로 생각하고 있었지만, 그러한 것과는 전혀 달랐다.

첨탑의 뾰족한 부분도 가까이서 보면 묘한 어두움을 지니고 있고, 스테인드글라스를 낀 유리창이 있는 건물 내부도 뭔가 이상한 어두움을 지니고 있다. 밀라노의 이 두오모뿐 아니라 파리의 노트르담도, 샤르트르 대성당도 고딕 성당이라는 것은 어느 정도 거리를 두고 볼 때가 제일 아름답다. 그 건물이 내부에 품고 있는 어둠은 느껴지지 않고, 균형이 잘 잡힌 보기에도 안정된 형태가 주는 아름다움만이 보는 사람의 마음을 사로잡는다. 뾰족하게 솟은 첨탑도 고딕의 아름다움 중 하나지만 이것도 멀리서 봐야 하는 것이다.

르네상스 미술의 보고

오후, 암브로시아나 미술관에 간다. 다빈치의 초상화 두 점과 보티첼리의 〈마리아〉가 좋다. 다빈치의 초상화 중 하나는 엄밀하게 말해 작가 미상인 듯하다. 다빈치의 작품이라고 적힌 화집도 있고, 정직하게 작가 미상이라고 밝힌 화집도 있다. 내면적인 것이 엄격하게 드러난 초상화로 다빈치 작품이 아니라 해도 다빈치적임에는 틀림없다.

　암브로시아나 미술관에서 나와 브레라 미술관에 간다. 이탈리아 미술의 보고로 알려진 곳이지만, 루이니 작품외에는 별로 마음이 끌리지 않는다. 루이니의 〈성모와 아기 예수〉, 〈장미 곁의 성모〉 두 점은 훌륭했다. 어느 쪽이나 종교화 같은 냄새가 안 나고, 색조는 루이니식의 차분한 것으로 서정의 그늘이라고 표현하고 싶은 부분이 있다. 아기 예수의 얼굴도 다른 종류의 작품처럼 신경에 거슬리지 않았다. 다른 화가들

작품은 거의 예외 없이 아기 예수의 얼굴이 분별 있는 어른 같다. 어른 얼굴을 조그맣게 축소해서 그린 느낌이다. 라파엘로만이 아기다운 예수를 그렸지만, 그것은 또 너무 아기 같다. 틴토레토의 〈성 마르코의 기적〉을 본다. 유명한 작품이지만, 그려진 소재에 대해 아무 지식도 없어서 그다지 감동하지 못한다.

브레라 미술관을 나와 쓰노다 부인과 함께 호텔까지 걸어서 돌아가기로 한다. 스칼라 극장 앞을 지나간다. 답답한 거무스름한 건물이다. 부근의 거리는 잘 차려입은 남녀로 혼잡하다. 밀라노 번화가의 분위기는 나한테 와닿지 않는다. 영화의 사교계 장면이라도 보고 있는 것 같다. 묘하게 속이 들여다보이고 공허하다.

밤 11시 가까이 되어서 쓰노다 아키라 씨와 아들인 아키히로 군이 나타난다. 그저께 자동차로 로마를 출발하여, 도중에 피렌체에서 1박하고 지금 막 밀라노에 도착했다고 한다. 운전은 로마의 마이니치신문 올림픽 지부에서 아르바이트를 하던 A군. 그는 대학교 재학 중이지만 S대의 F군과 2년 예정으로 세계여행을 기획하여 반년 전에 도쿄를 출발하여 인도 쪽을 오토바이로 돌아다니고, 올림픽 때 로마에 와서 올림픽 기간 동안 마이니치신문 지부에서 아르바이트했던 청년이다.

"이번이 마지막 아르바이트입니다."

A군은 내 방에 들어서자 말했다. 오늘 밤 밀라노에서 자고 내일 다시 파트너인 F군이 기다리고 있는 로마로 돌아가, 그들의 원래 목적인 오토바이 여행을 재개한다고 한다.

나는 로마에서 이 청년을 위해서 그의 아버지에게 얼마나 그가 잘 있는지 짧은 편지를 쓰게 되었다. 나는 A군이 무척 건강하다고 썼다. 그것이 사실이기 때문이다.

이 두 청년 이야기를 하자면 원고지 몇 매를 써야 할 것이다. 로마에 도착하고 나서 이삼일 지나자 둘 다 로마의 지리를 완전히 익혀서 자동차도 운전하지, 이탈리아 친구도 만들지, 신문기자도 좀처럼 들어가기 어려운 올림픽촌에도 쉽게 들어가곤 했다. 그러면서도 조금도 미운 구석이 없는 밝은 젊은이들이다. 일본이 해외에 내보낸 여행객 중에서 아마도 이들이 가장 대담한 데다 어디에 가나 일본의 젊은이로서 무척 좋은 인상을 외국 사람들한테 주고 있을 것이라고 생각된다. A군은 12시가 지나서 좀 더 싼 호텔에 가기 위해 우리 호텔을 나갔다.

그다음 날인 18일은 10시에 호텔을 나와 쓰노다 부부, 아키히로 군, A군과 함께 오래간만에 시끌벅적하게 산타 마리아 델 그라치에 성당으로 갔다. 15세기 중엽의 건물로 성당 정면 왼쪽에 있는 도미니칸 수도원에서 그 유명한 다빈치의

〈최후의 만찬〉을 본다. 여기는 1943년에 대공습을 당해 벽화도 상했지만 현재는 완전히 복원되어 있다. 폭격이 어지간히 심했던 모양인지 건물은 전부 날아가버렸는데, 그 당시의 사진이 방 한구석에 걸려 있었다. 지금은 하얀 초라한 건물이지만 그래도 구경꾼은 많아 일본인 모습도 몇 명인가 보인다. 교토대학교 시절, 이 작품에 대해서 우에다 주소 박사의 강의를 들은 기억이 그립게 떠오른다.

일단 호텔로 돌아가 A군과 둘이서 두오모 광장에 면한 레스토랑에서 점심을 먹는다. 식후 로마로 돌아갈 A군과 두오모 앞에서 헤어졌다.

2시, 호텔을 체크아웃하고 마조레 호반의 스트레사로 향한다. 운전은 쓰노다 씨. 오늘 밤은 스트레사에서 자고 내일 심플론 고개를 넘어 스위스로 들어갈 예정이다.

밀라노 성을 보기 위해서 밀라노 시 한 모서리에 차를 세웠다. 스포르차 성은 암갈색의 거대한 성벽으로 둘러쳐진 성으로, 일본의 성과 달리 아름답지는 않지만, 개미새끼 한 마리 얼씬하지 못할 견고함을 느끼게 한다. 성벽 모서리의 망루 자리에는 원형 건물이 세워져 있고, 성문에 해당되는 곳에는 종루가 솟아 있다. 건물 내부 구조는 극히 단순해서 현재는 고고학 박물관, 미술관 등으로 쓰이고 있다. 다빈치가 설계했다는 천장 가득 나뭇가지가 그려진 방, 미켈란젤로의 미완성

조각 〈피에타〉 등이 있으며, 그 외에는 별로 볼 게 없다. 미켈란젤로의 〈피에타〉 앞에서 쓰노다 씨는 오랫동안 서 있었다. 나는 쓰노다 씨가 이 작품을 나한테 보여주고 싶어서 이 성에 들른 것을 그때 깨달았다. 완성되었다면 지금까지 본 미켈란젤로의 다른 작품하고 달리 조금 더 섬세한 느낌의 작품이 되었을 거라고 생각된다.

다시 자동차를 탈 때쯤부터 비가 내리기 시작한다. 빗속을 두 시간 달려 마조레 호반의 '그랑 도텔 에 데 질 볼로메'라고 하는 무척 긴 이름의 호텔에 체크인한다. 이렇다 할 특색은 없지만 아름다운 호반이다. 비가 안 오면 전망이 좋을 테지만 인공적인 느낌이 나는 호수 수면에는 꽤 심하게 빗방울이 떨어지고 있었다.

베네치아

베네치아에 간 적이 있는 사람과 베네치아 이야기를 하면 인 상이 제각각이다. 독특한 아름다움을 지니고 있는 관광지라 고 하는 사람과, 그렇게 형편없는 곳은 없다, 거지도 많고 도 둑도 많다, 두 번 다시 가고 싶지 않다, 고 하는 사람도 있다. 베네치아뿐 아니라 외국 여행은 조금만 친절하게 해주면 그 도시 전체의 인상이 좋아지고, 한 번이라도 불쾌한 꼴을 당 하면 그 도시가 완전히 싫어지는 법이다. 올림픽으로 일본에 오는 많은 외국 손님들도 일본에 대해서 각각 다양한 인상을 갖고 돌아갈 것이다. 무서운 일이다.

나는 베네치아에 대해서 좋은 인상을 지닌 사람이다. 좋은 인상이라기보다도, 베네치아는 나에게 기회만 되면 몇 번이 라도 가고 싶은 몇 안 되는 유럽 도시 중 하나이다. 달리 비교할 데 없는 오래된 역사를 지닌 아름다운 물의 고장이다.

나는 400년 전에 귀족의 저택으로 만들어졌다는 호텔 다니엘리에 묵었지만,[*] 그 오래된 건물에서의 잠은 유럽의 어느 호텔의 잠보다도 차분하고 기분 좋은 것이었다. 호텔 1층 로비의 한쪽은 수로와 접해 있어서 거기에서 곤돌라를 타고 관광한 것도 즐거웠고, 수로가 내려다보이는 5층 식당에서의 만찬도 관광지의 호텔답게 화려하고 인종 박람회 같은 면이 있어서 재미있었다.

베네치아에서 어디가 제일 좋았냐고 누가 묻는다면 나는 주저 없이 산 마르코 광장을 들 것이다. 거기는 호텔 다니엘리에서 2, 3분 거리에 있다. 호텔 앞 거리는 각국 관광객이 끊임없이 지나가는데 그 흐름에 껴서 슬슬 걸어가면 자연히 산 마르코 성당 대광장에 도착한다. 거기에는 늘 엄청난 수의 비둘기와 엄청난 수의 관광객이 흩어져 있다. 광장 삼면에는 광장을 둘러싸듯이 회랑이 있고 그 회랑이 품고 있는 건물 1층은 전부 기념품 가게와 레스토랑이다. 기념품 가게 쇼윈도에는 유리세공이 많다. 그리고 삼면을 회랑으로 둘러싼 광장의 나머지 한 면에 수많은 첨탑과 다섯 개의 둥근 지붕을 가진 산 마르코 성당의 비잔틴식 큰 건물이 있다. 산 마르

[*] 1960년

코 성당은 비잔틴 양식 건물의 대표로 알려져 있지만 외관은 고딕식으로 뾰족뾰족한 크고 작은 첨탑으로 장식된 데코레이션 케이크 같은 건물이다.

따라서 산 마르코 광장은 광장이라고 하기보다 한쪽에만 출입구가 있는 커다란 안뜰이라고 하는 편이 알맞다. 몇 개인가의 레스토랑 테라스는 늘 차를 마시는 손님들로 만원이다. 세어보면 몇 백 명이 될 것이다. 누구나 자연히 그 눈길을 산 마르코 성당으로 보내고 있다.

이 도시의 아카데미아 델레베라루테 미술학교에 가면, 산 마르코 성당의 바깥 모습을 그린 틴토레토의 그림이 있다. 그 그림에서는 첨탑도 둥근 지붕도 전부 금빛 찬란해서 틴토레토가 살았던 16세기경에는 산 마르코가 그랬다는 것을 알 수 있다. 현재는 금색의 반은 벗겨지고 고색창연한 거대한 건물이 되어 있다. 틴토레토가 본 산 마르코 성당과 현재의 산 마르코 성당 중 어느 쪽이 더 아름다운가는 알 수 없다. 예전의 베네치아 번영 시절의 흔적이 지금 이 자리에 고색창연한 모습으로 남아 있다는 것만은 분명하다.

얼마 전에 돌아가신 시부사와 게이조 씨가 편찬한 게이조 씨 부친의 사진집이 시부사와 게이조 씨 사후에 출판되었는데, 그 속에 메이지 26년1893년의 산 마르코 광장 사진이 있다. 비둘기가 많은 것은 지금하고 똑같지만, 관광객 수는 많지 않고, 사람들의 복장도 오늘날과 많이 다르다. 수염을 기르고, 연미복을 입은 신사들이 엄숙한 표정으로 비둘기 떼 가운데 서 있다.

산 마르코 광장에서 차를 마시면서 오래된 성당 건물 외부를 실컷 보고 난 후 안에 들어가는 것이 좋다. 들어간 순간 사람들은 금박 상자 속에 한 발짝 들여놓은 듯한 느낌일 것이다. 내부는 천장을 채우고 있는 금 모자이크와 벽면을 메우고 있는 색색가지 대리석 때문에 어두운 공기에 이상한 화려함이 느껴진다. 천장의 모자이크와 벽면 상층부는 오래된 도식적인 종교화로 채워져 있다. 천장 군데군데에 작은 창이 있어서 거기에서 들어오는 햇살이 금박에 반사되어 부드러운 광선으로 변해 위에서 내려온다고 할 것도 없이 쏟아지고 있다.

성당에서 나오면 다시 한 번 레스토랑 테라스에 앉지 않을 수가 없을 것이다. 그때 비로소 이 광장이 비교할 데 없이 사치스러운 곳임을 알게 될 것이다. 그래서 이 광장은 사람이 많은 데 비해 조용하다. 사람들은 말이 없는 것이다.

"예전의 베네치아 번영 시절의 흔적이

지금 이 자리에 고색창연한 모습으로 남아 있다."

프랑스 여행

스위스에서 보낸 사흘

국경을 넘어 스위스에 들어가다

다음 날* 10시에 호반의 호텔을 떠나 국경으로 향한다. 차창
으로 보이는 호수는 범람하고 있었고, 나무들은 물 가운데에
나 있는 것처럼 보인다. 이윽고 자동차는 호수에서 떨어져 점
차 산간부로 들어선다. 강이라는 강은 몽땅 범람하고 있다.
호텔에서 나와 한 시간 정도 지나자 길이 점차 오르막이 되
고 한기가 느껴지기 시작한다. 창밖으로 눈 덮인 산들이 보이
기 시작한다.

　이제 바야흐로 산에 들어서려는 기슭에 크레바라 드 조오

---

* 1960년 9월 19일

라라는 마을이 있다. 이탈리아 땅 마지막 마을로 완전한 산골 마을이다. 거기에서 자동차를 세우고 딱 한 채 있는 길가 레스토랑으로 들어간다. 그 레스토랑은 깎아지른 듯한 절벽에 서 있어 방문을 열면, 눈 아래 저지대에 강 하나와 그 강가의 작은 성당이 보인다. 주위는 완전히 설산이다. 거기에서 따뜻한 홍차를 마신다.

그때부터 30분 정도면 국경에 도착한다. 이탈리아 쪽 공무원에게 여권을 제시하고 통과, 20~30미터 지나 다시 한 번 차를 세우고 이번에는 스위스 쪽 국경초소에 여권을 보인다.

이 부근은 가미코지上高地에 가는 도중에 있는 가마釜 터널 부근과 어딘지 모르게 비슷하다. 산 여기저기에서 물이 떨어지고 있다.

높은 곳에 올라감에 따라 길 양쪽의 눈이 눈 깜짝할 사이에 많아진다. 눈 가운데를 포장도로만이 한 줄기 시커멓게 달리고 있다. 이윽고 심플론 고개에 도착한다. 산 정상에 있는 전망이 좋다는 작은 호텔 식당에 들어가서 점심을 먹는다. 호텔 안은 스팀이 들어와서 따뜻하다. 그 호텔은 5월 15일부터 10월 15일까지만 운영한다는데, 올해는 눈이 예년보다 20일 정도 빠르다고 한다.

점심식사 후, 호텔 건너편에 딱 하나 있는 매점에서 그림엽서와 소 목에 다는 방울을 사고, 조금 추웠지만 호텔 주변을 걷는다. 낙엽송이 많다. 그러는 도중에 갑자기 안개가 몰려와 앞이 안 보이기 시작해서 걷힐 때까지 호텔에서 기다리기로 한다.

아무리 기다려도 안개가 갤 것 같지 않아 큰마음 먹고 출발한다. 자동차는 천천히 산을 내려간다. 조금씩 안개가 개자 그 사이에서 얼굴을 내미는 풍경이 지금까지하고는 완전히 다르다. 눈에 보이는 것은 이탈리아의 빨간 지붕이 아니라 까만 지붕에 하얀 벽의 목조 가옥뿐이다. 그런 집들이 산간 경사면 여기저기에 흩어져 있다.

한 시간 정도 지나자 자동차는 산을 내려가 계곡의 도시 브리그에 도착한다. 브리그는 기차가 심플론 터널을 빠져나오는 지점이다. 인가와 멀리 떨어진 곳에서 안개가 피어오르는 게 마치 동양화같이 아름답다. 거기서부터 자동차는 론 계곡으로 들어가, 레만 호반으로 나갔다가 오른쪽 기슭을 지나서 제네바로 향하게 된다.

브리그 시를 빠져나오자 차는 커다란 포플러 가로수 길을 달린다. 이탈리아에는 플라타너스 가로수가 있었지만 이렇게 큰 나무는 아니었다.

자동차가 달려가는 앞길을 가끔 소나 양 떼가 가로막는다. 민가 마당에 귤나무가 많이 보인다. 귤은 노랗게 익었지만 무척 작다. 농가가 여기저기 흩어져 있는 모습이 일본 비슷하다. 그리스나 이탈리아처럼 뭉쳐 있지 않고 점점이 산 비탈면에 떨어져 있다.

한 시간 반 정도 지나자 갑자기 호숫가로 나왔다. 레만 호이다. 호수 위에 장난감 같은 시옹 성이 보인다. 성이라기보다 대저택이라는 표현이 어울릴 것 같다. 자동차를 세우고 성을 보기 위해서 일단 내린다. 가까이 가보니 창이 없는 어두운 저택이다.

자동차는 호반을 두 시간 정도 더 달린다. 호수 건너편에 가끔 뭉쳐 있는 시가지 등불이 보인다. 모두 다 프랑스령 피서지라고 한다.

7시 반에 차가 제네바에 들어간다. 전화로 호텔 방을 예약하고 시내의 레스토랑에서 저녁을 먹는다. 소고기를 꼬치에 끼워서 그것을 펄펄 끓는 버터 속에 넣은 뒤에 바로 꺼내서 양념과 함께 먹는 요리이다. 이 요리 이야기는 여러 번 들었지만 기대만큼 맛은 없었다. 고기 자체가 일본 소고기만큼 고급이 아니었기 때문일 것이다.

다음 날 11시에 쓰노다 씨와 둘이 팔레 데 나시옹에 간다. 쓰노다 씨는 여러 번 제네바에서 신문기자로 일했기 때문에 내용을 잘 안다. 오른쪽 건물로 해서 안에 들어가 중앙현관 위의 꼭대기 층에서 차를 마셨다. 식당에는 열 명 남짓 손님이 있었지만, 모두 이 건물에서 일하는 사람들이다. 이 건물은 호수를 등지고 있기 때문에 식당에서 레만 호가 잘 보인다. 제네바라는 도시는 증류수 같은 도시인데, 팔레 데 나시옹도 증류수 같은 건물이다. 그리고 그 건물에서 보는 레만 호 또한 증류수를 가득 채운 것 같은 호수이다.

오후에 어제 묵었던 작은 호텔에서 호반의 큰 호텔로 옮기고 나서 먼지 없는 시내를 슬슬 돌아다닌다.

"하늘은 파랗고, 꽃은 빨갛고, 물은 맑고, 시내 도처에서는 고급시계가 째깍째깍하고 있습니다. 이것이 제네바예요."

그렇게 쓰노다 부인이 표현했는데 정말 그대로이다.

"또 있어요. 시내에서 비싼 레이스를 팔고 있어요."

내가 덧붙였지만 그 말은 무시한 채,

"내일은 몽블랑에 갑시다. 몽블랑 기슭의 샤모니라는 마을을 보여드릴게요."

쓰노다 씨가 웃으면서 말했다. 쓰노다 씨가 얼마나 샤모니를 좋아하는지 그 표정으로 알 수 있었다. 그러나 나는 제네바도 제법 마음에 들었다. 분명히 아름다운 도시인 데다가 이곳에서 오래간만에 맛있는 생선도 먹었기 때문이다.

산록의 마을 샤모니

9월 21일, 오늘은 몽블랑을 보기 위해서 산록의 마을 샤모니로 가는 날이다. 9시에 호텔을 출발하고 일행은 쓰노다 씨와 아들인 아키히로 군, 그리고 나 세 명이었다. 운전은 쓰노다 씨가 맡았다.

도중에 구두 가게와 레이스 가게에 들르기도 해서 실제로 자동차가 레만 호를 떠난 것은 10시 반. 호텔 방 창에서 보이는 호수 너머 저쪽 산맥으로 향하는 것이다.

호반을 떠나 10분 정도 지나자 스위스 세관, 5분 정도 더 가니 이번에는 프랑스 세관. 또 몇 분 간 곳에서 물건을 조사하는 프랑스 경관이 차를 세운다. 거기에서는 담당 직원이 여권은 보지 않고 자동차 내부를 본다. 10분 정도 지나자 다시 경찰이 차를 세우고 차내를 들여다본다. 너무 여러 번이라서 다소 불쾌했다. 이윽고 차는 프랑스 농촌 특유의 부드러운 풍경 가운데로 들어선다. 들판도 사람도 나무도 언덕도 전체적으로 색채가 부드러워지고, 그 윤곽까지도 뿌옇게 흐려 보이는 것 같다. 거기에 비해 이탈리아의 농촌 풍경은 훨씬 더 강렬하다. 심플론을 넘어 처음 눈에 들어온 스위스 농촌의 풍경도 이탈리아만큼은 아니지만 역시 훨씬 더 강하고 선명했다. 한마디로 프랑스 농촌이라고 해도 지방에 따라 다르겠지만,

스위스하고 접해 있는 이 주변이 제일 부드러운 풍경이라고
한다.

목적지인 샤모니까지 약 두 시간, 그동안 쭉 아르브 강을
따라 상류로 올라간다. 아르브 강은 레만 호에서 나오는 론
강에 흘러 들어간다. 한 시간 정도 달리자 좌우에 눈 덮인 산
들이 보이기 시작한다. 그들 산이 급속히 가까워져서 어느 틈
엔가 자동차는 그 산들 사이로 달린다. 몇 군데인가의 작은
산간 마을을 지나친다.

그런 마을 중 제일 큰 마을인 샤모니에 도착한다. 거기는
전에는 등산 기지로, 지금은 피서지, 관광지로 알려져 있지만
산만하게 배치된 가옥이라든가 한산한 거리 어딘가에 뭔지
모를 쓸쓸한 그늘이 깃들어 있는 것은 역시 산간 마을이기
때문일까. 일본으로 말하자면 시나노의 오마치라고 할 수 있
지 않을까.*

등산 전차역 앞 광장에 자동차를 세워둔다. 역은 산속의
역답게 소박한 건물로, 대합실에는 승객이 한 사람도 없다.
우리는 그 전차를 타고 종점에서 내려, 빙하 구경을 하기로
되어 있었지만, 시즌이 아닌 탓인지 전차가 발차하기까지 시

---

* 시나노는 현재의 나가노 현을 일컫는 말로, 오마치는 나가노 북서부에 위치한 작은
산간 마을로 수려한 풍광으로 사랑받는다.

간이 한참 남았다. 시간 관계상 빙하 구경은 나중에 하기로 하고, 먼저 케이블카를 타고 몽블랑의 앞산 꼭대기로 올라가서 거기에서 몽블랑을 구경하기로 한다. 케이블카는 몇 분마다 출발한다고 한다.

우리는 역 앞 광장에 서서 역 뒤로 다가와 있는 산들을 바라보고, 좌우 저 멀리 하얗게 보이는 빙하 일부를 카메라에 담았다. 역 앞 광장 너머에 조난자들의 묘지가 있다. 거기에 가본다. 무척 조촐한 묘지였지만 산에서 목숨을 잃은 사람들이 잠드는 장소로는 그들이 생명을 잃은 산과 마주 보고 있는 이곳보다 더 좋은 곳은 없을지도 모른다. 묘비에 새겨진 글 몇 가지를 읽어본다. 옥스퍼드 대학생의 무덤도 있고, 1897년 눈사태로 죽은 사람도 있다.

몽블랑 관광 케이블카 역은 등산전차 역에서 조금 떨어져 있다. 거기로 가는 도중, 점심을 먹으러 시내의 레스토랑에 들어갔다. 너무 느긋해서 요리가 바로 나올 것 같지 않아 커피만 마시고 샌드위치를 부탁해서 상자에 넣어 가지고 간다.

12시 반 케이블카를 탄다. 케이블카는 전망이 잘 보이게 통유리로 되어 있다. 유리 바깥 면에 얼음과 눈이 꽤 많이 달라붙어 있어 완전히 냉장고 같다. 사각형 냉장고는 우리 세 명을 그 가운데에 세운 채 설산 꼭대기를 향해서 나아간다.

10분 정도 지나 다음 케이블카로 갈아탄다. 두 번째 케이블카에 타자 안개 때문에 풍경이 전혀 안 보인다. 유리창에 얼굴을 대고 안개 층을 노려보고 있자니 가끔 눈이나 얼음의 날카로운 능선이랑 벽이 이쪽을 찌를 듯이 돌진해온다. 안개 층이 흩어지면 그때만 우리를 태운 상자가 암벽과 거의 닿을 듯 말 듯 아슬아슬하게 올라가고 있는 것을 알게 된다. 시야가 좋지 않아서 다행이지 전부 다 보였다면 상당히 스릴을 맛봤을 거라고 생각된다.

이윽고 몽블랑의 앞산인 에귀유 뒤 미디Aiguille du Midi 꼭대기에 도착한다. 역 건물은 반쯤 얼음과 눈에 묻혀 있다. 3842미터 높이라는 전망대에 올라간다. 계단이 얼어서 미끄러질 것 같아 위험하다.

전망대에 오르자 프랑스인으로 보이는 네다섯 명의 남녀가 시끌벅적하게 떠들고 있다. 거기에서 보이는 것은 온통 하얀 운해이고, 그 위를 폭신하고 따스해 보이는 햇살이 비추고 있다. 구름은 움직이지 않는 듯 움직이고 있다. 실제로는 상당히 빠를 것이다. 가끔 산꼭대기가 운해 가운데서 얼굴을 내민다.

그러는 동안에 구름이 흘러가서 산봉우리가 능선에서 나타난다. 오른쪽에 몽블랑, 정면에 그랑드 조라스Grandes Jorasses, 왼쪽에 에귀유 베르트Aiguille Verte로 이어지는 봉우리가 각각의 머리만을 운해 가운데에 섬처럼 보이기 시작한다.

다른 산들은 완전히 운해에 묻혀서 가끔 산꼭대기 일부만이 보인다.

무척 춥다. 나는 여름 셔츠를 두 장 겹쳐 입고 그 위에 울 스웨터 그리고 레인코트까지 입었지만 그래도 여전히 춥다. 쓰노다 씨는 윗도리 속에 아노락을 입고 있다.

프랑스인 남녀는 영사기를 들고 다니며, 닥치는 대로 카메라 셔터를 누르기도 한다. 그들의 부탁으로 한두 번 카메라 앞에 서기도 했다.

추위에 질려서 우리는 대합실로 내려가 따뜻한 홍차를 마셨다. 얼마 지나자 케이블카 발차 벨이 울려서, 예정보다 빨랐지만 하산하기로 한다. 도중의 환승 지점부터 안개가 없어져 눈 아래 펼쳐진 샤모니 마을을 내려다보았다. 위에서 보면 완전히 계곡 마을로 아르브 강도 가느다란 띠처럼 보인다.

하산하고 바로 등산전차 역으로 갔다. 이번에는 대합실에 스무 명 정도 승객이 기다리고 있다. 그중 몇 명인가는 분명히 빙하를 구경하려는 손님이지만, 그 밖에는 이 고장 사람들이다. 어떤 직업을 갖고 있는 사람인지는 짐작이 가지 않는다.

전차는 30분 정도 지나자 종점인 몽탕베르 역에 도착했다. 부근 사람인 듯한 승객들은 모두 도중 역에서 내려버려, 우리를 포함해 열 명 정도의 관광객이 안개와 가는 비에 감싸인 작은 역에 내려졌다.

빙하가 있는 곳까지 걸어서 20분이라고 들었지만, 안개 때문에 전혀 앞이 안 보이고, 비에 젖는 것도 싫어서 빙하 구경은 단념하기로 한다. 같이 전차를 타고 온 다른 승객들은 안내원을 따라 빙하 쪽으로 이어지는 작은 길을 걸어간다. 눈깜짝할 사이에 안개 속으로 모두의 모습이 사라진다.

다음 하행 전차가 오기까지 한 시간 정도 있어서, 우리는 역에서 200여 미터 떨어진 곳에 호텔이 있다고 듣고, 호텔까지 안개 속을 걸어갔다. 길이 질퍽거려 무척 걷기 나쁘다. 간신히 호텔에 도착하자, 만사 제치고 난로에 달라붙는다. 젊은 웨이트리스에게 위스키를 부탁한다.

맥주 통처럼 뚱뚱한 40세 정도 되는 안주인이 우리와 조금 떨어진 테이블에서 소쿠리에 든 동전을 세고 있다. 우리가 들어갔을 때도 우리 쪽을 돌아보지 않더니, 그 뒤로도 쭉 우리에게 무관심하다. 그렇다고 돈 계산에 정신이 팔린 것도 아니다. 멀리에서 보고 있으면 콩깍지라도 까고 있는 것처럼 보이지만 돈 계산을 하고 있는 것이다. 대체로 돈 계산을 하는 사람 얼굴에서는 느긋함이 느껴지지 않는 법인데, 그런 점에서 여기 여주인은 제법 훌륭하다. 콩깍지를 까거나, 바느질이라도 하고 있는 여자의 얼굴이다. 어딘지 다소곳하고 부지런한 여자의 얼굴이다. 쓰노다 씨는 우리가 난로를 점령하고 있는 게 아닐까 하여 같이 앉으라고 권했지만, 여주인은 자기는 춥지 않다고 한다.

5시 반 하행전차로 하산한다. 샤모니 마을에 돌아와서 우리는 잠 쿠테라는 사람이 운영하는 운동구점에 가봤다. 40세 정도 되는 주인은 눈이 깊은 산 사나이 얼굴을 하고 있었다. 알펜 경기에서 세계 선수권을 딴 일이 있는 올림픽 선수였던 사람이라고 한다.

8시 조금 지나서 샤모니를 출발한다. 도중에 본노비자르라는 마을의 호텔 식당에서 저녁을 먹는다. 얼굴이 하얗고 구김살 없는 뚱뚱한 아가씨가 친절하게 요리를 갖다 주기도 하고, 와인을 따라주기도 한다. 보기에도 때가 안 탄 프랑스의 시골 처녀라는 느낌으로 보고만 있어도 기분이 좋다.

11시에 제네바 시에 들어선다. 인적은 거의 끊겼지만, 거리 온갖 곳에 전등이 환하게 켜져 있어서 이상한 느낌이 든다. 사람 없는 밝은 심야 도시이다. 자동차도 거의 다니지 않는다. 낮이든 밤이든 분명히 이 도시는 다른 어떤 도시하고도 다른 무엇이 있다. 그런 의미에서는 독특한 완성을 보이고 있다 할 수 있을 것이다.

호텔 방에 돌아가 유리창을 보자, 호수를 사이에 끼고 건너편 기슭에 일직선으로 늘어서 있는 가로등이 일루미네이션 같은 하얀 빛을 호수 표면에 아름답게 비추고 있다. 역시 여기는 증류수 같은 도시라고 할 수밖에 없다.

침대에 들어갔지만 좀처럼 잠이 오지 않는다. 설산 꼭대기에 서 있었던 것이 똑같은 오늘의 일이라고 믿기지 않는다.

쓰노다 씨가 전화를 걸어왔다. 내일은 9시에 호텔을 체크아웃하여 프랑스의 부르고뉴 지방으로 갈 예정이며, 투르뉘에서 자게 될 것이라고 한다.

"내일 하루는 쭉 론 강을 따라 내려갑니다. 레만 호에 들어갈 때까지의 론과, 레만 호에서 나온 뒤의 론은 완전히 모습이 달라요. 수량이 많고 아름답지요."

쓰노다 씨는 그렇게 말하고는 전화를 끊었다.

로망과 고딕

나는 마이니치신문 파리지국장 쓰노다 아키라 씨 자동차에 편승해서, 이탈리아에서 심플론 고개를 넘어 스위스에 들어가고, 스위스에서 론 강을 따라 프랑스에 들어갔기 때문에 와인 산지로 유명한 부르고뉴 지방의 시골 마을 몇 곳을 볼 기회가 있었다.[*] 나에게 나흘간에 걸친 부르고뉴 여행은 이탈리아나 스위스 여행에서는 느끼지 못했던 즐거운 것이었다. 왜냐하면 이 지방의 마을마다 로망식 건축의 대표적인 성당이, 작은 성당까지 합하면 그야말로 셀 수 없을 만큼 많았기 때문이다. 물론 우리는 그중에서 대표적인 곳만 들렀지만, 고딕 양식에 선행한 중세 건축의 처음 양식이 얼마나 힘차고

---

[*] 1960년

소박한 아름다움에 넘친 것이었나 충분히 알 수 있었다. 로망이라든가 로마네스크라는 단어를 듣고 본 지 꽤 오랜 세월이 지났지만, 이번에 그런 성당이 있는 작은 마을에 묵기도 하고, 비교적 시간 제한 없이 건축 내부와 외부를 오랫동안 헤매면서 로망이라는 것이 지금까지 생각했던 것하고 상당히 다르다는 사실을 깨닫게 되었다.

프랑스 부르고뉴 지방의 로망 건축의 아름다움은 첫째 그 지방의 자연 속에서 태어난 농민의, 와인 냄새는 안 나지만 그들의 삶의 숨결이 그대로 오래된 석재 표면에서 느껴지는 데 있다. 성당이 지니는 둔중한 표정도, 꾸밈없는 견고함도 그대로 농민의 삶과 떼어놓고 생각할 수 없다. 로망 건축은 북유럽은 북유럽, 독일은 독일, 각각 민족적 특성을 지니지만, 부르고뉴 지방의 로망 건축은 이 고장 농민이 그들의 생활 가운데서 스스로의 손으로 만들어낸 대건축이라고 할 수 있다. 그리고 10세기, 11세기경부터 20세기인 오늘날까지 부르고뉴의 농민들은 결혼식에도, 장례식에도, 집회에도, 예배에도 이들 성당을 사용해왔고, 오늘날도 또한 옛날과 똑같이 사용하고 있다.

내가 부르고뉴 지방에 발을 들여놓고 처음 본 것은 투르뉘 성당이다.

투르뉘는 손 강가에 있는 작은 평화로운 시골 마을이지만,

그 마을 한가운데에 네모난 연필 끝을 사각형으로 깎은 것 같은 단순한 형태의, 두 첨탑을 지닌 오래된 석조 성당이 있다. 탑의 형태에 비례해서 건축의 전체 형태도 극히 단순하다. 비행기에서 내려다보면 물감이 완전히 벗겨진 집짓기 장난감 성당처럼 보일 것이다.

그러나 내부에 들어가보면, 굵은 원주도 천장도 아치도 모두 벽돌 형태의 돌을 쌓아올려서 만들어진 돌 외에는 아무 장식도 없는 이상하게 고요한 공간 가운데 누구나 자기도 모르게 그 자리에 못 박히듯 꼼짝 못하게 된다. 석재는 모두 이 지방에서 나는 것으로 하얀 가운데 희미하게 빨간빛을 띠고 있으며, 돌 표면은 아무것도 바르지 않고 까칠까칠한 자연의 살갗을 드러내고 있다. 이것을 만들던 당시의 사람들은 돌 외에는 어떤 아름다움도 인정하지 않았는지도 모른다. 그 대신 돌이 지니는 모든 아름다움은 몽땅 동원되어 있다. 그 특유의 힘참, 소박함, 차가움, 견고함, 그리고 성실함까지도.

그 성당에서 나는 단 하나의 조각인 오른쪽 작은 예배당의 예수를 안은 마리아상을 보았다. 마리아는 농사꾼 아낙네같이 의지에 찬 얼굴을 하고 있었고, 그야말로 가득 퍼먹을 수 있을 것 같은 커다란 입을 지니고, 아무리 일해도 피곤을 토로하지 않을 커다란 손으로 예수를 안고 있었다. 예수 또한 농작물을 돌보는 농부의 커다란 눈과, 몇 십 킬로그램의 수확

물이라도 능히 짊어질 수 있을 단단한 어깨를 그 아기 모습 속에 이미 지니고 있었다.

우리가 다음에 본 것은 투르뉘에서 7~8킬로미터 떨어진 루아르 강 지류에 있는 오탕의 성당이다. 투르뉘에서 오탕까지는 계속 끝이 안 보이는 대평원으로 농부들이 태우고 있는 밭의 보라색 연기가 들판 여기저기에서 피어오르고 있었다.

오탕 성당도 투르뉘 성당과 똑같은 형태였지만, 내부의 원기둥이 여기에서는 몇 개인가의 장방형 기둥을 겹쳐놓은 것 같은 다각기둥으로 변해 있었고, 그 기둥 꼭대기에는 각각 작은 조각이 있어 투르뉘와 달랐다. 기둥은 거의 다 성경에서 따온 이야기였는데, 내 자유로운 상상 속에서는 아가씨를 속인 남자, 욕심 많은 여자들이 지옥에서 도깨비한테 고문당하고 있는 장면이 펼쳐져 있었고, 목이 아픈 것을 참고 올려다보면서 다니니까 단순한 이야기 전개를 손바닥 보듯이 훤히 알 수 있었다.

이들 기둥 꼭대기 조각들의 재미는 좀처럼 비교하기 어려운 것들이다. 거기에서 다루어지고 있는 나쁜 남자와 여자의 행위는 이 지방의 온갖 마을에서 매년 일어나고 있는 일임에 틀림없다. 그리고 거기에서 다루어진 인물들의 얼굴 또한 어느 농촌에서나 흔히 보는 얼굴임에 틀림없다. 이 조각들을 만든 것은 마을의 석공이다. 그들은 아마도 자기 주변의 마을에서 미운털 박힌 이 사람 저 사람을 모델 삼아 속 시원하게 제재를 가한 것 같다.

도깨비들은 얼굴을 일그러뜨리고 벙글벙글 웃기도 하면서 기뻐 날뛰며 악인들을 기름틀에 짜기도 하고, 수염을 뜯기도 하고, 간통한 여자 발을 간부 입에 집어넣기도 하고 있다. 치졸하다고 하기에는 너무 세련되었고, 촌티가 넘치지만 동시에 훌륭한 예술 작품이기도 하다. 이들 기둥 위의 조각 가운데서 찾아낸 몇 개의 마리아상은 볼이 풍요롭고, 눈이 다정한 독특한 표정을 갖고 있었다. 이 조각을 만들던 당시의 미스 오탕이 아마도 석공들의 모델이었을 것이다.

우리는 또 하나 로망 건축의 대표적 작품으로 간주되는 성당을 봤다. 베즐레Vézelay 성당이다. 베즐레는 오탕에서 100킬로미터 정도 더 들어간 산간의 언덕 위에 있는 작은 마을이지만 성당은 당당했다. 베즐레 성당은 기둥 위의 조각 외에도 벽면에 몇몇 조각이 있었는데 그 대부분이 목이 없었다. 프랑스 혁명 때 약탈당했다고 한다.

기둥 위의 조각들은 베즐레에서도 각각 독자적인 표정을 지닌 남녀와 도깨비들이 대활약을 하고 있었다. 등장인물의 생김새가 오탕과 다른 것은 당연할 것이다. 서민의 지혜에서 나온 아이디어가 베즐레 성당에서도 훌륭한 예술 작품이 되고 있었다.

우리는 부르고뉴의 아름다운 가을 평원을, 로망 성당을 찾아다녔지만, 로망 성당 외에 인상 깊었던 것이 또 하나 있다. 쥐라 산맥의 자락이 부르고뉴 평원으로 사라지려는 산간부 도로변에, 제2차 세계대전 때 독일에 대항한 게릴라전에서 사망한 이 지방 청년들의 무덤이 있는데 그것을 본 일이었다. 그 무덤에 대해서는 쓰노다 후사코 여사가 『본 것 생각한 것』에 소개했지만, 처음 보는 나한테는 로망 건축하고는 다른, 큰 감동을 느끼게 한 것이었다. 부르고뉴 지방의 조용한 평원과 마을의 나무들, 포도밭, 단풍 든 커다란 마로니에 가로수 길 등이 갑자기 완전히 다르게 보였다.

무덤은 1944년 2월부터 9월까지의 가장 격렬했던 전투에서 전사한 이 지방 농촌 청년 전사자 팔십여 명을 모신 것으로, 신원 미상이라고 쓴 묘비명도 30여 개 있었다. 그리고 그 묘지 곁의 깎아지른 듯한 단애에 거대한 여신상이 새겨져 있었는데, 그녀는 길 저쪽, 갑자기 깊게 파인 큰 계곡 건너 멀리 보이는 산맥 쪽으로 바람에 머리카락을 휘날리면서 씩씩한 얼굴로 서 있다. 여신의 발아래에 무명 전사자가 한 명 묻혀 있어 "저항의 게릴라전에서 산화한 쥐라의 전사자를 위해서"라는 묘비명이 적혀 있었다. 여신상을 조각한 돌 옆면에는 "나 죽는 곳에 조국이 부활한다"라는 아라공의 말이 삼행으로 새겨져 있다. 누가 새겼는지, 여신상의 작가가 누군지는 모르지만, 그 여신상 옆얼굴은 부르고뉴 지방의 요즘 아가씨들 얼굴과 이어지는 것이 있을지도 모른다.

부르고뉴 지방을 로망 지방이라고 한다면 노르망디 지방은 고딕 지방이다. 부르고뉴 지방을 여행하고 나서 반 달 정도 있다가 노르망디 지방을 여행하게 되었다. 노르망디 평원에 흩어져 있는 여러 도시에는 로망 시대 뒤에 출현한 고딕 양식의 성당이 많다. 그중에서 가장 유명한 것이 2세기에 일찍이 도시 형태를 이루었다는 루앙 시의 사원들이다.

노르망디 지방은 같은 평원지대라고 해도 부르고뉴 지방과는 상당히 다른 인상을 준다. 부르고뉴에서 본 낮은 구릉이 파도치는 모습은 훨씬 평탄해지고, 포도밭 대신 이미 작은 열매가 달린 사과밭이 평원 여기저기에 흩어져 있다. 노르망디는 사과주 산지인 것이다. 토지는 부르고뉴보다 훨씬 비옥해 보이고, 농가도 부유한 것 같다.

노르망디의 중심도시인 루앙은 고딕 첨탑이 시내 어디에서나 눈에 들어오는 이상한 도시이다. 파리 교외에서 헤어진 센 강을 다시 이 도시에서 훨씬 더 강폭이 넓어진 모습으로 재회한다. 강기슭에는 거대한 기중기가 빼곡히 늘어서 있고, 증기선과 모터보트가 짐을 잔뜩 싣고 오르내리고 있다. 루앙은 센의 항구로 예전부터 알려져 있지만, 미술사가에게는 고딕의 도시로 알려져 있다. 이 지방 특유의 소위 말하는 노르망디식 집이 늘어서 있는 집들 사이로 톱니 같은 날카로운 장식이 있는 첨탑을 보는 것은 이상한 느낌이었다.

이 도시의 대성당 첨탑은 내가 본 고딕 첨탑 가운데서 가장 아름다운 것이었다. 로망 건축의 아름다움과 즐거움이 사원 안의 원기둥과 다각기둥에 있다면, 고딕의 아름다움은 하늘을 찌를 듯이 뾰족한 첨탑이라고 할 수 있다. 대성당 주위를 장식한 지나치다 할 만큼 많은 장식은 어느 쪽이냐 하면 로망식을 좋아하는 나한테는 번잡하게 느껴진다. 그러나 뾰족한 탑의 날카로움은 나한테도 말할 수 없이 아름답게 보인다. 전 세계에 그 이름이 알려져 있는 파리의 노트르담 성당이나, 파리의 센 강 사이의 작은 모래톱에 있는 보석 상자 같은 생트샤펠 성당도 각각 고딕의 대표적인 건축이지만, 탑의 아름다움은 도저히 루앙 대성당에 비할 수 없을 것 같다. 고딕 성당의 설계자들은 뾰족한 형태가 지니는 아름다움을 포착한 위대한 발견자들이다. 건물 전체를 레이스 같은 부조로 잔뜩 꾸미고, 그것도 부족해서 하늘을 찌르듯이 날카로운 송곳을 배치했다. 로망은 둔중하고 농민 기질이 그대로 드러나 있지만, 고딕은 신경질적이고 도시적이고 공예적이다.

이러한 고딕 첨탑이 여럿 있는 루앙에서 플로베르가 태어났다는 사실은 매우 흥미롭다. 플로베르의 생가는 시내 중심부 위치한 시립병원의 한 구역으로 지금도 보존되어 있다. 당당한 저택이며 플로베르 거리라는 이름도 남아 있다.

우리는 루앙에 온 김에 플로베르가 『보바리 부인』과 『살 람보』를 썼다고 하는 루앙 근교의 저택을 찾아갔다. 플로베 르의 저택은 센 강에 면한 조용한 구역에 있었고, 말수가 적 은 중년 여인이 지키고 있었다. 지금도 루앙 근교에서 제일 아름답고 제일 조용한 곳인지도 모른다. 별채 유리창으로부 터는 끊임없이 센을 오르내리는 배가 보인다. 플로베르의 장 례식이 거행된 성당은 그 저택 뒤 언덕 위에 있었다. 거기도 처음에는 고딕 성당이었겠지만, 지금은 고딕이라고도 로망이 라고도 할 수 없는 그저 오래된 성당으로 남아 있었다.

고딕 성당으로 또 하나 빠뜨릴 수 없는 것이 샤르트르 대 성당이다.

샤르트르는 프랑스의 곡창지대로 유명한 보스 지방의 중 심도시이다. 샤르트르에는 파리에 10년 넘게 살고 있는 서양 화가 하기스 다카토쿠 부부와 같이 갔는데, 파리와 샤르트르 사이의 평원은 부르고뉴, 노르망디 지방 어느 쪽과도 다른 표 정을 지니고 있었다. 그곳은 말 그대로 풍요로운 경작지이고, 파랑과 다갈색 논밭과 들이 고루고루 섞인 평원 여기저기에 보이는 마을에는 초가집도 있고 성채 같은 부농의 집도 있다. 그리고 푸른 초원에는 방목한 소들의 무리가 보인다.

샤르트르 대성당의 두 탑은 차로 가다 보면 대평원 끝에 그 뾰족한 부분만 보이다가, 가까이 감에 따라 서서히 커진다. 그 첨탑을 중심에 갖고 있는 샤르트르 시가 전모를 드러낸 것은 도시 바로 가까이까지 가고 나서이다. 샤르트르 대성당의 첨탑이 얼마나 거대한지 이것으로도 알 수 있을 것이다. 두 개의 첨탑 중 하나는 단순한 형태의 로망식 탑이고, 또 하나는 날카로운 톱니 같은 능선을 지니는 고딕식 탑이다. 처음에 로망 성당이었던 것이 시대의 추이와 함께 고딕 양식으로 바뀌고 어떤 이유로 탑 하나만이 로망 형태 그대로 남아 오늘에 이른 것이리라. 지금 생각해보면 로망식인 거대한 성당을 구태여 고딕식으로 고칠 필요는 없다고 생각되지만, 고딕 시대에는 로망식이 그대로 둘 수 없을 만큼 촌스러워서 참을 수가 없었던 것이리라.

이 성당에서 아름다운 것은 건물 내부를 장식하는 스테인드글라스이다. 파리의 생트샤펠의 스테인드글라스도 아름답지만, 그 규모의 크기로 봐서 역시 샤르트르 대성당을 위에 두어야 할 듯하다. 나는 고딕 양식 성당의 아름다움은 그 뾰족할 대로 뾰족한 탑에 있다고 했지만, 내부의 스테인드글라스가 자아내는 호사스러운 분위기 또한 탑에 못지않은 고딕적 아름다움의 중요한 요소이다.

나는 예전에 우에다 주소 박사가 로망을 발견하면 끝까지 로망이 보고 싶어지고, 고딕을 발견하면 또 끝까지 고딕이 보

고 싶어진다고 했던 이야기가 기억난다. 정말 그렇게 사람의
마음을 이상하게 홀리게 하는 힘을, 이 두 개의 중세 건축 양
식은 지니고 있다.

파리의 가을 : 루앙과 샤르트르

파리에는 9월 24일부터 11월 10일까지[*] 한 달 반 정도 체재
했다. 그 사이 스페인 여행도 하고 베를린과 런던에도 갔었기
때문에, 파리 호텔에서 지낸 것은 실제로는 한 달쯤 된다. 파
리에 갔을 때는 아직 여름의 잔재가 남아 있었지만, 파리를
출발할 때는 완전한 겨울에 접어들어 있었다. 어쨌든 파리의
늦여름에서 초겨울로 변하는 과정을 호텔 유리창으로 본 셈
이다.

　숙소는 처음에는 루브르 바로 옆에 있는 레지나라고 하는
호텔이었지만, 얼마 있다가 거기서 걸어서 5분 정도 되는 생
잠이라는 호텔로 옮겼다. 생 잠 쪽이 오래되고 유서 깊은 호

---

[*] 1960년

텔이기도 했지만, 마이니치신문 지국에서 아주 가까운 곳에 있었기 때문에 만사 편리할 거라고 생각했기 때문이다.

호텔 방 유리창으로부터는 사람 왕래가 많은 도로 너머로 튈르리 정원 일부가 보였다. 매일 아침, 잠이 깨면 창문을 열고 공원 벤치에 앉아 있는 사람들을 바라보았다. 벤치에 앉아 있는 것은 대개 노인으로, 파리에 오고 나서 열흘 정도는 양지에서 볕을 쬐고 있는 것같이 한가로운 풍경이었지만, 갑자기 추위가 닥치자 겨울에 나무가 마르듯이 노인이 있는 풍경 또한 황량하고 쓸쓸한, 뭐라 할 수 없이 애처로운 것으로 바뀌었다.

파리에는 가을이 거의 없었다. 여름이 끝났나 싶자 바로 겨울이 닥쳐온 것 같았다. 제일 좋은 시기인 가을을 파리에서 보낼 생각이었지만 가을이 눈 깜짝할 사이에 초고속으로 지나가버리고 예상하지 못한 추위가 찾아와서 10월 중순에 나는 봄가을용 코트를 주문해야 했다.

이른 아침부터 공원의 벤치마다 빼곡히 앉아 있는 노인들은 나한테는 결코 유쾌한 구경거리가 아니었다. 그러나 이상하게 마음이 쓰이는 광경이기도 했다. 해가 나올 때까지는 집에 있으면 좋을 텐데, 아직 해가 비치기도 전에 벤치는 하나같이 노인들이 점령한다. 노인들은 약속이라도 한 듯이 몸을 웅크리고, 장식품처럼 꼼짝도 않고 같은 자세를 유지하고 있

는 사람도 있는가 하면 신문이나 잡지, 편지 등을 읽는 사람
도 있다. 일요일에는 아이들이 그 주위를 시끌벅적 뛰어다니
지만, 다른 날은 노인들이 완전히 쓸쓸한 풍경의 일부가 되어
있다.

　이번 여행 중 유럽에서나, 미국에서나, 어디에 가나 노인들
모습이 눈에 띄었다. 베를린이든 런던이든 뉴욕이든 공원에
가면 노인들이 고독한 모습으로 벤치에 앉아 있었다. 그 가운
데에서도 나한테는 파리의 노인들이 제일 고독해 보였다. 나
는 가끔 공원에 가서 그런 노인 가까이에 가보았지만, 그런
때 그들은 한결같이 고독하면서도 사람을 거부하는 차가운
눈초리를 나한테 보냈다. 몇 시간이고 같은 벤치에 앉아 있는
사람이 있는가 하면, 식사를 하기 위해서만 오는 사람도 있었
다. 쇼핑백 같은 데서 종이에 싼 빵을 꺼내서 그것을 손으로
뜯어 먹고 있는 노인들은 어디로 보나 행복과는 인연이 없어
보였다.

　그러나 그러한 노인들과 관계없이 추위가 닥치자 파리의
거리는 아름다워졌다. 늦가을에서 초겨울에 오는 비가 내리
는 날이 많았지만, 오래된 건물이 많은 거리는 그때문에 일종
의 어두움과 차분함을 지니게 되었다. 그리고 잎사귀가 없어
진 가로수가 아름다워졌다. 파리의, 이 계절의 아름다움을 한
마디로 말한다면 파리를 메우고 있는 나무숲의 아름다움이

라고 할 수 있을 것이다.

호텔 유리창에서는 또한 루브르의 거무스름한 오래된 건물이 보였다. 호텔에서 걸어서 몇 분 안 되는 거리에 있었기 때문에 나는 루브르 미술관 앞의 광장까지 매일 산책했다. 그러나 루브르에 들어간 적은 세 번밖에 없었고 나머지는 건물 앞 광장을 걷다 돌아왔다. 미술품 걸작이 잔뜩 들어 있는 건물은 바깥에서 보면 무척 무뚝뚝하고 불쾌한 모습이라, 어지간히 마음먹지 않으면 안에 들어갈 생각이 들지 않는다.

루브르에 처음 간 것은 파리에 도착하고 나서 사흘째 되는 날이었다. 나중에 천천히 다시 보면 된다는 생각으로 대충 한 바퀴 돌았다. 그러나 그것을 다시 볼 기회는 파리를 출발할 사오일 전까지 안 왔다. 루브르에 가려고하면 매일이라도 갈 수 있었는데, 왠지 마음이 무거웠다. 그리고 이제 막상 파리를 떠나야 할 때가 되어서야 이틀 연속으로 가고, 결국은 대충 훑어보는 결과가 되었다.

루브르에서 강한 감동을 받은 것은 역시 〈밀로의 비너스〉와 다빈치의 〈모나리자〉이다. 〈밀로의 비너스〉는 19세기 초에 밀로 섬에서 농부가 밭을 갈다가 발견한 것이라는데 참으로 엄청난 것이 밭 속에서 나왔다. 제작연대는 기원전 2세기라고도, 기원전 1세기라고도 말해지며, 기원전 4세기 이후의 것이라는 설도 있다. 이 양쪽 팔이 없어진 대리석 석상 앞에

서면, 첫째, 둘째를 다투는 세계에서 가장 유명한 조각이라는 사실을 빼고라도 누군들 바로 떠날 수는 없으리라.

나는 피렌체에서 다빈치의 〈수태고지〉를 보았다. 그것은 내가 예전에 봤던 수많은 〈수태고지〉 중에서 손꼽히게 특이한 것이었다. 예수의 수태를 고하러 온 천사와 그 말을 듣고 있는 마리아는 마치 결투라도 하듯이 대치하는 모습이었다. 다빈치는 이 설화를 다룬 다른 화가하고는 완전히 다르게 취급해버렸다. 마리아라는 한 여성을 믿기지 않는 순간에 입회하게 하여, 화면이 지니는 긴장감은 무서울 정도였다.

그와 똑같은 긴장감을 루브르에 있는 다빈치의 〈모나리자〉가 갖고 있었다. 다빈치라고 하면 바로 〈모나리자〉가 떠오를 만큼 유명한 작품이지만, 과연 참 좋은 작품이라고 생각했다. 그러나 내가 그때까지 수많은 미술서나 미술잡지의 복제로 봐온 인상하고는 색이 무척 달랐다.

〈모나리자〉는 특별실이라는 느낌의 장소에 있었다. 같은 장소에 지금까지 봐온 라파엘로의 작품 중에서도 수작에 속하는 초상화가 놓여 있었지만, 〈모나리자〉 때문에 존재감이 흐려진 것은 딱할 정도였다.

〈모나리자〉는 피렌체 상류계급 사람의 세 번째 아내인, 역시 피렌체의 명문가 출신 여성의 초상화이다. 그 초상화의 미소에 대해서는 대학교 시절부터 이런저런 이야기를 들었지만, 실제 작품 앞에 서자 깊은 미소라든가 수수께끼의 미소라든가 하는 것보다 먼저 으스스한 느낌이 들었다. 물론 그 으스스함은 다빈치의 다른 작품이 한결같이 조금씩 다른 형태로 지니고 있는 요소임에는 틀림없다. 이 초상화를 본 사람은 평생 그것을 자기 눈에서 지울 수 없을 것이다. 화면은 무척 많이 갈라져 있었고, 아마도 제일 처음에 그렸을 당시하고 색채도 많이 달라졌을 것으로 추정된다.

로댕 미술관에 간 것은 11월에 들어서고 나서이다. 그날 오전 중 비가 내렸지만, 오후가 되자 간신히 비가 그쳐서 쓰노다 아키라 씨하고 둘이 로댕의 작품으로만 채워진 미술관에 갔다.

그 미술관은 로댕이 살았던 저택을 그대로 전시장으로 만든 것인데, 당당한 대저택으로 넓은 정원 한쪽을 메운 겨울나무들은 깜짝 놀랄 만큼 아름다웠다. 문 앞에 서자 오른쪽 마당에 나폴레옹 기념탑을 배경으로 〈생각하는 사람〉 조각상이 보인다. 반대쪽 왼쪽 마당에는 〈칼레의 시민들〉과 〈지옥문〉 두 대작이 있다.

그러한 작품이 있다는 사실을 눈에 담으면서 정면의 큰 저택으로 돌이 깔린 길을 걸어갔다. 그 정면 건물이 미술관인데 얼른 보면 커다란 관공서 빌딩으로 들어가는 것 같다. 그리고 그 큰 저택을 둘러싸듯이 공원같이 넓은 정원이 펼쳐져 있다.

미술관에 들어가자 방마다 로댕의 작품이 빼곡히 놓여 있다. 한 시간 정도 로댕 작품들 속을 걸어다닌다. 입장객은 많았지만 전혀 방해가 되지 않는다. 구경꾼보다 거기에 흩어져 있는 인체의 조각 쪽이, 팔이나 다리나 허리 쪽이 훨씬 더 살아 있는 인간이었기 때문일 것이다. 로댕의 수많은 완성, 미완성 작품 속을 걸으면서 느낀 것은 한 조각가의 생생한 존재감이다. 어떤 작품이 제일 좋다와 같은 문제가 아니라, 어쨌건 한 조각가가 여기 존재한다는 느낌이었다. 이런 작품을 만들고, 이런 작품을 만들면서 여자의 온갖 자태를 관찰했다는 것은 놀랄 만한 일이다. 이만한 수준의 일을 했으면 그는 진정한 조각가이고, 조각가 이외에 무엇도 아니라고 할 수 있다.

로댕 미술관을 나오자 그 저택도 컸지만, 로댕이 조각가로서 한 일이 더 크고, 그것을 담는 그릇으로서는 이 대저택도 아직 작다는 느낌이 들었다.

인상파 미술관에는 고흐, 고갱, 루소 등의 좋은 작품만이 모여 있었다. 그중에서도 르누아르의 대작이 아름다웠다. 근대 미술관에는 인상파 미술관에 진열된 것과 같은 작가의 그림들이 진열되어 있었지만, 이쪽에서는 루오와 세잔 등의 작품이 좋게 다가왔다.

노트르담 성당에는 여러 번 갔다. 내부에 들어간 것은 두 번뿐이었지만, 건물을 바깥에서 보기 위해 노트르담을 방문하는 것은 파리 생활의 즐거운 일과 중 하나였다. 노트르담 성당은 정면에서 보는 것이 제일 아름답다. 화가도 정면에서 이 오래된 건물을 그리는 사람이 제일 많은 것 같다.

고딕 성당의 특색인 내부 스테인드글라스의 아름다움도 굉장했지만, 스테인드글라스가 자아내는 요상한 분위기의 아름다움은 여기보다 같은 파리의 생트샤펠 쪽이 더 아름답고, 나아가 샤르트르 대성당 내부 쪽이 좀 더 장엄한 느낌이다. 역시 노트르담의 아름다움은 정면에서 본 건축물의 균형미와 다른 건축에서 찾아볼 수 없는 안정감이라고 생각한다. 두 개의 탑이 있는 3층 건물로 정면에 세 개의 문이 있다. 프랑스 고딕 성당의 대표다운 관록이 있다.

파리에서는 몇 편의 연극을 봤다. 후루가키 대사 부부의 초대로 코미디 프랑세즈에서 빅토르 위고의 역사물을 구경했다. 연극 자체는 재미없었지만 각계의 명사가 하나같이 턱시도를 입고 모인 극장 정경은 꽤 흥미로웠다. 후루가키 대사와 같은 칸에 프랑스 외교관 부부도 와 있었다. 둘 다 연극을 보는 것은 뒷전이고 막이 내리면 관객석에서 자기 아는 사람을 찾는 데 열심이었다. 그런 사람들의 표정과 움직임을 나

또한 무대보다 더 열심히 구경했다.

몽파르나스 극장에서 아누이의 〈베켓〉을 봤지만 재미없었다. 재미있었던 것은 오페라 극장에서 본 〈카르멘〉.

파리의 즐거움은 이렇다 할 목적 없이 거리를 걷는 데에 있다. 세계 어느 나라의 수도보다도 젊은 남녀가 복장에 무관심한 듯 보인다. 패션과 파리는 동의어처럼 쓰이지만, 내가 본 바로는 이 도시에는 패션이라는 것이 없다. 젊은 남녀도 학생도 자기 몸에 잘 어울리는 색과 형태의 옷을 입고 있다. 그러니만큼 이 도시의 젊은 남녀가 멋에 대한 감각이 있다는 것을 잘 알 수 있었다.

파리는 프랑스에서 단 하나뿐인 특별한 국제적 도시인 것 같다. 파리에서 한 발짝만 시골에 가면 프랑스가 전적으로 순박한 농업국이라는 인상을 갖게 된다. 아마도 프랑스라는 나라의 큰 움직임은 파리와는 별도로 움직이고 있고, 좀 더 차분하고 수수하고 질박한 농민들이 프랑스인의 대부분을 점하고 있어 보인다.

그러한 프랑스의 특별 지대이기 때문에 파리는 여행객에게 즐겁고 아름다운 곳이 될 수 있는지도 모른다.

10월 초순에, 1박 예정으로 쓰노다 부부와 루앙으로 갔다. 루앙에 대해서는 전에도 이야기했지만, 이번 여행이 즐거웠기 때문에 조금 더 자세하게 써보려고 한다. 쓰노다 씨 차로 2시에 파리를 출발했다. 루앙까지는 120~130킬로미터이니까 두 시간 정도의 드라이브 거리이다. 파리 시내를 벗어나자, 자로 그은 듯이 똑바로 뻗은 길이 그대로 노르망디의 대평원 가운데로 삼켜진다. 부르고뉴 지방의 평원은 낮은 구릉이 파도치지만, 노르망디의 평원은 거의 기복 없이 평탄하다. 그런 풍경이 어디까지나 한 장의 판때기처럼 펼쳐져 있다. 작은 열매를 단 사과밭이 여기저기에 있다. 그림이나 사진에서 본 노르망디의 풍경 한복판을 차는 계속 달린다.

루앙 시까지 30~40킬로미터 남은 지점에서 차를 오른쪽으로 꺾어 리스라는 작은 마을에 들어갔다. 이 리스라는 마을을 보는 것도 이번 1박 여행의 중요한 스케줄 중 하나이다. 리스는 플로베르의 『보바리 부인』의 무대가 되었던 곳이라고 하여, 루앙으로 향하는 여정에서 조금 돌아가게 되지만 들른 것이다.

인가가 수십 채에 지나지 않는 마을로 사방이 낮은 언덕에 둘러싸였고, 집은 길 양쪽에 한 줄로 늘어서 있다. 가옥은 하나같이 돌과 벽돌로 만들어졌으며, 마을을 둘러싼 낮은 언덕은 나무들로 빽빽하다.

거리에는 거의 사람이 없었다. 무서울 만큼 마을 전체가 한산하다. 우리는 끝에서 끝까지 걸어도 5분이 걸리지 않는 거리를 천천히 걸었다. 자기 발소리만이 귀에 들어올 만큼 조용한 곳이다.

거리를 3분의 2 정도 간 곳에 목적지인 보바리 부인의 집이 있었다. '보바리 부인의 집'이라고 판자에 페인트로 적힌, 유리창이 네 개 있는 2층 가옥인데 한 줌에 쥘 수 있을 만큼 작다. 현재는 약국으로 사용된다. 2층 두 개의 창이 열려 있어 하얀 커튼이 보인다. 잘 주의해서 보니 이 '보바리 집'은 독립가옥이 아니라, 세 채인가 네 채가 연결되어 있는 공동주택 끝부분에 해당되는 곳이다.

왼쪽은 의사네 집, 오른쪽은 무슨 장사인지 알 수 없지만 장사하다 폐업한 여염집 같다. 한산한 길 건너 맞은편 집에는 이 또한 작은 판자에 페인트로 '교망 변호사 사무실'이라고 씌어 있다. 그 왼쪽은 작은 쇼윈도에 구두가 몇 켤레 진열되어 있으니 신발 가게일 것이다. 오른쪽은 자전거포, 그 자전거포 오른쪽은 작은 호텔.

우리는 비스듬히 마주 보이는 호텔 식당에 들어가서 커피를 마신다. 우리가 커피를 마시는 동안 같은 방 테이블에서 열여덟, 열아홉쯤 되어 보이는 아가씨 둘이 콩 껍질을 까고 있었다. 보기에도 순진한 시골 아가씨라는 인상이다. 콩 껍질을 까면서 가끔 눈동자만 움직여서 이국의 세 손님을 힐끗 보고 얼른 다시 시선을 자기 손으로 옮긴다.

우리는 그곳을 나서자 아까 들어온 마을 입구 쪽으로 걸어
갔다. 시장과 관공서가 같은 지붕 아래 나란히 서 있다. 시장
뒤쪽 언덕에 성당의 까만 탑이 아름답게 보이고 있어서 들어
가봤다. 12세기에 만들어졌다고 하는데 내부에 들어가보니
내부는 완전히 새롭게 단장했다. 안내서에 따르면 제단 옆의
목각이 훌륭하다는데 어두워서 잘 알 수가 없다. 쓰노다 씨는
제단의 촛불로 목각을 꼼꼼하게 보고 있다.

리스는 『보바리 부인』의 무대가 아니었어도, 조금만 인생
의 멋을 아는 사람이 살았다면 일을 일으킬 것 같은 마을이
다. 너무 심심해서 뭔가 일이라도 저지르지 않고는 배길 수
없을 것 같은 마을이었다.

우리는 한 시간 정도 있다가 이 작은 마을을 떠나 목적지
인 루앙으로 향했다. 노르망디 내륙의 중심 도시인 루앙 시에
들어갔을 때는 아주 밤이 되어 있었다.

호텔에 들어갔다가 시내 레스토랑으로 노르망디 요리를
먹으러 간다. 본격적인 노르망디풍 가옥으로 손님은 거의 없
다. 에스카르고와 닭볶음밥을 먹는다.

다음 날, 10시에 쓰노다 씨와 둘이 호텔을 나서 플로베르
의 생가를 보러간다. 시내 한복판이긴 하지만 플로베르의 생
가는 조금 큰 길에서 들어간 조용한 곳에 있었다. 플로베르
거리라고 불리는 거리 막다른 곳에 커다란 시립병원이 있었

고, 그 옆이라고 하자면 옆이지만, 병원의 일부라고 해도 괜찮을 것 같은 건물이 플로베르가 태어난 집이었다. 문에 '여기에서 1821년 플로베르 태어나다'라고 씌어 있었다. 조금 옆에서 보니 과연 병원하고는 다른 건물이었다. 벽이 많이 퇴색되었지만 당당한 저택이다.

플로베르의 생가를 본 김에 플로베르가 살았던 집을 보러 교외로 간다. 센 강을 앞에 둔 전망 좋은 장소로, 안채는 없어졌지만 넓은 정원과 별채가 남아 있다. 서른 살 정도 되는 여자 문지기가 문을 열어주어서 집 안을 본다. 상하 2단으로 되어 있는 넓은 정원이 온통 마로니에 낙엽으로 가득하다.

별채에 들어가본다. 창 너머로는 바로 앞을 흐르는 센 강이 보이고 플로베르가 썼다고 하는 의자랑 원탁, 장식장이 있고, 창가에는 책과 원고가 진열되었다. 책장 위의 오래된 불상은 모파상이 "플로베르의 책상 위에 있었다"라고 썼던 그 불상이라고 한다. 열두 살 때의 플로베르의 초상화도 있다. 얼핏 보면 나폴레옹의 소년 시절과 똑같다.

센 강에는 끊임없이 배가 오르락내리락 한다. 플로베르가 살았던 시절에도 아마도 지금과 똑같이 배가 바쁘게 움직이고 있었으리라고 생각된다.

별채 건물 내부는 목조이지만, 외부는 완전히 석조로 마감했다. 정원도, 건물도 상당히 사치스러운 저택이다.

거기에서 1킬로미터 정도 떨어진 언덕 위에 플로베르의 장례식을 거행한 성당이 있다고 해서 차로 가본다. 언덕 위에 서자 센 강과 루앙 시가 한눈에 보여 아름다웠다. 성당은 낡고 작았다. 내부에 스테인드글라스가 잔뜩 끼워져 있었지만 벽에 걸린 종교화는 전부 최근 작으로 별로 신통치 못한 것뿐이었다.

성당 앞의 이발소 겸 잡화점에서 그림엽서를 사고 그 옆의 작은 카페에서 커피를 마셨다. 플로베르와 관련된 장소는 대강 봤으니까 이제는 루앙 시 구경을 시작한다. 이렇다 할 목적 없이 시내를 걸어다니기로 한다. 루앙은 걸으면 즐거운 도시이다. 노르망디식으로 지어진 집들도 재밌고, 오래된 건물이 많은 것도 이 도시 특유의 분위기를 자아내고 있다. 그러나 뭐니 뭐니 해도 루앙을 다른 도시하고 구분 짓고 있는 것은 시내 어디를 걸어도 고딕 첨탑이 보인다는 사실이다.

우리는 고딕 첨탑의 뾰족한 아름다움을 루앙 대성당으로 인해 처음으로 알게 된 것만 같았다. 파리의 노트르담 성당도, 생트샤펠 성당도 고딕의 대표적인 건축물이긴 하지만, 탑의 아름다움은 루앙 대성당의 첨탑이 제일이라고 느꼈다.

루앙에서 파리로 돌아온 다음 날, 나는 하기스 다카토쿠 부부의 권유로 하기스 화백 차로 샤르트르에 대성당을 보러 갔다. 샤르트르 이야기도 전에 했지만 좀 더 자세하게 샤르트르 여행에 대해 써보겠다.

파리에서 샤르트르까지도 대평원이 펼쳐져 있었다. 프랑스의 곡창지대라고 칭해지는 보스 지방으로 프랑스에서는 제일 큰 평원이다. 지평선 끝까지 산이라고는 전혀 안 보인다.

평원의 대부분은 밀밭이었고 맥추는 8월이라고 한다. 이 고장의 맥추는 정말 아름다울 거라고 생각했다. 샤르트르는 그 곡창지대의 중심지이다.

샤르트르까지의 평원 풍경은 노르망디 지방하고 또 다르다. 눈이 미치는 한 경작지 여기저기에 점재하고 있는 농가는 무척 초라하며 가옥이나 벽색도 눈에 띄지 않고 수수하다. 잡초 가운데 가끔 개양귀비꽃이 빨갛게 보인다.

파리를 떠난 지 한 시간 정도 지나자 평원 끝에 샤르트르 대성당의 탑이 두 개 보인다. 우리는 차에서 내려 그것을 바라보았다. 부근의 나무는 마로니에, 떡갈나무, 북가시나무 등 전부 낙엽수뿐이다. 부근에는 폐허가 된 정원 풍 뒷문이 있는 농가가 많다. 방목한 소가 예상치 못한 곳에서 불쑥 나타나곤 한다. 봄에서 여름에 걸쳐 이 지방의 초록은 다른 평원의 초록보다 훨씬 아름답다고 한다.

샤르트르도 오래되고 차분한 도시이다. 오래되었다는 점에서는 루앙과 비교할 수 없지만, 작은 도시이니만큼 마을 전체가 어떤 고색창연함으로 잘 통일되어 있다.

시내 호텔에서 하기스 부부가 점심을 냈다. 밥을 먹고 있자 이 도시의 신문기자이자 시인이라고 하는 중년의 인물이 하기스 부부의 모습을 발견하고 다가와서, 하기스 화백에게 시 동인잡지의 표지 휘호를 써달라고 부탁한다. 호텔을 나와서 대성당으로 간다. 이 고딕 성당의 첨탑은 거대하다. 평원 끝에서 이 두 개의 탑이 솟아오른 모습을 우리는 십 수 킬로미터 전의 지점에서 봤지만, 가까이 가보니 그 크기는 뭔가 무시무시함을 지니고 있었다. 하나는 고딕 탑이고, 하나는 로망 탑이다. 처음에 이 성당은 로망 건물이었지만, 그것을 고딕풍으로 다시 만들면서 어떻게 된 것인지 한 탑만이 로망 형태로 그대로 남겨졌다고 한다.

그러나 샤르트르 성당에서 가장 아름다운 것은 건물 내부에 껴 있는 스테인드글라스였다. 나는 이 성당의 스테인드글라스를 볼 때까지는 파리의 생트샤펠의 스테인드글라스가 제일 아름답다고 생각하고 있었다. 생트샤펠 건물에 발을 한 발짝 들여놓고, 이 세상에 이렇게 아름다운 공간은 좀처럼 존재하지 않을 거라고 생각했다. 그러나 샤르트르 대성당을 본 뒤로는 그것이 보석함의 아름다움으로밖에 생각되지 않으니 이상하다.

샤르트르 대성당의 거대한 내부를 장식하고 있는 스테인

드글라스의 수는 엄청났다. 그 스테인드글라스가 자아내고 있는 요상한 분위기는 요사스럽기는 해도 인간이 만들어낸 커다란 아름다움 가운데 하나일 것이다.

그건 그렇고 스테인드글라스라는 것은 조금 사용되면 병적인 어두움을 자아내지만, 샤르트르 대성당처럼 풍성하게 쓰면 어느 틈에 그 어두움은 없어져버리고, 성당을 나온 뒤에 남는 것은 오히려 화사함뿐이다. 하기스 부부와 나는 대성당 건물 주위를 걸었다. 수로의 물은 조용했고 그 부근 사람들의 삶 또한 조용해 보였다. 스테인드글라스가 자아내는 아름다움에 중독된 우리는 다른 것은 별로 보고 싶지 않았다.

스페인 여행

그라나다, 코르도바, 세비야

내가 스페인 여행을 감행한 것은 투우를 보고 싶어서도 아니고, 정열적인 춤으로 알려진 플라멩코를 본고장에서 보고 싶었기 때문도 아니다. 예전에 아랍에게 침략당하고 그 지배하에 놓여 있던 수백 년이라는 세월을 지닌 스페인은 그로 인해 다른 유럽 제국에 비해 다소 이질적인 특수한 그늘을 그 민족의 핏속에도, 생활습관 가운데도, 현재까지 남아 있는 문화유산 속에도 지니고 있어 그것을 직접 느끼고 싶었기 때문이다. 플라멩코는 원래 아랍인들이 긴 창과 방패, '위대한 알라신'에 드리는 기도와 함께 스페인에 갖고 들어온 춤이다.

스페인은 중세에 회교도와 기독교가 사투를 반복한 땅이고, 결국 회교도는 이베리아 반도에서 패퇴하게 되지만, 그들이 그 땅에 남긴 유산은 500년이나 600년의 세월로는 도저히 지울 수 없는 것이었다. 내 무책임한 취미 선상에서 말하자면, 기독교보다 회교에 흥미가 있고 관심도 있었기 때문에, 이베리아 반도에서 성쇠의 수백 년을 보낸 아랍인의 활약과 그 꿈의 흔적을 한 여행객으로 더듬어보고 싶었다.

처음 이베리아 반도 남부에 회교도 세력이 모습을 나타낸 시기는 기원 8세기 초이다. 그들은 당시 이 땅에 살고 있던 고트족을 쫓아내고, 눈 깜짝할 사이에 남부에서 중부에 걸친 광대한 땅을 손아귀에 넣고 회교 식민지로 만들었다. 다마스쿠스에서 온 아랍인들이었다. 이 회교도의 침입에 대응해서 반도 서북부에서는 기독교도들이 모여 다섯 개의 왕국을 만들었다. 지금 현재의 스페인 사람의 조상이 되는 라틴계 민족이다.

회교도는 그때부터 12세기 초까지 전성기를 누렸다. 한때는 피레네 산맥을 넘어 프랑스 중부까지 출몰할 만큼 세력을 과시했고, 코르도바를 수도로 삼았다. 당시 코르도바는 인구 팔십만, 회교사원 삼백 개였다고 한다.

12세기 초에 새로 호전적인 회교도들이 북아프리카에서 온다. 그들은 같은 회교도라고 해도 종족이 달라 앞서 왔던 회교도를 쓰러뜨리고 그들을 대체했다. 이러한 회교도 간 내부의 문제가 화근이 되어 아랍은 기독교군에게 수도 코르도바를 빼앗기고, 결국 그라나다로 천도할 수밖에 없는 처지가 되었던 것이다. 그러나 그라나다를 수도로 삼고 난 뒤에도 여전히 250년간에 걸쳐 회교도들은 이베리아 반도의 회교 식민지를 유지했다.

그라나다를 수도로 삼은 아랍에게 결정적인 비극이 찾아온 것은 15세기 말엽이다. 기독교 왕국 둘이 정략결혼하여 강력한 한 국가가 되어 회교도에게 결전을 포고했기 때문이다. 그것이 역사상 유명한 페르디난도 왕과 이사벨라 여왕이다.

회교도들은 그 전투에서 패배하고 아랍 마지막 왕은 그라나다를 페르디난도와 이사벨라에게 넘기고, 오랜 세월 살았던 도읍을 버리고 지중해 연안지대로 옮겨갔다. 그리고 이베리아 반도의 회교도들은 다시 역사에 그 이름을 나타내는 일이 없었다.

10월* 하순, 나는 파리에서 스페인의 수도 마드리드행 비행기를 탔다. 동행자는 마이니치신문 파리지국장 쓰노다 아키라 씨. 마드리드에서 1박하고 그다음 날 침대차로 우리의 이번 여행의 기점이라고 할 수 있는 그라나다로 향했다.

하룻밤을 기차에서 보낸 다음 날 아침, 차창으로 보는 남부 풍경은 중부인 마드리드 부근하고는 완전히 달랐다. 주홍

* 1960년

색 둥근 기와를 얹은 하얀 벽의 인가가 평원 가운데 흩어져 있었고, 들판에는 올리브 나무가 많이 눈에 띄었다.

그라나다는 아까도 말했듯이 아랍이 250년간 수도로 삼았던 곳이지만, 그보다도 일본에서는 유행가로 널리 알려져 있다. 산악지대의 마지막 산자락이 평원으로 사라지려는 그 산기슭에 만들어진 도시로 현재는 인구 십오만 정도의 조용한 오래된 도시이다. 언덕 위에 있는 호텔 테라스에서 시내를 내려다보면 자주색 지붕이 10월 말이라고 생각할 수 없는 밝은 광선 속에서 빛나고 있어서, 오키나와의 도시라도 보고 있는 것 같은 착각에 빠진다.

이 도시를 걸으면서 바로 느끼는 것은 분명히 아랍의 피가 섞였다고 생각되는 얼굴과 피부의 남녀가 많다는 사실이다. 자세히 주의해 보면 오가는 어느 얼굴에도 어딘가 아랍적인 것이 있었다.

이 도시에서 가장 큰 아랍의 유적은 알람브라라는 아랍 왕궁으로, 시가지를 한눈에 내려다볼 수 있는 곳에 거의 옛날 그대로의 모습으로 남겨져 있다. 건물의 크기로나 내부 장식의 정교함, 화려함으로나 유럽의 일류 유산 중 하나이다. 건물은 밖에서 보면 모두 주홍색으로 칠해져 있고 거대한 성벽과 탑과 건물이 전부 어딘가에서 연결되어 있어서, 상자 속에 만든 정원에 만들어놓은 장난감 성채 같다. 한 곳을 들어올리면 거대한 왕궁 전체가 한꺼번에 그대로 들릴 것 같다. 외관은 무척 느긋하고 대범해 보이지만, 내부에 들어가면 반대로 건물의 모든 벽에 훌륭하다고밖에 할 수 없는 섬세한 장식이 세공되어 있어서 아름답긴 하지만 상당히 신경질적이다. 하얀 다과자를 연상하게 하는 벽면은 빽빽이 자잘한 무늬로 메워져 있다. 얼른 보면 돌 표면에 조각한 것처럼 보이지만, 돌 위에 석회 같은 물질을 바르고, 그 위에 무늬를 조각한 것이다. 원래는 파랑, 빨강, 금색으로 채색되었던 것 같은데 지금은 일부에 그런 흔적이 남아 있을 뿐, 색이 거의 벗겨져 있었다.

우리는 완전히 똑같은 장식으로 메워진 창 없는 어두운 궁전의 방들을 돌아봤다. 회의실, 외국사절 대기실, 왕과 왕비의 거실, 그런 방부터 후궁들의 침실, 터키 목욕탕, 왕이 그날 섬길 여자를 선택한 방까지 들어가봤다. 그리고 모든 방에서 한결같이 느낀 것은 거기에 살았던 사람은 어떤 인간이었을까 하는 것이었다. 사원의 어두움과 왕궁의 화려함이 공존하는 건물에 살아 있는 인간을 놓아보는 일은 쉽게 할 수 있는 상상이 아니었다. 자기를 신이라고 믿었던 권력자만이 간신히 여기에서 살 수 있을지도 모른다.

알람브라 궁전이 있는 같은 언덕에 또 하나 궁전이 있는데, 이쪽은 간단한 회랑과 누대가 남아 있을 뿐이다. 아랍을 대체한 스페인의 권력자가 만든 정원이 스페인 정원의 견본 같은 모습으로 보존되어 있었다. 우리는 알람브라 궁전을 본 다음 날 그 정원에 갔다. 그것은 궁전하고 달리 무척 밝고 인공적인 정원이었다. 회양목과 노송나무 두 종류의 나무가 높이 혹은 낮게 손질되어 울타리를 이루고 있는 넓은 정원을 다시 수십 개의 작은 네모난 정원으로 나누고 울타리와 울타리 사이에는 자갈을 깐 길이 있다. 모든 길에는 색이 다른 돌로 그려진 무늬가 있었고, 군데군데 꽃밭처럼 병자나무, 코스모스, 장미, 국화, 베고니아, 샐비어, 달리아, 그 외의 잡다한 가을꽃이 흐드러지게 피어 있는 곳이 있었다. 아랍의 묘한 궁전을 차지한 스페인 왕들은 어두운 건물에서 나와 무턱대로 사방을 걸어다닐 수 있는, 정말이지 인간이 만들었다고 할 수 있는 마당을 만들지 않고는 견딜 수 없었던 것이리라.

우리는 그라나다의 대성당과 수도원을 보러 갔지만, 어디나 아랍 시대의 회교사원을 기독교식으로 개조한 것으로, 아랍 문화의 수준 높음과 그것을 대체한 스페인 문화의 수준 낮음이 무참하게 대비될 뿐이었다.

이 도시뿐 아니라 스페인에 자랑거리가 있다면, 그것은 아랍 시대의 것뿐이다. 아랍을 쓰러뜨린 페르디난도와 이사벨라의 후계자들은 한때 온 세계에 판도를 확대한 스페인의 전성기를 초래했지만, 그 화려한 시대는 짧았고, 문화적으로도 딱히 이렇다 할 유산은 남기지 못한 것 같다. 고야나 벨라스케스가 볼이 통통하고 아래턱이 튀어나온 스페인 왕실의 공주들과 무척 멋쟁이인 권력자들의 아름다운 초상화를 마드리드의 프라도 미술관에 남겼지만, 그 정도가 겨우 전성기 스페인의 유산이라고 할 수 있을 것이다.

우리는 그라나다에서 자동차를 빌려 그 옛날에 그라나다를 기독교도에게 넘긴 아랍인들이 패퇴해간 길을 드라이브해서 지중해 연안의 모트릴로 향했다. 그라나다에서 10킬로미터 정도 간 곳에 '무어인의 마지막 한숨Suspiro del Moro'이라는 이상한 지명을 새긴 간판이 나타났다. 아랍의 마지막 왕이, 조상이 수백 년 동안 통치하던 땅을 버리고 가면서 그라나다 쪽을 돌아보고 자기도 모르게 한숨을 쉬었다고 해서 그지명이 태어났다고 한다. 나로서는 그 패전자의 심정은 상상도 가지 않지만, 독특한 높이를 가진 아랍 문화를 몽땅 남기고 떠난 사실을 생각하고, 그리고 그것들이 새로운 권력자에의해서 가차 없이 파괴되었다는 사실을 떠올리자 아랍인이아니어도 한숨이 나올 법도 했다.

'무어인의 마지막 한숨'에서 돌아보자 과연 그라나다시의우거진 나무들이 먼 산자락에 작고 너저분하게 펼쳐져 있는것이 보인다. 그리고 동쪽에는 하얀 눈에 덮인 능선을 길게

끈 시에라네바다가 겹쳐진 산 너머에 아름다운 자태를 보이
고 있었다.

길은 그 부근부터 점차 산간부로 들어선다. 시에라네바다
자락을 크게 돌아 지중해 연안으로 뻗어 있는 것이다. 여전
히 하얀 벽과 빨간 지붕의 농가들이 모여 있는 부락이 여기
저기에 흩어져 있고, 그러한 부락 사이를 누비며 빨간색 절벽
을 깎은 길이 한없이 뻗어 있다. 마을이 가까워지면서 당나귀
의 왕래가 잦아진다. 작은 몸에 사탕수수를 산처럼 짊어진 당
나귀도 있고, 아기를 안은 젊은 엄마를 태운 당나귀도 있다.
80세 정도 되는 노파를 태우고 6, 7세 되는 어린아이가 고삐
를 잡은 당나귀도 있다. 이 지방에서는 당나귀는 농사짓는 데
다시없는 노동력이기도 하고 유일한 교통기관이기도 하다.

가끔 산양 떼가 차 앞을 가로막는다. 마을에는 약속이나
한 듯이 작은 첨탑이 있는 성냥갑 같은 사원이 있고, 농가 뒤
쪽에는 빨갛고 하얀 협죽도가 피어 있다.

그런 산간부를 한 시간 반 정도 달려 한 언덕을 넘었을 때,
우리는 갑자기 눈 밑 작은 평야 저 너머에 코발트색 헝겊을
펼쳐놓은 것 같은 지중해가 놓인 것을 보았다. 길이 내리막이
되자, 길가에 갑자기 커다란 소철과 파초나무가 많아진다.

우리는 모토릴 마을을 빠져나와 좀 더 바다 가까운 마을을
찾아 바다를 따라 달렸다. 그러자 바다에 가까운 바위산 한

편에 하얀 벽의 민가가 굴 껍데기처럼 달라붙어 있는 마을이 나타났다. 거기도 역시 바위산 꼭대기에 성의 요새 같은 건물이 있었다. 지도에서 찾아보니 살로브레냐Salobreña라는 마을로, 인구는 칠천칠백오십 명이라고 쓰여 있었다.

우리는 그 마을이 달라붙어 있는 바위산 자락으로 해서 마을 변두리에 차를 세웠다. 순경 세 명이 와서 간단한 불심검문을 시작했다. 우리더러 프랑스 사람이냐고 묻는다. 유럽에서 프랑스 사람이냐는 말을 들은 것은 처음이다.

쓰노다 씨가 일본인이라고 대답하자, 그것으로 조사는 끝난 것 같아 그 뒤는 싱글벙글 잡담을 시작한다. 그 사이에 아이들이 스무 명 정도 모여들었다. 그때까지 집 안에서 내다보던 아낙네들도 안심했는지 점차 가까이 다가온다.

우리는 순경한테 살로브레냐 시 꼭대기가 아랍 성의 유적이라는 말을 듣고, 올라가보기로 한다. 길은 자칫하면 미끄러질 것같이 급경사이다. 그런 길이 온갖 곳에서 교차하고 있었다. 길 양쪽에 빽빽이 어깨를 맞대고 있는 점포 같은 집에서 남자와 여자들이 달려나온다. 어느 틈엔지 우리 앞에도 뒤에도 안내역을 자처하는 아이들이 쫓아오고 있다. 이따금 물을 운반하는 당나귀를 만난다.

언덕 꼭대기에는 갈색을 띤 주황색 커다란 성벽 일부가 바다를 향해 방패처럼 우뚝 서 있었지만, 우리는 거기까지는 가지 않고 그 못 미쳐 약간 높은 대지에 서서 바다를 바라보았다. 절벽에는 보라색 꽃이 매달리듯 피어 있었다. 헬리오트로프라는 꽃이라 한다.

그 굴 껍데기 마을에서 나와, 같은 길로 그라나다까지 되돌아가 코르도바로 향했다. 코르도바는 아랍의 전성기 시기의 수도로 아랍 유적은 그라나다보다 훨씬 더 오래되었다.

그라나다로부터 코르도바까지 170킬로미터의 길은 낮은 구릉이 파도처럼 굽이치는 고원지대로 조금 과장해서 말하면 그동안 올리브 숲 외에는 아무것도 못 봤다고 할 수 있다. 가도 가도 눈에 들어오는 것은 몽땅 올리브 숲뿐이었다.

햇살이 있는 동안은 올리브 잎사귀 뒷면이 은빛으로 빛나고 있었지만, 저녁이 되고 햇살이 약해지자 짙은 초록색 덩어리가 되었다. 그 짙은 초록색 작은 덩어리가 언덕도, 언덕의 경사면도, 언덕과 언덕 사이의 작은 평지도 몽땅 메우고 있었다. 올리브 아닌 것을 찾고 있으면 가끔 우리 기대에 부응하듯이 불타듯 단풍 든 포플러 가로수길이 나타난다. 그것을 보면 우리는 한숨 돌리고 살았다는 기분이 되었다.

그라나다를 나온 뒤 첫 마을은 60킬로미터 지점에 있는 알칼라Alcala이다. 알칼라도 작은 언덕 위에 1000가구 정도 되는 민가가 서로 밀고 당기며 모여 있었고, 산 위에는 아랍 성채가 있었다. 30킬로미터 정도 더 가자 바에나Baena 마을이었다. 바에나도 2000가구 정도의 언덕 위의 마을인데 산 꼭대기에는 역시 아랍 성이 있었다. 집 주위를 돌담으로 쌓고, 마을이 언덕의 경사면에 있어서 마을 전체가 하얀 요새처럼 보인다.

이 알칼라와 바에나 두 마을 사이에서 우리는 계곡 건너 맞은편 기슭에 지도에는 없는 수백 가구 정도 되는 마을을 보았다. 지도에 게재되어 있지 않은 것은 그 마을이 자동차 도로에서 떨어져 있기 때문인지도 모른다. 올리브의 망망대해에 거의 익사하려는 마을이었다. 어지간히 주의깊게 보지 않으면 올리브 숲에 매몰되어서 놓칠 것 같다. 그 마을의 집들 벽은 일반적인 하얀 벽과 달리 창백한 색을 띠고 있었다. 우리는 차에서 내려 한동안 그 마을을 보았다. 나 자신도 이유를 알 수 없는 먹먹함 비슷한 것이 있었다.

코르도바까지 30킬로미터 남은 지점에 에스페호Espejo라고 하는 세 번째 마을이 있었는데, 거기 또한 정상에 성채가 있는 언덕 위의 마을이다. 에스페호를 지날 때쯤부터 오랫동안 계속되던 긴 고원지대가 끝나고 길은 평원으로 내려간다. 올리브 숲도 겨우 다른 식물에게 점차 그 자리를 양보하기 시작한다.

거대한 올리브 지대를 돌파한 길은 350년 전에 일본의 센

다이 번仙台藩의 크리스천 사절인 하세쿠라 로쿠에몬*이 거슬러 올라갔던 피처럼 붉은 과달키비르 강이 흐르고 있는 코르도바로 이어진다.

코르도바는 아랍 전성기에 수백 년간 수도였고, 앞서 말했듯이 인구 팔십만 명, 회교사원 삼백 곳이 있었다고 전해진다. 12세기 초, 코르도바는 기독교도에게 함락되고 아랍은 퇴각하여 수도를 그라나다로 옮기게 된다.

코르도바는 내가 유럽에서 본 도시 중 가장 오래되고 조용했다. 810개 대기둥을 가진 거대한 회교사원이 거의 옛날 모습 그대로 이 도시의 대성당이 되어 있었다. 그 외에는 이렇다 할 아랍 유적이 남아 있지 않았고 도시 전체가 역사에서 낙오된 채 그대로 져버려 오늘날에 이르고 있는 것 같은 특별한 분위기가 있었다.

도시 전체에 미로라고 할 수 있을 만큼 골목이 그물코처럼 둘러쳐지고 시민들은 그 골목에서 조용하게 숨죽이고 살고 있었다. 우리는 그라나다에 묵었던 사흘간, 카메라를 어깨에 메고 골목에서 골목으로 돌아다녔다. 중산층 이상의 집은 어느 집이나 문을 들어선 곳에 길에서 들여다 볼 수 있는 스페인풍 작은 앞마당을 갖고 있었다. 작은 돌이나 타일을 깐

---

* 1613~1620년에 멕시코와 스페인을 방문해 무쓰국 사절로 무역 조약을 진행한 무사

장방형 마당은 각자의 취향에 따라 화분이 늘어서 있기도 하고, 작은 분수가 있기도 하고, 벽을 덩굴식물이 뒤덮고 있기도 했다.

그런 작은 정원을 우리는 장식무늬 쇠창살 틈으로 들여다보았다. 어느 집이나 입구에 쇠창살이 끼워져 있어서 그것이 그 너머의 정원을 정원이라기보다 자수 같은 공예적인 것으로 보이게 했다.

우리는 이 도시를 주의 깊게 걸어야 했다. 잠깐이라도 별생각없이 서 있으면 금방 노인이나 청년들이 안내해주겠다고 나섰다. 딱히 돈을 받으려는 게 아니라, 너무 지루하고 심심해서 지루함을 모면해보려고 먹이에 덤벼들듯이 우리한테 덤벼드는 것이었다.

우리는 이 도시의 작은 광장에서 달밝은 밤이면 상처에서 피가 흐른다고 하는 작은 예수상을 봤다. "랜턴의 예수"라고 불리는 작고 초라한 예수상은 여덟 개의 사각 랜턴에 싸여 있었다. 우리가 그곳을 방문한 것은 때마침 달이 밝은 밤이었다. 그러나 예수의 상처에서 흐르는 피는 확인하지 못하고 그냥 떠나야 했다. 누구 생각인지 알 수 없지만 여덟 개의 랜턴으로 십자가의 예수상을 둘러싼 단순한 구성은 가까이 다가가는 것이 주저될 만큼 쓸쓸했다.

랜턴이라고 하면 우리는 어떤 골목에서 역시 랜턴에 둘러싸여 있는 마리아상을 봤다. 예수를 안은 마리아의 그림으로, 성당 바깥벽에 걸려 있었는데 그것을 빙 둘러 하얀 전등이 켜진 랜턴이 감싸고 있었다. 그 또한 보는 사람에게 이상하게 쓸쓸함을 느끼게 하는 묘한 것이었다. 낮에 걸으나 밤에 걸으나 이 도시는 유럽의 다른 어떤 도시하고 무언가가 달랐다.

세르반테스는 『돈키호테』에서 이 도시의 작은 광장에 대해 쓰고 있는데, 정말이지 돈키호테가 나타날 것 같은 도시였다. 우리는 돈키호테 광장이라는 곳에도 가봤다. 망아지 동상이 있기 때문에 '망아지의 광장'이라고 불리고 있으며, 세르반테스가 묵었다고 하는 싸구려 여인숙도 광장 한쪽에 있었다. 여인숙이 있는 건물 안뜰을 들여다보자, 여기저기에서 빨래를 하던 여자들의 얼굴이 일제히 이쪽으로 향했고, 빈 상자를 쌓아놓은 구석에서 닭 두세 마리가 날아 내려왔다. 인상이 좋지 않은 남자들이 어디에서라고 할 것도 없이 모여들기 시작해서 우리는 바로 그곳을 퇴각했다. 어떤 의미에서는 코르도바 시에서 이 '망아지의 광장' 주변만이 살아 있다고 할 수 있었다.

코르도바에서 8킬로미터 떨어진 지점에 이 지방 유일의 아랍 유적이라고 할 수 있는 아자하라Azahara 궁전 폐허가 있다.

아자하라는 50년 전에 발견되었다고 하는데 어제 발굴된 것처럼 생생하게 대궁전의 흔적을 지상에 드러내고 있었다.

주위를 파면 아직도 많은 것이 나올 게 분명하지만 미처 손을 대지 못하고 있다.

산기슭에 3단으로 이루어진 유적에는 산에서 물을 끌어온 수도 흔적과 기마병이 드나들던 문, 역마를 갈아타던 돌 깔린 바닥, 대회의실의 기둥, 성벽 등이 옛날 모습 그대로 발굴되어 있다. 그리고 그 유적 어디를 걸어도 당시의 건물 파편인 대리석이 여기저기 뒹굴고 있다.

기록에 의하면 이 궁전의 이름인 아자하라는 아랍 왕이 총애했던 비의 이름으로 기원 930년경에 그녀를 위해 기공되어 25년이라는 세월을 들여 완공되었다고 한다. 아랍 왕은 수도 코르도바에서 가까운 이 자리에 애인을 위해 궁전을 만든 것이다. 궁전의 기둥은 1만 4000개이며, 하얀 대리석은 이탈리아에서, 분홍색과 초록색 대리색은 튀니스에서 들여왔다고 하니 당시 이베리아 반도의 회교도 식민지 세력이 얼마나 컸는지 추측할 수 있다.

그러나 아자하라 궁전의 생명은 짧았다. 1115년의 내란으로 아자하라 궁전은 소실되었다고 한다. 아마도 호전적인 회교도가 새로 북아프리카에서 와서 먼저 자리잡은 아랍과 싸워서 이겼을 때 병화에 희생된 것이리라. 궁전은 완공 후 소실될 때까지 겨우 50년밖에 안 되는 삶을 살았다.

이 유적은 지금 정부 비용으로 코르도바 출신 건축가에 의해 복원공사가 진행되고 있다. 빨강과 보라색 부겐빌레아 꽃이 성벽에 감겨 있었고, 주변에는 협죽도와 바위모란꽃이 피어 있었다.

우리는 코르도바로부터 역시 아랍 시대에 번영했던 세비야로 향했다. 세비야까지의 137킬로미터 거리는 그라나다·코르도바 사이와 달리 완전한 대평원으로 사막처럼 나무 한 그루 풀 한 포기 없는 낮은 언덕이 굽이치고 있거나, 빨간 흙과 까만 흙의 경작지가 교대로 펼쳐지거나 했다. 하천이 범람해서 저지대는 어디나 물웅덩이가 되어 있었다. 물속에서 올리브와 사이프러스 등이 모습을 보이고 있었다. 나는 올해 유럽 전역을 휩쓸었다고 하는 홍수의 실태를 처음으로 보았다.

우리는 두 곳의 마을을 지나고 세 번째에 카르모나Karmona라고 하는 오래된 아랍 도시를 통과했다. 카르모나시의 성벽과 망루 같은 건물은 12킬로미터 전부터 평야 끝에 그 머리를 드러내고 있었다. 그 정도로 이 부근의 평원은 평탄했다.

카르모나도 다른 오래된 아랍 시와 똑같이 언덕 위에 만들어져 있었다. 우리는 저녁나절이었지만, 차로 카르모나에 들어가봤다. 하얀 가루라도 묻힌 것 같은 하얀 벽의 집들이 급한 경사 길 양쪽에 늘어서 있고, 축제라도 있는가 생각될 만큼 도시의 남녀가 거리에 넘치고 있었다. 조사해보니 인구 이만 칠천, 상당히 큰 마을이지만 우리는 카페를 찾기 위해 차를 여기저기 돌려야 했다.

성벽에 서서 평원을 보고 나서 한 채의 커다란 집 안을 보게 해달라고 부탁했지만, 문에 나온 노파는 거절했다. 노파는 무턱대고 손을 저으면서 우리를 쫓았다. 어쩔 수 없어 성당에 들어갔다. 성당은 크고 훌륭했다. 내부가 어두워서 눈이 익숙해질 때까지 입구에 서 있었지만, 이윽고 우리 눈에 비친 것은 열심히 기도하고 있는 중년 여인 두 명과 사방을 뛰어다니고 있는 어린아이 몇몇 그리고 개였다. 그리고 조금 떨어진 곳에서 한 청년이 울고 있는 것이 보였다. 어깨를 떨며 절망적으로 슬퍼하는 모습이었다.

우리는 간신히 찾은 카페로 들어갔다. 안에는 열 명 정도 되는 남자들이 서거나 앉아서 드높은 소리로 떠들고 있었다. 잘 차려입은 사람도 후줄근한 옷차림의 사람도 있었다. 노인도 있었고 젊은이도 있었다. 노인을 빼고 다른 사람 모두가 신나게 떠들고 있었다. 신나게 떠든다고 하자면, 거리를 걷고 있는 남녀 모두가 드높은 소리로 떠들고 있었고, 그 소리가 카페 안에까지 쉴 새 없이 들려왔다.

카페 안의 남자들은 네 명이나 상장喪章을 팔에 끼고 있었다. 스페인 사람들은 상복 입기를 좋아해서 먼 친척 상을 당해도 곧바로 상복을 입는다고 들었지만, 그렇다고 해도 이 도시에는 상중인 사람이 너무 많게 느껴졌다.

나는 이상하게 사람들이 나다니고 있는 언덕의 도시에서 내려왔다. 언덕을 다 내려가자 금방 사람 하나 없는 들판이 나타났다. 자동차는 그 안으로 빨려 들어갔다. 얼마 지난 뒤 정세가 불온한 현대 아랍제국을 잘 아는 쓰노다 씨가 말했다.

"지금의 저 도시는 아랍의 유적이 아니라 아랍 그 자체입니다."

나도 정말 그렇다고 생각했다.

나는 세비야에 들어간 밤을 잊을 수 없다. 저녁 5시에 코르도바를 출발하여 올리브 지대를 가로질러 8시 반에 세비야에 도착했는데, 코르도바에서 세비야까지의 드라이브는 이번 유럽 여행 중에서 나한테 가장 인상 깊은 것이었다. 나는 그 드라이브에 대해 두 편의 시를 썼다. 물론 귀국하고 나서 작품으로 정리한 것이지만, 그 드라이브가 어떤 것이었는지 알았으면 해서 수록하기로 한다. 하나는 「올리브 숲」이라는 시이다.

코르도바에서 세비야까지 170킬로미터, 구릉의 파도가 그 사이를 메우고, 그 구릉을 올리브 나무가 메우고 있다. 눈에 들어오는 것은 전부 올리브이다. 낮에는 잎사귀 뒷면을 펄럭여 은색으로 빛나지만, 해가 떨어지면 화난 듯 입을 다문 불쾌한 진녹색 덩어리가 된다. 한 줄기 포장도로는 무엇인가의 의지를 지키며 올리브 지대를 오로지 치닫는다.

나는 밤 8시에 세비야의 오래된 도시에 들어갔지만 무척 지쳐 있었다. 끊임없이 보이는 올리브 숲의 사멸한 환영에 쫓긴 드라이브였다. 어떤 폐허에도 없는 죽음의 선명한 선고가 그 광대한 군락의 단조롭고 번영한 광경 속에 있었다.

또 하나는 「카르모나의 거리」라는 시이다.

우리가 스페인 남부의 대평원 한가운데 있는 언덕의 도시에 들어간 것은 카르모나라는 이름에 이끌려서였다. 오래된 아랍의 도시였다. 거친 돌길이 종횡으로 나 있고, 모든 집이 밀가루를 뿌린 것처럼 하얗다. 저녁이었던 탓도 있지만 골목마다 엄청난 수의 남녀가 북적거리며 제각기 새된 목소리로 떠들고 있었다.

우리는 제일 높은 곳에 있는 커다란 사원을 들여다보았다. 많은 아이들이 뛰어다니고 있는 가운데 세 명의 아낙네가 무릎을 꿇고 기도하고 있었고, 한쪽 구석에서는 한 청년이 오열하고 있었다. 우리는 랜턴형의 네모난 등이 창백한 빛을 발하고 있는 이 도시에 딱 하나 있는 카페로 들어갔다. 거기도 손님들이 북적거리고 있었다. 늙은이도 젊은이도, 잘 차려입은 사람도 후줄근한 옷차림의 사람도 모두 시끌벅적 커피잔을 입에 댈 때 외에는 떠들어댔다. 반 넘는 사람들이 상장을 팔에 두르고 있었다. 상복을 입기 좋아하는 스페인 사람 가운데서도 이 도시 사람들은 특별한 것 같았다.

우리 차는 카르모나 시에서 완전히 밤이 된 어두운 평야 속으로 도망쳤다. 가을벌레 소리가 한꺼번에 일어난 들판 한쪽에 차를 멈추고 언덕 위의 도시를 되돌아봤을 때, 그때 비로소 우리는 카르모나 시가 하나의 밀서기에 다름 아닌 것을 알아차렸다. 천체에서 내려와 침전하는 비애의 잔재물이 카르모나에서는 밤마다 슬퍼하기 위해 태어난 아랍의 후예들에 의해 휘저어지고 있었던 것이다.

그렇게 해서 우리는 밤 8시 반에 세비야에 들어갔다. 세비야는 스페인에서도 첫째 둘째가는 아랍 시대의 오래된 도시라고 하지만, 우리 눈에는 완벽하게 순수한 아랍의 도시로 보였다. 조용한 거리를 동양인인지 서양인인지 알 수 없는 사람들이 왠지 수선스럽게 걸어다니고 있었다. 호텔은 시내에 있는 오래된 건물이었지만, 안뜰이 넓어 고성古城 같은 느낌이었다. 우리는 스페인 남부를 며칠 동안 걸어다녔기 때문에 날짜를 완전히 잊고 있다가 호텔 프런트에서 오늘이 10월 29일인 것을 알았다.

다음 날 아침에는 9시에 일어나서 10시에 쓰노다 아키라 씨와 둘이 시내로 나갔다. 호텔 부근의 카메라 가게에 들어가서 필름 현상을 부탁하고, 그 김에 어디가 고장 났는지 필름이 돌아가지 않는 카메라를 맡겼다. 현상은 9시까지 된다고 하지만, 카메라 수리 쪽은 별로 기대하지 않기로 한다. 카메라 가게 주인은 일본 카메라라고 일단 경의를 표했지만, 다루는 것은 무척 시원찮았다.

카메라 가게를 나와 차로 성당으로 향한다. 이 도시에서 제일가는 관광명소라고 하는 대성당이지만, 공연히 크기만 한 건물이라는 느낌이다. 원래는 분명히 고딕 건축이었는데 대부분 수리되어서 현재는 완전히 다른, 정체를 알 수 없는 것이 되어 있었다. 프랑스의 샤르트르 성당 다음가는 크기이다. 복원은 물론 기독교도가 한 것으로 안내서에 의하면 15세기에 완성되었다고 한다. 복원을 완성이라고 한 것으로 생각된다. 스페인에서는 어딜 가나 아랍 문화의 높음과 그것을 대체한 기독교 문화의 낮음이 현저하게 대조적으로 눈에 띄었는데 여기 또한 예외가 아니었다.

그 대성당도 내부 장식은 스페인식으로 복잡하고 어수선했다. 예배소 같은 곳은 금빛 번쩍이는 벼락부자 취미였다. 예배당에 걸려 있는 마리아상은 정말이지 마리아를 아름답게 그린 것이었다. 스페인에서 본 마리아는 한결같이 아름다워 미인을 그리려는 의도가 분명히 드러나 있지만, 이 예배당의 마리아는 특히 그 의도가 뚜렷해서 영화배우라도 그려져 있는 것 같아 당혹감을 느낀다.

대성당을 나와 우리가 묵고 있는 호텔하고 다른 또 하나의 호텔로 식사를 하러 간다. 그 호텔 쪽이 작기는 하지만 순수 스페인식의 오래된 건물로 거기 묵고 싶었지만 방이 없었던 것이다. 넓은 안뜰을 회랑식 로비가 감싸고 있었고 시대와 동떨어진 느낌이기는 했지만 말할 수 없이 차분하고 상쾌했다.

점심식사 후 아랍의 성을 보러 간다. 12세기경 아랍이 세운 것으로 기독교도 시대에 새로 왕궁으로 복원한 것이라 다양한 시대의 다양한 양식이 섞여 있었다. 아랍 성은 그라나다의 알람브라에서 봤지만 그것하고 똑같이 공예적이고 섬세한 장식이 건물 위쪽에 시공되어 있었고, 아래쪽은 다양한 색상의 대리석 모자이크로 되어 있었다. 후궁의 방은 무척 작은데 창녀촌처럼 같은 방들이 죽 늘어서 있었다. 왕이 총애하던 비의 방이라는 곳도 봤지만 거기도 유리창이 없었고 사람 얼굴을 확실히 알 수 없을 만큼 어둡다.

이런 장난감 같은 공예적이고 신경질적인 장식이 되어 있는 건물 안 어두운 방에 갇혀 지내던 여자들은 도대체 무슨 생각을 했을까. 그러나 건물을 한 발짝만 나서면 아름다운 스페인식 정원이 작게 나뉘어진 안뜰에 조성되어 있다.

이 왕궁뿐 아니라 일반 민중의 집도 작은 공터가 한결같이 스페인식 정원으로 꾸며져 있었다. 같은 정원이라고 해도 일본 정원과는 무척 다르다. 어디까지나 주어진 공터를 어떻게 공예적으로 세공하고 장식할까에 모든 노력을 쏟고 있는 것 같았다. 사람이 걷는 곳에는 자잘한 돌이 깔려 있고 색이 있

는 돌로 무늬가 그려져 있다. 자갈 양탄자나 같다. 연못은 콘
크리트나 돌로 테를 두르고 형태는 원형 아니면 장방형이다.
작고 세련된 장난감 수영장이라고 생각하면 될 것이다. 생나
무 울타리는 다양한 형태로 손질되어 있고 여기저기에 아치
가 있어서 그 아치를 통해 보면 비슷한 아치가 몇 개인가 겹
쳐 보인다. 그 너머로 작은 돌계단 아니면 화단이 보인다. 좁
은 통로가 교차된 곳에는 꼭 작은 조각이 놓여 있거나 분수
가 있고, 화분이 그것을 둘러싸듯이 놓여 있다. 답답한 느낌
은 못 면하지만 스페인 정원 특유의 아름다움은 있다. 중산층
주택 현관에 있는 쇠창살 문을 열면 작은 안뜰이 건물로 둘
러싸여 있고, 자갈과 화분과 작은 조각상과 물없는 연못과 덩
굴장미 아치 등으로 빼곡이 장식되어 있다. 정원도 그렇게 만
들면 그 자체가 하나의 공예품이다.

　저녁에 호텔에 돌아와 식당이 열리는 8시 반까지 잔다.
8시 반이라는 저녁시간도 스페인에서는 국제시간이다. 원래
파리는 8시, 로마는 9시, 스페인은 거기에서 한 시간 더 늦어
10시가 저녁시간이다. 10시에 관광마차가 호텔로 마중 와준
다. 영국인 한 사람이 합승객이다. 마차는 세비야의 밤거리를
천천히 달린다. 지금은 국가보호지구가 되어 있는 유대인 거
리, 오래된 골목골목을 말발굽이 소리를 내면서 나아간다. 세
비야의 아름다움은 골목의 아름다움이기도 하다. 큰길에서

조금만 들어가면 좁은 골목이 오래된 건물 사이에 있고, 그것이 제멋대로 사방팔방으로 나가게 되어 있다. 마차는 마지막으로 호텔 근처의 카바레로 우리를 데리고 가서 플라멩코를 보여주었다. 그것은 관광객용 플라멩코이고 진짜 플라멩코는 뒷골목에 있다는 이야기였다. 내일 밤에 거기에 가보기로 한다. 12시에 호텔에 돌아와 1시까지 로비에서 커피를 마시면서 쓰노다 씨와 이야기를 나눈다. 이 나라에서의 12시, 1시 정도는 조금도 늦은 밤이라는 느낌이 없으니 이상하다.

그다음 날은 정오까지 방에서 일기를 정리하고, 오후 1시에 세비야 시 변두리에 있는 성당에 이 나라에서 가장 유명한, 가장 아름다운 마리아라고 칭하는 '평화의 마리아'를 보러간다. 성당에 가기 전에 과달키비르 강가에 서본다. 과달키비르 강은 코르도바 부근에서도 보았지만, 코르도바에서는 피같이 짙은 빨간색을 띠고 있었다. 그런데 여기에서는 다른 강처럼 물이 파랗고 맑다. 빨갛게 혼탁했던 지류는 여기에 흘러오면서 침전한 것일까. 이 강은 그 옛날 번주 다테 마사무네의 명령으로 로마 교황에게 심부름 갔던 하세쿠라 로쿠에몬이 거슬러 올라간 강이다. 당시 로쿠에몬은 무쓰국* 오지

---

* 7~8세기경에 아오모리 현과 미야기 현, 이와테 현에 이르는 지역에 세워져 메이지 초기까지 유지되었던 지방 소국

카 군 쓰키노우라에서 출항하여 스페인 남부에 상륙한 뒤 이 강을 거슬러 올라가서 세비야에 들어왔다.

'평화의 마리아' 성당에 가자 마침 미사 시간이라서 엄청난 수의 사람이 모여 있었다. 건물 밖에서 15분 정도 기다렸다가 사람들이 나오기 시작하고 나서 건물 내부에 들어간다. 그 성당의 마리아 또한 영화배우 같은 미모의 마리아이다. 세비야는 물론 널리 스페인 전국에서 가장 대중적 인기가 있는 성모라고 한다. 옷을 갈아입힐 수 있는 납인형이라고 생각하면 된다. 실제로 다양한 옷을 입혀서 밖으로 데리고 나가기도 하는 것 같다. 성당 밖에서 군중 속에 파묻힌 사진이 성당 벽에 걸려 있다. 마리아의 볼에는 눈물이 흐르고 있었고, 주위는 꽃과 촛불로 장식되어 있다. 금색 찬연한 제단이 마리아가 아름다워서인지 썩 어울리지 않는다. 정면의 마리아 옆에 또 하나 아름다운 마리아상이 있다. 이쪽도 꽃과 촛불로 장식되어 있다.

성당을 나오자 비가 내리고 있었다. 빗속에서 맛있는 레스토랑을 찾아 번화가로 나간다. 그리고 작은 레스토랑 2층에 올라갔다. 전채는 삶은 새우, 주요리로는 닭볶음밥을 주문한다. 새우는 어제 아침 카페테라스에 팔러 온 것을 봤는데 그것하고 같다. 닭볶음밥은 밥이 샛노랗고 닭 말고도 새우와 조개가 들어 있다. 조개는 껍데기가 붙은 채로 조리되어 있다.

비가 심해진다. 4시부터 투우를 볼 예정이었기 때문에 가 봤지만, 투우장에 가니 중지한다는 팻말이 닫힌 문에 걸려 있다. 그러나 사람들은 계속 모여들고 팻말을 보고도 돌아가려고 하지 않고 언제까지고 비를 맞고 서 있다. 비가 점점 더 심해진다.

나와 쓰노다 씨는 단념하고 호텔로 돌아왔다. 6시 반까지 잔다. 스페인 여행의 여독이 이제야 나타나기 시작한 것인지도 모른다.

밤 10시 지나 프런트에서 플라멩코를 하는 카바레가 어디인지 물어서 쓰노다 씨 부부와 함께 보러간다. 자동차는 점점 더 많이 내리는 빗속을 몇 군데의 좁은 골목을 빠져나간다.

차에서 내린 곳은 가건물인 카바레 앞이었다. 머리를 숙이고 들어가자 삼십 명 정도 되는 남녀가 흩어져 있는 의자에 앉아서 빈터에서 무희들이 춤추는 것을 보고 있다. 천막에서 새는 빗물을 받는 통이 여기저기 놓여 있다. 초라한 카바레이지만 거기에서 본 플라멩코는 아름다웠다. 무희들의 예각적인 몸동작과 미친 듯이 울리는 악기 소리가 주위의 쓸쓸한 분위기와 꼭 어울렸다. 다른 곳에서 본 어떤 플라멩코보다도 더 솔직하고 생생했다.

베를린과 나비 부인 : 동서의 벽

파리 체재 중 스페인 여행 외에도 베를린과 런던에 짧은 여
행을 다녀왔다.* 원래 유럽과 미국을 합해서 반년 남짓한 시
일에 돌려 했었고, 처음 계획으로는 파리를 떠난 뒤에 베를
린, 런던을 돌아 미국으로 건너갈 생각이었다. 그러다 계획을
변경해서 파리를 근거지 삼아 파리 체재 중에 베를린과 런던
으로 짧은 여행을 시도했던 것이다. 이렇게 변경한 주된 이유
는 우선 전 재산인 커다란 트렁크 두 개를 끌고 하는 이사 여
행에 염증이 난 것이었고 또 하나 파리에 조금이라도 더 오
래 머물다가 초겨울의 파리를 보고 싶어서였다.

파리의 겨울은 생각보다 빨리 왔다. 가을은 눈 깜짝할 사

---

* 1960년

이에 지나가버리고 여름에서 갑자기 겨울이 되어버린 것 같았다.

베를린으로 향한 것은 10월 14일로 일본 같으면 가을이 한창인 때이지만, 파리는 겨울에 내리는 진눈깨비 비슷한 비가 내리고 있었다. 공항까지 쓰노다 아키라 씨가 차로 태워다주었다. 8시 20분발 엘 프랑스를 탄다. 전날 밤, 도쿄의 신문사에 보내는 원고 때문에 4시까지 잠을 못자서 비행기를 타자마자 바로 잠들어버렸다. 스튜어디스가 깨운 곳은 프랑크푸르트. 짐을 들고 내려 대합실에서 50분 정도 기다린다. 밖에는 여전히 비가 내리고 있다.

내가 탄 비행기는 프랑크푸르트에서 한 시간 만에 베를린에 도착한다. 공항에는 마이니치신문사의 가나코 시즈오 씨가 마중 나와 있었다. 쿠르퀴르스텐담이라는 번화가 한가운데에 있는 켐핀스키 호텔에 투숙한다. 미국식으로 밝고 편리한 호텔로 지금까지 이탈리아에서나 프랑스에서나 스페인에서나 이런 호텔에 묵은 적이 없었기 때문에 만사가 경쾌하게 진행되는 것 같아 기분이 좋다.

호텔에서 한숨 쉬고 나서 호텔 바로 근처의 큰길에 면한 레스토랑에서 식사를 하고 테라스에 나가서 비 내리는 거리를 바라보면서 커피를 마신다. 파리하고도 로마하고도 전혀 다른 거리 풍경이다. 비는 꽤 심하게 내리고 있고, 레인코트를 입고 우산을 쓴 남녀가 끊임없이 걸어간다. 자동차는 도쿄 못지않게 많지만 도쿄처럼 자동차에 점령당했다는 느낌은 없고 사람들의 움직임이 어딘지 모르게 느긋하다.

레스토랑 테라스에도 스무 명 정도 손님이 있으나 모두 의자를 길 쪽으로 돌려서 거리를 보고 있다. 파리하고 비교하면 복장은 남자나 여자나 촌스럽고 제멋대로이지만, 나한테는 유럽의 어떤 도시보다도 친근하게 느껴졌다. 고향에 온 것 같은 안정감이 있었다. 그렇다고 현재의 도쿄가 베를린 비슷하다는 것은 아니다. 오늘날의 도쿄는 유럽의 어떤 도시보다도 베를린에서 멀 것이다. 그런 의미에서가 아니라 예전의 일본 도시는 지금의 베를린이 갖고 있는 표정을 지니고 있었고, 예전의 일본인은 지금의 베를린 사람들이 갖고 있는 태도를 몸에 지녔던 시기가 있었다고 생각된다. 그것도 태평양전쟁보다 더 전의 이야기이다.

"여행자의 시선으로 바라보는 한 독일인도 좋고 베를린도 좋네요." 내가 말하자, "모두들 그렇게 말하는데, 대체 뭐가 좋다는 거지요? 여기에 몇 년 살다보면 알 수 없어지거든요" 라고 가나코 씨가 말했다. 나는 거리와 통행인을 보면서 가나코 씨를 납득시킬 만한 이유를 찾으려고 했지만 발견할 수가 없었다. 다만 말로 하지는 않았지만, 남녀노소 모두가 자기 페이스에 따라 길을 걷고 있다는 점이 아닐까 생각했다. 노인은 천천히 고독하게 걷고 있었고, 젊은 청년은 고개를 숙이고 무언가를 생각하는 얼굴로 걷고 있었고, 주부는 크고 굵은 팔에 시장바구니를 매달고 생활의 냄새를 풍기면서 걷고 있었다. 그리고 그런 사람들 위로 비가 내리고 보도 여기저기에 물웅덩이가 생겨 반짝이고 있었다.

"먼저 어디로 모실까요?"

그렇게 말한 가나코 씨에게 나는 동베를린이 보고 싶다고 했다. 미술관에 갈 시간은 안 되고, 그림을 볼 만큼 차분한 마음도 없었기 때문에 빗속의 서베를린 시를 지나 동베를린으로 들어가보고 싶었다.

우리는 동베를린행 관광버스를 탔다. 이윽고 브란덴부르크 문을 빠져나가 동베를린에 들어간다. 문 앞쪽에 서베를린 순경이 서 있었고, 문을 빠져나간 곳에 동베를린 순경이 서 있었다. 그러나 버스는 양쪽 다 무사통과였다. 문을 빠져나간 지점에서 우리는 버스에서 내려 오른쪽 작은 건물에 들어가 중년의 담당관한테 환영사를 듣고 선전용 팸플릿을 받았다. 그리고 다시 버스를 탔다.

동베를린은 서베를린에 비해 다소 어둡고 조용한 느낌이었다. 서베를린 거리는 번화하고 가게에 물건이 넘쳐났지만, 동베를린은 마치 주택가에 온 것처럼 가게다운 가게가 없었다. 어쩌다 있어도 쇼윈도는 썰렁했다. 폭격으로 파괴된 곳도 정리되지 않은 채 그대로 있었다. 버스는 러시아 전사자를 매장한 커다란 묘지로 우리를 데리고 갔다. 무척 훌륭한 묘지였다. 그러고 나서 공원이라든가 노동자 주거지역이라든가 그런 곳에 데리고 가다 마지막에 스탈린 거리의 카페인지 레스토랑인지 알 수 없는 가게 앞에 내려주었다. 버스 승객은 여러 나라 사람들이 섞여 있었지만, 모두 그 가게에 들어가서 묘하게 얌전한 모습으로 자기가 직접 커피를 갖다 먹기도 하고 맥주잔을 들고 오기도 한다. 나하고 가나코 씨는 맥주로 목을 축이면서 인적이 드문 동베를린의 큰길을 바라본다.

호텔에 돌아온 것은 5시. 7시에 가나코 씨와 둘이 호텔 식당으로 저녁을 먹으러 간다. 가리개라든가 화분 등으로 시야는 좋지 않았지만 상당히 큰 식당이다. 우리가 테이블에 앉은 지 얼마 안 되어 밴드가 〈황성의 달〉을 연주하기 시작한다. 웨이터가 와서 서투른 일본어를 섞어가며 주문을 받는다.

식후, 헝가리 민요를 들으러 그것을 전문으로 하고 있다는 시내의 카바레로 가본다. 거기에 들어가고 얼마 있자 〈황성의 달〉과 〈사쿠라〉 음악 소리가 들려왔다. 끝났을 때 멀리 있는 밴드 쪽을 보자 지휘자가 손을 들고 이쪽에 건배하는 시늉을 해보인다.

다음 날도 비가 오고 춥다. 오전에는 쇼핑하러 시내에 나가고, 오후에는 어제 간 레스토랑 테라스에서 어제하고 똑같이 비 내리는 거리와 길가는 사람들을 바라보며 한 시간 정도 보낸다. 밤, 헷벨 극장이라는 곳에 대중연극을 보러 간다. 별로 재미없는 〈계단으로의 창〉이라는 희극을 상연하고 있었는데, 관중들이 정신없이 웃어대서 웃음소리가 끊임없이 극장을 채웠다. 왜 저렇게 재미있어할까, 가나코 씨와 나는 무대보다도 관객 쪽에 눈길을 주었다.

극장에서 나오자 비가 한층 더 심해지고 택시는 한 대도 없다. 빗속을 뚫고 근처 술집에 뛰어들어가서 코냑을 마시면서 몸을 녹인다. 가게 여종업원한테 택시를 불러달라고 부탁한다. 그리고 '양쯔강'이라는 중국집에 가서 가나코 씨에게 저녁을 얻어먹었다. 로마에서도 파리에서도 중국집에는 자주 갔었지만 이 집이 가장 본격적이고 도쿄의 일류 중국집과 같은 수준이다.

그다음 날인 16일 겨우 비가 그쳤다. 그러나 하늘은 흐려 눈이라도 내릴 것 같다.

오후에 가나코 씨와 차로 히틀러 친위대가 마지막까지 싸웠다는 공원으로 가서 공원 한편에 있는 달렘 미술관에 갔다.

티치아노가 몇 점 있었는데 하나같이 좋다. 루브르에서도 우피치에서도 티치아노 작품을 많이 보았지만, 이 미술관에 제일 좋은 걸작들이 모여 있는 것 같다. 〈소녀와 강아지〉, 〈과일바구니를 든 여자〉, 〈까만 옷의 남자〉. 제목은 각각이지만 결국은 하얀 비단이나 공단, 유방을 정열적으로 그린 작품들이다. 티치아노의 자화상도 있다. 수염을 기른 의지가 강한 인상의, 60세 정도 되어 보이는 노인이 그려져 있다. 보기에도 까다롭고 쉽게 다가갈 수 없는 느낌이다.

렘브란트의 예의 어두운 다갈색이 주조를 이루고 있는 작품이 열 점 정도 있다. 렘브란트를 알기 위해서는 이 미술관을 빠뜨릴 수 없을 것이다. 그 밖에 안젤리코의 그림 네 점과 조르조네의 〈청년의 초상〉이 매력적이다. 안젤리코의 작품은 하나같이 수도복을 입은 수도사를 여러 명 그린 작은 것으로 벽화를 축소한 것 같은 것들이다. 거의 작가가 구별되지 않는 어슷비슷한 종교화는 이 미술관에도 다른 미술관에도 많이 있지만, 안젤리코의 작품만이 독특한 기품과 정밀감과 청아함을 지녀 두드러진다.

5시 폐관 시간에 내쫓겨서 쿠르퓌르스텐담 가의 아벤이라는 레스토랑에 가서 저녁식사를 한다. 콘소메와 연어에 레몬을 뿌린 것, 그리고 사슴 스테이크. 사슴 고기가 독일에서 고급요리라고 해서 주문했는데 과연 맛이 좋았다.

밤, 국립오페라극장으로 〈나비 부인〉을 보러간다. 연출은 다소 과잉이었지만 끝까지 재미있게 보았다. 관람객은 여자이고 남자이고 간에 모두 울고 있다. 코 푸는 소리가 여기저기에서 시끄러울 정도이다. 마지막 막이 내리고 자리에서 일어서도 아직도 손수건을 눈에 대고 있는 사람이 많다. 그저께 밤에 희극을 봤을 때 한없이 웃는 사람들이 많아서 놀랐지만 이번에는 울고 있는 사람이 많아서 놀란다.

말할 것도 없이 서베를린은 동독 속의 작은 섬이고 내가 갔을 때는 마침 두 달 전부터 소위 정상회담이 결렬된 뒤의 현상으로 서독과 동독 사이의 관계가 다소 어려워져서, 이전까지 양쪽에 사는 친척 왕래 같은 것은 비교적 자유로웠는데 그것이 까다로워지고 있었다. 일반 외국 여행객은 예외이지만 열차 검열도 엄격해지고 물자 이동도 까다로워지고 있었다.

호텔 보이의 이야기에 의하면 나보다 열흘 정도 전에 같은 호텔에 묵었던 이탈리아 여행객은 닷새 예정을 하루 만에 끝내고 돌아가버렸다고 한다. 신경질적으로 생각하면 외국인이 그렇게 할 만한 것을 베를린 시가 갖고 있는 것은 틀림없다. 그러나 그러면서도 서베를린에는 새로 짓는 집이 눈에 띄게 많아졌다는 이야기였다. 그만큼 신경이 굵지 않으면 서베를린에서 살 수 없을 것이고 독일인 일반이 살아갈 수 없을 것이다.

나는 베를린의 남녀가, 머나먼 이국의 게다가 시대도 다른 동양의 한 창부의 처지를 동정해 우는 모습이 이상하게도, 그러나 또 생각하기에 따라서는 극히 자연스럽게도 느껴졌다.

다음 날 나는 다시 한 번 차로 동베를린에 갔다. 브란덴부르크 문에 들어가서 만나는 처음 큰 거리인 프리드리히 거리에 폴란드 문화회관과 체코슬로바키아 문화회관이 나란히 있다. 그 앞에 차를 세웠다. 거기에서 두 나라의 민예품을 보고 사는 것이 목적이었다. 건물은 하나같이 새롭고 훌륭했지만, 매점은 무척 작아 네다섯 개 물건을 사면 진열장이 쓸쓸해질 것 같았다. 다만 매점의 소녀들은 친절하고 명랑해서 기분이 좋았다.

나는 시시한 목공예품을 서너 개 사서 차로 돌아왔는데 운전기사는 그것을 자기 좌석 밑에 숨겼다. 그렇게 하는 편이 안전하다고 하며 웃는다.

그날 오후, 나는 베를린 중심부에 있는 공항에서 런던 행 비행기를 탔다. 아침부터 다시 비가 내리기 시작해서 시야가 좋지 않았지만, 10분 정도 지나자 초록과 노란색으로 얼룩진 평원이 보이기 시작했다. 비행기는 폭 30킬로미터, 높이 5000피트로 제한된 항로만을 날 수 있다고 하니까, 나는 지금 내가 타고 있는 비행기도 복도같이 좁은 하늘의 일부분을 날고 있겠구나 생각했다. 노랑과 초록색 얼룩 평원은 초겨울의 평원이라고 생각할 수 없을 만큼 밝은 모습으로, 또 지금의 독일 상황과도 관계없이 밝은 모습으로 눈 아래 점점 넓게 펼쳐지고 있었다.

미국 여행

여행의 수확

작년*에 두 달간 미국을 여행했다. 그 여행에서 가장 큰 수확
은 삼십 몇 년 만에 바다에 들어간 일이었다. 나는 중학교 시
절, 수영이 왕성했던 누마즈와 하마마쓰에서 지냈기 때문에
여름방학 때는 매일 헤엄으로 날이 새고 날이 지고 했다. 잘
도 그렇게까지 할 수 있었다고 생각될 만큼 아침부터 밤까지
헤엄쳤다. 하마마쓰에서는 하마나 호에 다녔고, 누마즈에서
는 온종일 센본 해안에서 놀았다.

그러나 중학교를 졸업하자 헤엄치기를 딱 그만뒀다. 의식
해서 그만둔 것이 아니라 고등학교가 그다지 수영과 인연이
없는 가나자와에 있었던 탓도 있어서 자연히 바다에 안 가게

---

* 1964년

된 것이다. 대학교를 나와 사회인이 되고 나서는 바다하고는 완전히 인연이 없어졌다. 어쩐지 바다에 들어가는 것이 귀찮았고, 기회가 있어도 소금물에 몸을 담글 마음이 들지 않았다. 40세 전후부터는 바다에 들어가는 것이 무서워졌다. 바다 그 자체가 무서운 것이 아니라 심장마비라도 일으키지 않을까 하는 내 몸에 대한 불안 때문이었다. 어느 틈에 나는 내 몸을 신뢰하지 못하게 되어버린 것이다.

미국에는 대학생인 아들을 통역 겸 데리고 갔는데 아들은 수영장이 있는 호텔만 골랐다. 일본에서는 해수욕장에 가나 수영장에 가나 하나같이 사람 반 물 반이어서 미국에 있는 동안 실컷 헤엄치려는 속셈 같았다. 아들은 워싱턴에서도 시카고에서도 댈러스에서도 로스앤젤레스에서도 헤엄쳤다. 미국인 집에 초대받아도 수영장이 있으면 꼭 뛰어 들어갔다.

아들은 호텔 수영장에서 돌아와서는, 헤엄치는 사람들은 60세 이상 되는 노인이 많다, 모두 청년처럼 헤엄치고 몸도 꽤 좋다고 말한다. 아버지도 한번 헤엄쳐보는 게 어떠냐고 한다. 나도 여행이 끝날 때쯤 로스앤젤레스의 호텔에서 처음으로 수영장을 보러갔다. 과연 노인이 많았다. 호텔 손님이니까 시간과 돈에 여유가 있는 사람들임에 틀림없지만, 그렇기는 해도 모두들 까맣게 햇볕에 타고, 노무자처럼 건장한 몸을 하고 있었다.

호놀룰루에서는 바닷가 호텔에 묵었다. 해변에 나가보니 거기도 노인이 많았다. 나도 자극받아서 아들이 사준 수영복을 입고 바닷속으로 들어갔다. 30여 년 전에 익혔던 크롤로 헤엄쳤다. 소년 시절에 익힌 것을 몸이 조금도 잊지 않았다는 사실에 놀랐다. 자연스럽게 손과 발이 일정한 조화를 이루며 파도를 가르고 몸을 앞으로 전진시켰다. 다리도 제대로 추진기 역할을 하고 있다. 골프 기술을 절대로 익히지 못하고 익혀도 금방 잊어버리는 어지간히 정나미 떨어진 내 몸이라고 믿을 수 없는 정도였다. 스포츠 기술이라는 것은 육체의 기억이지만 한번 소년 시절에 익힌 것은 좀처럼 잊히지 않는 것 같다. 중년 이상이 되면 몸이 더 이상 기억할 능력을 상실하는 것 같다.

나는 사흘간 호놀룰루의 바닷가에서 헤엄쳤다. 헤엄치고 난 뒤 손발의 근육이 팽팽하게 긴장되는 상쾌한 감촉도 오래간만에 다시 한 번 내 것으로 만들 수가 있었다. 해변가에서 노인 친구가 생겼다. 독일계 미국인으로 젊은 시절부터 쭉 수영을 하고 있었는데 최근 정년퇴직한 이후 수영에 전념할 수 있어서 행복하다고 했다.

미국과 일본은 사회 환경이 다르기 때문에 같은 기준으로 말할 수는 없겠지만, 나는 내가 언제부턴가 헤엄치는 것을 포기하고 있었다는 것을 통감했다. 나뿐 아니라 대부분의 일본인이 그럴 것이라고 생각된다. 몸의 훈련이라는 것은 청년기 뿐 아니라 중년이 되어도 노인이 되어도 하려고만 생각하면 할 수 있고, 또 해야 하는 일임에 틀림없다.

나는 올여름은 하다못해 열흘이든 일주일이든 어딘가의 해안에서 헤엄치려고 생각하고 있다. 오랫동안 포기했던 몸의 훈련을 늦게나마 다시 시작하려는 것이다. 나는 올해 5월[*]에 만 58세가 된다. 일 예정을 세워보니 앞으로 10년 일할 수 있게 건강을 유지한다고 해봤자 일 양은 뻔하다. 이제 와서 그런 사실을 깨달았어도 별 수 없지만 그 10년간은 무슨 일이 있어도 건강하게 지내야겠다. 젊을 때는 건강, 건강이라고 해도 건강으로 삶을 향수한다는 마음의 여유가 있었지만 지금은 조금 다르다. 내 경우, 일은 원고지와 펜과 건강, 그세 가지로 태어난다는 생각이 강하다. 건강이라는 관념이 직접 일과 연관되어 있다.

'일하고 싶다. 건강해야만 한다.'

이것이 새해 소망이다.

---

[*] 1965년

뉴올리언스

미국으로 출발하기 전에 남들이 미국에서 어디에 가보고 싶
냐고 물으면, 나는 늘 도시로는 뉴올리언스라고 대답했다.
4년 전에도 미국에 갔었지만, 그때는 바쁜 일정으로 뉴올리
언스에 갈 엄두도 내지 못했다. 이번에는 두 달*간의 초대 여
행이어서 다소 여유가 있었기 때문에 다른 데는 못 가더라도
뉴올리언스만은 가보려고 생각했다.

　뉴욕에서 제트기로 두 시간 남짓 날아가면 뉴올리언스에
도착한다. 멕시코 만에 면하고 미시시피 강 입구에 위치한,
미국에서 첫째 내지 둘째가는 오래된 도시이다.

　뉴올리언스라고 하면 우리는 맨 먼저 미시시피 강, 그다음

---

* 1964년 6~7월

에 멕시코 만, 세 번째로 딕실랜드 재즈를 떠올린다. 그리고 또 하나 덧붙이자면 옛날에 목화 노동자로 팔려온 흑인 노예들의 수많은 슬픈 이야기가 떠오른다.

비행기가 뉴욕 공항을 떠나자 나는 바로 잠들었다. 갑자기 동행한 아들이 흔들어서 눈을 뜨자, 비행기는 어느 틈엔지 석양에 금빛으로 빛나고 있는 멕시코 만 위를 날고 있었다. 해안선도 아름답고 보기에도 근대적인 느낌이 드는 모습이었다.

비행기는 얼마 안 있어 크게 오른쪽으로 기울더니 착륙 태세를 취했다. 갑자기 방향을 바꾼 비행기 유리창으로 바다인지 호수인지 알 수 없는 수역을 이분하고 있는 터무니없이 길고 하얀 고속도로가 보였다.

트랩을 내려가자 숨이 막힐 듯한 열기가 올라온다. 6월 중순이라는데도 꼭 도쿄의 8월 날씨에 찜통 더위를 더한 것 같다. 모처럼 이 공항에는 마중 나온 사람이 없었다.

택시를 타고 호텔로 간다. 호텔은 캐널스트리트라고 하는 번화가 지역을 가로지르는 대로변에 면하고 있다. 10층이 안 되는 건물이지만, 뉴올리언스에서는 최고급 호텔이라고 한다. 그건 그렇고 캐널스트리트라는 것은 이름뿐으로 아무 데도 운하canal 같은 것은 보이지 않는다.

아들이 그 사실을 운전기사에 묻자 예전에는 이 도로 중앙

176

에 운하가 있었지만, 지금은 지하에 들어가서 밖에서는 보이지 않는다고 가르쳐주었다.

호텔에 들어가니 냉방 덕에 살 것 같았지만 밖으로 한 발짝만 나가면 금방 온몸이 땀으로 범벅이 된다. 밖에서 돌아오는 사람을 보면 하나같이 손수건을 얼굴에 대고 더위에 지쳐서 축 늘어져 있다.

우리는 짐을 방에 집어넣고 뉴올리언스에서 제일 유명한 프렌치쿼터프랑스 지역까지 택시를 타고 갔다. 내일은 내일이고 날이 저물기 전에 프렌치쿼터만이라도 봐두기로 한 것이다.

냉방이 없는 택시는 찜통이었지만 흑인 기사는 덥다고 생각하지도 않는 것 같다. 등 뒤에서 까만 목덜미를 보았지만 땀도 나지 않았다.

차는 채 5분이 되지 않아 프렌치쿼터에 도착한다. 걸어도 10분에서 20분 정도 되는 거리일 것이다. 일요일이기 때문인지 상점은 하나같이 문이 닫혀 있다. 미국은 어디나 그렇지만, 가게는 닫아도 쇼윈도는 아름답게 장식되어 있다. 오래된 도시의 가장 오래된 거리이니만큼 길이 좁고, 그 좁은 도로 양쪽은 2층도 3층도 뭐라 할 수 없이 느긋한 느낌의 쇠창살로 된 난간 발코니가 달린 집으로 메워져 있다. 이 거리 한구석에 발을 들여놓은 인상으로는 완전히 스페인풍이다. 프랑스 지구라고 하기보다 스페인 지구라고 하는 편이 좋을 듯한 인상이다. 여기는 미국 속으로 파고든 옛 유럽의 편린이다.

루이지애나 주 뉴올리언스라는 이름으로 알 수 있듯이, 1803년까지 이 일대는 프랑스가 통치하고 있었는데, 그것을 나폴레옹이 겨우 1500만 달러에 미국에 팔았다고 한다. 지금 생각해보면 미국으로는 무척 싼값에 한 거래였던 셈이다.

그러나 이 지역이 스페인식인 것은 프랑스 통치 이전에 스페인과 관계가 있었기 때문이다.

처음 이 지역에 온 유럽인은 스페인 탐험가였다. 16세기 전반의 일이다. 그러나 스페인은 이 지역에 대한 소유권을 별로 주장하지 않았던 것 같다.

1682년에 프랑스의 탐험가 라살이 미시시피 상류의 프랑스 지역에서 강을 내려온 것을 기화로 프랑스령이 되었고, 당시 프랑스 왕 루이 14세의 이름을 따서 루이지애나라고 명명했다.

그 뒤에도 루이지애나 탐험은 미시시피 강을 중심으로 공식적으로나 비공식적으로나 계속되었고, 예수회 신도들에 의해서도 행해졌다.

그때쯤부터 이 지역에 백인 노동자와 아프리카 흑인 노예가 잇달아 들어오기 시작한다. 많은 이들이 말라리아로 쓰러졌고, 미시시피의 밀림에서 미쳐버리기도 했다. 신개척지의 역사에는 어디나 비극이 따라다니는 법이지만, 루이지애나의 비극은 나한테 다른 어느 개척지보다도 더 비극적으로 다가 온다.

1722년에 뉴올리언스는 루이지애나의 주도州都가 되고, 모국 프랑스의 베르사유 궁전의 우아함과 아낌없이 베푸는 관대함이 점차 들어옴과 동시에 무역의 요지가 되고, 그와 더불어 밀수 기지가 되어갔다.

1762년에 루이 15세가 사촌인 스페인 왕 카를로스 3세에게 미시시피 서쪽의 루이지애나를 넘겨주면서 현재의 루이지애나는 스페인 통치 시대에 들어서게 된다. 그 통치는 약 40년간 계속되었고, 1801년에 다시 프랑스에 양도되었다가, 1803년에 와서 미국령이 된 것이다.

그런 역사를 본다면 뉴올리언스가 북미 대륙에서 가장 오래된 도시 중 하나이고, 뉴올리언스의 프렌치쿼터가 스페인의 영향을 받았다는 사실이 이해될 것이다.

*

이튿날에는 9시에 호텔을 나와 국무성에서 보내준 통역인 후쿠다 마나부 씨와 함께 리셉션 센터로 가서 사흘간의 일정을 의논했다. 가능한 한 초대 같은 것 없이 느긋하게 보낼 수 있게 해달라고 부탁한다. 통역인 후쿠다 마나부 씨는 몇 년 전에 일본에 처음 와서 한 달 동안 체재했다고 하는 2세인데,

일본에 관해서는 뭐든지 알고 있다. 게다가 그가 사용하는 일본어는 정확하고도 기품이 있다. 케네디 대통령의 연설을 동시통역했을 정도니까 아마 영어를 일본어로 옮기는 것도 무척 정확할 것이다. 일본에서 미국에 가는 작가나 학자는 대부분 후쿠다 씨 신세를 진다. 리셉션 센터로 가는 도중에 아들이 안내서에서 읽은 지식으로 뉴올리언스의 무덤은 다른 도시하고 달리 무척 크고 훌륭한 것 같다는 이야기를 하자, 후쿠다 씨가 "뉴올리언스는 늪지대이기 때문에 땅속에 무덤을 만들 수가 없어요. 그래서 위로, 위로 겹쳐서 만든 무덤도 있지요. 말하자면 무덤의 아파트이지요. 그렇게 되니 '화장터의 연기' 운운하는 무상감은 없죠"라고 한다. 그런 대답을 듣고 있으면 일본에 한 달밖에 안 있었던 사람이라고는 믿어지지 않는다.

리셉션 센터를 나와 영사관으로 마쓰오 영사를 방문한다. 2년 전에 부임했지만 아이들 교육 관계로 가족은 쭉 일본에 있다고 한다. 외교관이라는 직업도 꽤 힘들다. 마쓰오 영사는 얼른 보기에 40대 중반, 온화한 인품인데 무척 빨리 말하기 때문에 처음에는 조금 당황하게 된다. 그러나 익숙해지니 유머가 많은 편안한 분이다. 이미 완전히 뉴올리언스 팬이 되어 있다. 항구와 도시의 좋은 점을 들기도 하고, 남부 사람들이 얼마나 인심이 좋은지 설명하기도 한다. 기후도 1년 전체로 보면 그렇게 나쁘지 않다고 한다. 우리는 뉴올리언스의 찜통더위에 두 손 두 발 다 든 상태였기 때문에 기후에 관해서만은 별로 동의할 수가 없었다. 그러나 이 더위도 익숙해지면 별로 신경이 안 쓰일 테고, 더위 정도는 참을 수 있을 만큼 뉴올리언스가 미국에서도 유수한 많은 장점을 갖고 있는 도시인 것만은 분명하다.

마쓰오 씨와 시내 레스토랑에서 점심을 같이 하기로 하고, 그때까지 조금 시간이 있어서 나하고 아들은 어제 갔던 프렌치쿼터를 다시 한 번 돌아보기로 한다. 후쿠다 씨는 워싱턴에 연락할 일이 있다고 호텔로 먼저 갔다.

외국 여행에서는 역시 마음에 드는 거리를 이렇다 할 목적도 없이 걷는 것이 제일 좋다. 유럽과 달리 미국은 어디에 가도 완전한 이국에 왔다고 경탄할 일이 별로 없다. 길을 걷고 있는 사람들의 복장도 풍속이나 습관도 도쿄와 같다. 그러나 한편으로는 어느 거리를 걸어도 미국이 일본하고 아주 다른 나라라는 사실을 깨닫게 되는 점이 재미있다.

뉴올리언스, 특히 프렌치쿼터는 미국 속에 들어와 있는 오래된 유럽의 편린이다. 길을 걷고 있는 것은 미국인이지만, 길 자체의 모습은 스페인풍이다. 상점 건물도 독특하고 거리도 골목도 약간 어둡지만, 차분하게 가라앉아 조용하다. 그림을 파는 가게도 많고, 길거리에 캔버스를 세우고 초상화를 그리고 있는 화가와 미술학도의 모습도 보인다. 길을 이쪽저쪽 바꿔가며 양쪽 상점의 쇼윈도를 보면서 걷는다. 골동품 가게와 도자기 가게가 많다. 도자기 가게도 반쯤은 골동품 가게라고 할 수 있어서 새것은 적고 오래된 것이나 외국 물건들이 진열되어 있다. 중국 도자기도 많지만 일본 도자기도 많이 섞여 있다.

이것은 프렌치쿼터만의 이야기가 아니고, 미국 어디에 가도 중국 것과 일본 것이 뒤섞여 있다. 샌프란시스코의 차이나타운에 가니 중국인 가게는 대개가 일본 물건으로 차 있었다. 히나 인형*도, 불단도, 가을의 시치구사**를 그린 병풍도, 석등도 모두 중국 것으로 통하고 있다. 손님들 모두 중국 것이라고 생각하면서 산다. 여기 뉴올리언스의 프렌치쿼터 또한 예외가 아니다.

중국에서 수입했다는 설명서가 붙어 있는 일본의 커다란 접시가 진열되어 있는 쇼윈도를 들여다보고 있자, 관광객으로 보이는 60대 미국인 부부가 와서 같은 접시를 들여다보면서 뭔가를 이야기하기 시작한다. 너무 비싸지 않으면 사도 괜찮겠다는 이야기였다. 그리고 우리에게 자꾸 미소를 보내면

---

* 여자아이의 명절인 3월 3일에 진열하는 일본 전통옷을 입은 작은 인형
** 가을의 대표적인 일곱 가지 화초. 싸리, 나팔꽃, 참억새, 마타리, 패랭이꽃, 칡, 향등골나무.

서 접시를 바라본다.

'이 접시는 사실은 중국산이 아니에요. 댁들은 모르겠지만 이 접시는 일본 것입니다. 일본인인 내가 말하는 것이니 틀림없어요.'

나는 그렇게 말해주고 싶은 마음이 들어서 스스로도 우스웠다. 그 이야기를 아들에게 하자, "그건 무리예요. 애당초 우리를 일본인으로 생각할지 말지도 모르는데요"라고 하며 웃었다. 나도 웃었다. 우리가 웃으니까 노부부도 웃었다. 그리고 노부부는 가게 안으로 들어갔다.

나는 어떤 인형 가게 앞에서 발걸음을 멈췄다. 아들도 멈춰 서서 쇼윈도를 들여다보고 있다. 작고 초라한 쇼윈도에 귀여운 서양 인형이 다섯 개 정도 진열되어 있었다. 인형 발아래에 '핸드메이드'라고 쓴 종이가 세워져 있다. 미국에서는 뭐든지 핸드메이드라면 귀하게 생각하는데, 그 인형도 인형치고 고가였다. 무척 무거운 유리문을 밀고 가게에 들어가자 중년 여인이 일어났다. 그녀는 가게 안의 작은 책상에서 인형 옷을 만들고 있는 중이었다. 안으로 깊숙한 가게였는데 전부해서 다다미 열 장[*] 될까 말까한 작은 가게이다.

---

* 약 5평

아들이 주인과 이야기하고 있는 동안, 한쪽 벽을 따라 놓여진 케이스 안의 몇 개 안 되는 인형을 보고 다녔다. 주인 말로는 인형은 전부 19세기 뉴올리언스의 귀부인들이 모델이라고 한다. 펠트로 된 커다란 모자를 쓰고, 옷자락이 긴, 레이스 장식이 많은 드레스를 입고, 양산을 스틱 대신 짚고, 코를 약간 거만하게 쳐들고 있다. 프랑스에서 건너온 귀부인이라고 할까, 어딘지 모르게 그 가게 주인과 닮은꼴이 재미있다. 나는 인형 가운데서 두 개를 골라 도쿄로 보내달라고 부탁했다.

가게에서 나오자 햇살이 눈에 스며들고 열기가 후끈 올라온다. 우리는 마쓰오 영사하고 약속한 식당을 찾아 그늘로 걸어갔다.

오후에는 유람선 '굿네이버'호를 타고 미시시피 강을 유람했다. 일본어로 하자면 '친구'호라고나 할까. 작기는 하지만 선내 설비는 잘 되어 있다. 배에는 우리 외에 역시 국무성 손님 같은 스무 명 남짓한 작은 단체가 타고 있었다.

미시시피 강은 세계 유수의 큰 강이라 좀 더 넓은 하구를 상상하고 있었는데 의외로 강폭이 좁았다. 배가 강 한가운데로 나가자 양쪽 기슭이 아주 가깝게 보인다. 다만 찰랑찰랑차 있는 수량은 과연 볼 만했다. 배는 탁한 강물을 거슬러 올라간다. 마이크에서 양쪽 기슭의 건물이나 풍경에 대한 소개가 나오지만 엔진 소리에 묻혀 토막토막 끊어진 채로밖에 들리지 않는다. 바람이 시원해서 무엇보다도 고마웠다.

강의 양 기슭은 각국 선박회사의 부두로 테가 둘러져 있다. 배가 나아감에 따라 강기슭에 정박해 있는 화물선의 국기가 바뀐다. 프랑스, 이탈리아, 노르웨이 같은 나라의 배도 보이지만, 장소가 장소이니만큼 유럽 국기가 적고 남미 국가들의 국기가 눈에 띈다.

일본 화물선도 한 척 정박해 있었다. 하얗게 칠한 아르헨티나 배 옆에 까만 모습이 보인다. 마이크에서 흘러나오는 설명에 의하면 아쓰다마루라고 한다. 저 배의 선원들은 언제 여기 도착했을까. 언제 일본으로 출항할 예정인가. 나는 그 배의 승무원들을 생각해봤다. 반갑다고 느끼기보다 나하고 완전히 다른 삶을 사는 몇 십 명의 일본인이 저 배 안에 있다는 것이 묘했다. 나하고 그 배는 서로 전혀 관계없는 존재로 각각 이국에서 고립되어 있는 것이다.

부두의 접안 벽은 어디까지고 이어져 있었지만, 이윽고 그것이 끝나자 삼림과 황무지로 메워진 미시시피 강 기슭이 보이기 시작한다.

우리는 반달 정도 뒤에 벌링턴이라는 미시시피 상류의 인구 삼만의 도시에 가서 거기에서 또 미시시피 강을 유람했는

데 미시시피의 실제 크기를 실감한 것은 오히려 벌링턴에서
였다. 하구에서 몇 천 킬로미터 떨어진 상류에서도 미시시피
의 강폭은 변함없었다. 그곳 또한 원시림이 양 기슭을 빼곡히
메우고 있었고, 찰랑찰랑하게 물이 차 있었다.

　나는 미시시피 상류에서 이 물이 뉴올리언스에서 봤던 하
구까지 이어져 있다는 사실을 깨달았을 때, 비로소 이 강이
지닌 엄청난 크기가 실감되었다.

＊

　그다음 날도 쾌청, 무척 무덥다. 전날과 똑같이 9시에 리
셉션 센터 안의 비트 씨 사무실을 방문한다. 거기에서 니가
타 지진 소식을 들었다. 미국 신문도 꽤 많은 지면을 할애하
여 보도하고 있었지만 자세한 내용은 알 수가 없다. 작은 섬
나라에 일억의 주민을 끌어안고 있는 데다가 천재까지 견뎌
야 하다니, 라는 것이 먼 모국에 대한 마음이었다. 불안하기
도 하고 슬프기도 하다. 이번 여행 목적은 각지에서 이민 1세
들을 만나 그들의 이야기를 듣는 것이었다. 워싱턴에서도 뉴
욕에서도 캘리포니아에서도 만났다. 모두 가혹한 운명을 견
디어낸 사람뿐이다. 이국에서 모국을 그리워하는 그들의 마
음을 이해하는 것은 상당히 어렵다. 니가타 지진 소식을 들었
을 때, 다소나마 이민 1세나 2세들의 마음을 이해할 수 있을

것 같았다.

언젠가 신문에서 읽은 적이 있는데 홋카이도의 냉해를 전해들은 서독 교포들이 모금을 해서 일본에 보냈다고 한다. 그때 동봉한 편지 속에 "이국에서 모국을 그리워하는 마음은 모국의 행복한 소식을 접했을 때보다도 불행한 소식을 접했을 때 더 절박합니다"라는 글이 있었다고 한다. 맞는 말이라고 생각한다. 안이하게 이민 문제를 다루는 것은 엄격하게 삼가야겠다고 생각했다.

오후에 이민 2세인 안과 의사 에나리 씨 부부가 뉴올리언스에서 볼 만한 곳을 안내해주었다. 에나리 씨 차는 에어컨이 있어서 쾌적했다. 그러나 그것보다도 에나리 씨가 일본어를 꽤 하는 것이 고마웠다. 우선 교외의 주택지를 돌아보았다.

교외의 미국 중산층 주택은 어디나 비슷해서 흥미의 대상이 되지 않지만, 상류 주택인 경우는 터무니없이 규모가 커서 재미있다. 워싱턴의 조지타운 한쪽도, 로스앤젤레스의 베벌리힐스도 온종일 보아도 싫증나지 않는다. 여기 뉴올리언스는 서민층 주택이 독특하듯이 교외의 주택들도 독특하다. 그 특이한 건축양식을 이른바 식민지 시대 양식이라 부르곤 한다. 그 이름이 가리키듯, 유럽이 루이지애나 개척을 시작해서 뉴올리언스를 식민지화했던 당시의 건축양식 그대로 오늘날까지 전해진 것이다. 그것은 프렌치쿼터의 상점가에서는 볼 수 없었던 풍경이었다. 어느 집이나 한결같이 2층 가옥이고 정면에 발코니가 있다. 발코니는 약속이나 한 듯이 백색, 흑색, 초록색 중 한 가지 색으로 칠해져 있다. 정면에 나란히 서 있는 몇몇 우아한 자태의 기둥이 이러한 건축양식의 특색을 드러내는 초점이다. 지붕에는 뱀 장식이 달려 있다. 그 모든 것이 정말로 사치스럽고 섬세하게 만들어져 보고만 있어도 기분이 좋다. 그 식민지 시대 양식의 가옥 주위를 남부 특유의 거목들이 둘러쌌는데, 하얀 꽃을 피우는 목련도 있고 오크나무도 있다. 그런 주택들이 길 양쪽으로 조금 들어간 채 늘어선 모습은 장관이다. 우리는 저택 하나하나를 카메라에 담았다.

주택지 끝에 묘지가 있었다. 그 무덤 또한 미국에서는 뉴올리언스 특유의 것으로 알려져 있다. 한마디로 말해 아파트식 묘지이다. 습도가 높아서 땅속에 무덤을 만들 수가 없어 묘가 지상에 세워졌다. 일본의 목욕탕 신발장 같다. 그 사방이 1미터 넓이이며 돌 정면에는 고인의 이름이 새겨졌다. 아무 표시도 이름도 없고 그저 벽돌을 쌓아서 뚜껑 대신으로 한 무덤도 있지만, 그것은 일가친척 없는 무연고 묘일 것이다. 평생 아파트에 살다가 죽은 뒤에도 아파트에 들어가서야 죽은 사람도 지겹겠다고 생각했다. 그러나 알링턴 묘지의 밝고 넓은 잔디에 하얀 십자가가 무수히 늘어서 있는 광경보다는 이쪽이 일본인인 나에게는 묘지같이 느껴졌다.

거기에서도 빈부격차가 확연했다. 아파트 묘지와 나란히 주택 묘지도 많다. 그쪽은 고대 제왕의 석관을 떠올리면 된다. 백만장자라고 해도 습기 많은 지하에서 잠들 수는 없다. 커다란 석관을 지상에 두게 된다. 석관은 식민지 시절 양식의 집이나 교회를 본떠서 만들어졌다. 그중에는 발코니나 난간이 달린 것도 있다. 무덤 앞에 미니어처 벤치가 놓인 경우도 보았다. 누가 앉을지 생각하니 우스웠다. 그 석관들은 묘지 안의 가로수길 양쪽에 주택지의 가옥같이 꽤 간격을 떼고 늘어서 있었다.

묘지나 교외 주택지의 가로수는 거목이었다. 남부라서 나무가 금방 큰다고 한다. 일본에서는 수령 몇 백 년이라는 나무를 종종 보지만, 여기에서는 수령 몇 십 년 만에 일본의 수백 년 나무보다 더 커진다. 요세미티 국립공원에서 괴물 같은 삼나무 거목에 놀랐지만, 뉴올리언스에서는 그런 거목을 시내 여기저기에서 보게 된다. 그중에서도 제일 가는 건강우량목은 '시티 파크'에 있는 오크나무이다. 길 양쪽의 오크나무 가지가 교차하여 터널을 만들고 있었고 나무에는 이끼가 기생하고 있었다. 애석하게도 그 이끼 이름이 생각나지 않는다.

열대의 나무는 크기는 크지만 멋대가리가 없다. 그저 클 뿐이지 아기자기하고 섬세한 맛이 없다. 목재를 만들어도 틀림없이 사탕수수 심지처럼 미덥지 못한 것이 나올 것같이 느껴진다. "수백 년의 풍상을 견디고" 같은 형용과는 전혀 관계가 없다. 어딘지 모르게 미국이라는 나라의 인상과도 비슷한 구석이 있다.

시티 파크도 컸지만 호숫가에 있는 레이크 쇼 공원도 훌륭했다. 저녁나절 우리는 폰샤르트랑 호수를 왼쪽에, 레이크 쇼 공원을 오른쪽에 보면서 드라이브했다. 아무리 가도 공원이 끝나지 않아서 히비야 공원에 익숙한 아들은 놀라는 것 같았다. 폰샤르트랑 호수는 호수이기는 해도 건너편 기슭이 보이지 않아 나는 처음에 멕시코 만으로 여기고 있었다. 요트 하버가 늘어서 있다. 이곳에서라면 모터보트나 요트가 재미있을 것이다. 5년 정도 전에 노지리 호에서 모터보트를 탔지만, 왜 모터보트가 젊은이들에게 인기가 있는지 이해가 가지 않았다. 그러나 여기에서라면 그 통쾌함이 나도 납득이 간다. 저녁나절의 호수에는 몇 척의 요트와 한 척의 모터보트 이외는 아무것도 없었다. 오른쪽 레이크 쇼 공원은 손질이 잘된 공원으로 군데군데 가족이랑 커플의 모습이 보인다. 내가 여기의 사치스러운 토지 사용에 어이없어 하자, 안내하던 에나리 씨가 여기는 피한지라서 겨울이 되면 따뜻한 곳을 찾아온 사람들로 가득 찬다고 알려주었다.

그날 밤, 호숫가에 있는 웨스트 엔드 공원 안의 대중 레스토랑에서 생선 요리를 먹었다. 맛은 어쨌든 먹는 과정이 무척 재미있었다. 호숫가에서 다리를 건너서 가는 호수 위에 뜬 그 레스토랑은 가족 단위 손님들로 북적거렸다. 우리는 호수가 내려다보이는 유리창 쪽 테이블에 앉았다. 테이블에 먼저 냅킨, 나이프, 포크 그리고 각자의 쟁반이 나왔다. 그다음에 록 로브스터^{일본 대하보다 조금 더 크다} 삶은 것이 세 마리, 껍데기째 삶은 게가 반 다스 정도, 그리고 소량의 감자 튀김을 담은 큰 접시가 각자에게 주어졌다. 진짜 시푸드 레스토랑으로 그 밖에는 아무것도 없었다. 안내인인 에나리 씨 부부는 냅킨을 목에 두르고 새우와의 격투를 시작했다. 나는 새우 껍질을 벗기기 위해 일어나야만 했다. 그렇게 힘이 들었다. 포크인지 손인지 구분도 되지 않는다. 손으로 꼭 잡고 포크를 안에 쑤셔 박아 알맹이를 꺼낸다. 고생해서 꺼낸 알맹이 맛은 남부의 거목 이상으로 맛대가리가 없었다. 손을 쉬고 주위를 돌아보니 여자도 남자도 모두 게나 새우와 격투를 벌이고 있었다. 일본 여성에게는 이 식사법은 무리이다. 나는 일본의 대하와 생새우를 껍질째 구운 요리를 떠올렸다. 똑같은 새우이지만 엄청나게 다르다. 나는 새우와 게를 한 마리씩 먹자 배가 찼다. 내게 주어진 할당량의 절반도 처리하지 못했지만, 다시 도전할 마음은 끝내 일어나지 않았다. 레스토랑은 처음부터 끝까지 활력이 넘치고 있었다. 일본에서는 절대로 볼 수 없는 레스토랑 풍경이었다.

오케이의 무덤을 찾아가다

내가 이번*에 미국을 방문한 목적 중 하나는 일본인 이민이 가장 많이 거주하고, 농업에 종사하고, 성공한 사람을 많이 배출한 캘리포니아라는 곳을 조금 더 꼼꼼하게 돌아보는 것이었다. 캘리포니아, 또는 가주加州라는 이름은 일본인이라면 누구라도 어릴 때부터 자주 듣던 이름이고 그 울림에는 특별한 것이 깃들어 있다.

　지도를 봐도 알 수 있듯이 캘리포니아 주는 서쪽으로는 태평양을 따라 해안 산맥이 남북으로 뻗어 있고, 동쪽으로는 네바다 산맥이 또한 남북으로 뻗어 있다. 그리고 그 두 개의 화산맥에 낀 넓은 평야는 북쪽이 새크라멘토 평야, 남쪽이 샌와

---

* 1964년

킨 평야라고 불린다. 두 이름으로 나뉘어 있지만 그것은 완전히 하나의 대평야이다. 새크라멘토 평야의 중심은 새크라멘토 시이고, 샌와킨 평야에는 북쪽부터 대략 같은 간격으로 스톡턴, 프레즈노, 베이커즈필드라는 세 도시가 늘어서 있다.

캘리포니아 주를 보는 것이 여행 목적이라고 했지만, 해안 산맥보다 좀 더 서쪽 바닷가에 붙어 있는 샌프란시스코라든가 로스앤젤레스 같은 대도시는 나한테는 별로 중요하지 않다. 일본 이민자들이 직접 땀 흘리면서 대지를 경작하고, 과수를 심었던 새크라멘토 평원과 샌와킨 평야를 보고 싶었던 것이다.

우리가 렌터카를 빌려서 샌프란시스코에서 새크라멘토로 향한 것은 하루하루 더위가 격렬해지는 6월 말경이었다. 고속도로를 두 시간 정도 달려 새크라멘토에 도착, 새크라멘토 시 구경과 거기에 살고 있는 일본계 미국인을 만나는 것은 내일로 미루고, 새크라멘토에서 영화관을 경영하고 신문사에 관계하기도 하는 나카타니 씨한테 안내를 부탁해서 바로 새크라멘토 동쪽 45마일 지점에 있는 플라자빌이라는 마을로 향했다. 거기에 있다는 이민 제1호라고 할 수 있는 오케이라는 젊은 일본 여성의 무덤을 성묘하기 위해서였다.

메이지유신쯤, 아이즈會津와 쇼나이庄內 양쪽 번에 총을 팔기도 하고, 포술 사범 노릇을 하기도 하여 아이즈 번의 영주로부터 히라마쓰 부헤이라는 일본 이름을 받은 슈넬이라는 독일인이 있었다. 일설에는 독일인이 아니고 네덜란드인이라고도 하지만 정확한 것은 모른다. 그 슈넬이 일본의 젊은이들의 이주단을 계획하여 미국으로 간 것은 1869년 2월이었다. 배는 차이나호, 신천지를 개척하기 위해 정착한 곳이 새크라멘토 동쪽 45마일 지점인 작은 언덕 위였다. 그때 슈넬과 같이 간 일본인은 스무 명 정도였는데 그 가운데 슈넬 가의 아이를 돌보던 오케이라는 18세 소녀가 있었다. 일행은 쌀 재배를 시작했지만, 기후와 풍토 때문에 잇따라 병으로 쓰러지고, 자금도 떨어져, 끝내 사방으로 흩어지게 되는 운명을 맞았다. 인솔자인 슈넬은 자금을 모아오겠다고 하고 떠나갔지만 다시 돌아오지 않았다. 이민 계획이 완전히 실패한 때는 메이지 3년^{1870년}으로 일행 가운데 미국에 남은 것이 확인된 사례는 사쿠라이 마쓰노스케라는 농민과 오케이라는 소녀뿐이다. 오케이는 동료들이 사방으로 흩어진 뒤, 그들의 숙소 이웃집 주인이던 비어캠프 부인이 동정해서 그 집에서 일하게 되었지만, 얼마 안 되어 19세의 나이로 죽었다. 몇 년 지나고 나서 동료인 사쿠라이 마쓰노스케가 샌프란시스코의 석공에게 부탁해서 묘비를 만들고 거기에 직접 '오케이의 무덤'이라고 새겼다. 그것이 지금도 그들이 젊은 꿈을 안고 경작했던 언덕 한쪽에 남아 있는 것이다.

자동차는 처음에는 평원을 달리다 도중에 고속도로에서 벗어나 새크라멘토 강의 지류인 아메리칸 강을 따라 달린다. 아메리칸 강변을 따라갈 때쯤부터 점차 산간 지역의 모습이 보이기 시작한다.

아메리칸 강은 골드러시 때 세계적으로 유명해졌다고 나카타니 씨가 설명해준다. 그 강 일대가 골드러시의 발상지로 1848년 이래 사금을 채집하려는 사람들이 밀려들었다. 예전에는 그 부근의 온갖 마을이 그런 사람들로 인해 인구가 이삼만으로 팽창한 이상한 마을이 되었다고 한다. 그렇게 사라져버린 무엇에 홀린 듯한 한 시기가 있었던 곳이라고 생각하자 산간의 평범한 강이 다시 보인다.

새크라멘토에서 한 시간 정도 달린 곳에 서터 요새의 유적이 있다. 당시 거기에 서부를 개척하는 둔전병*이 주둔하고 있었는데, 마셜이라는 병사가 사금을 발견해서 골드러시 시대를 초래하게 되었다고 한다.

그 당시 요새의 장군이었던 서터라는 이름은 지금도 그대로 요새 이름으로 쓰이고 있는 것이다.

서터 요새 건물은 원래 모습대로 보존되어 있어서 당시 둔전병들이 사용하던 침실이나 일상 쓰던 의류, 가구들이 전시

---

* 예비군 역할의 농민병

되어 있었다. 사금을 채집하는 도구가 진열되어 있는 것을 보니 둔전병들도 사금 채집에 종사했던 것이리라. 따라서 서터 요새 기념관은 둔전병 시절의 사료관이기도 하고 골드러시 시절의 기념관이라고도 할 수 있다.

그 요새 근처에 작은 기념공원이 있는데 그것은 완전히 골드러시 기념공원으로 제일 처음에 사금을 발견한 마셜의 동상이 서 있었다. 마셜은 당시의 둔전병 복장으로 큰 키를 곧추세우고, 그가 처음 사금을 발견한 아메리칸 강둑을 자랑스러운 듯이 가리키고 있었다. 사금의 발견자임에는 틀림없지만 그것을 영웅 취급하고 있는 점이 미국다워서 재미있었다. 공원에는 협죽도가 흐드러지게 피어 있었다.

요새 근처의 거리 양쪽에 당시 사금을 채집한 뒤의 모래산이 그대로 방치되어 있었다. 마을은 당시의 북적거림이 상상조차 되지 않을 만큼 쇠락해 있었다.

골드러시 덕분에 길을 좀 돌았지만 우리는 이번에는 서터 요새에서 곧장 오케이의 무덤이 있는 플라자빌로 향했다. 아메리칸 강은 두 갈래로 갈라지고 두 지류 사이에 낀 일대가 골드러시의 꿈의 흔적이다. 우리는 그것을 내려다보면서 한쪽 지류를 따라 산으로 들어간다.

"오케이가 왔을 때는 미친 듯한 골드러시가 끝난 지 얼마 안 된 때였을 거예요."

나카타니 씨가 말한다. 오케이도 이 아메리칸 강을 따라 올라갔을까. 물론 그녀도 그녀의 동료들도 걸어갔을 것이다.

자동차는 구릉의 등을 달리기 시작한다. 갈색 싹이 나 있는 언덕이 많다. 길은 아름답게 포장되어 있다. 군데군데 구도로가 있다. 구도로 쪽은 물론 포장되어 있지 않다.

이윽고 한산한 부락을 통과한다. 언덕 위에 초등학교가 있다. 골드힐초등학교라고 한다. 그 초등학교 맞은편 언덕에 오케이의 무덤이 있다고 한다.

드디어 목적지에 가까워졌는데 정말 쓸쓸한 곳이다. 골드러시 시절 직후였다니까 아직 부근의 마을에는 다소 마을답게 가게가 두서너 채 있었을지도 모르지만, 그래도 오케이는 참 황량한 곳에 왔구나 생각했다.

*

일본 최초의 이민 여성인 아이즈 번 무사의 딸 오케이의 무덤은 캘리포니아를 흐르는 새크라멘토 강의 지류, 아메리칸 강에서 조금 구릉지대로 들어간 곳에 있었다. 길에서 100미터 정도 벗어난, 잡초가 무성한 장소로, 어지간히 길을 잘 아는 사람 아니면 까딱하면 놓쳐버릴 것이다. 기괴한 운명에 농락당해서 미국에 건너와 열아홉이라는 젊은 나이에 이국에서 죽은 오케이가 불쌍하다.

무덤 주위는 낮게 철책이 둘러져 있었고, 중앙에 대리석으로 된 가로 30센티미터, 길이 60센티미터 정도 되는 묘비가 있었다. 묘비 자락을 수십 개의 다양한 작은 돌이 감싸고 있다. 묘비에는 영어로 '오케이를 애도하며. 사망연도 1872년. 19세. 일본 여성'이라고 쓰여 있다. 재패니즈 걸이라는 설명은 무척 대략적이지만, 묘를 만든 사람들도 오케이에 대해서 그것밖에 몰랐던 것이리라. 뒷면을 보니까 혼자 익힌 듯한 구불구불한 글씨로 '오케이의 무덤'이라고 새겨져 있다. 사쿠라이 마쓰노스케라는 농부의 글씨일 것이다.

마침 그날 이 지역의 신문인 『새크라멘토 비Bee』벌이 꿀을 모으듯이 각지에서 뉴스를 모으고 때로는 방해하는 사람을 쏜다는 의미일까?가 우리 성묘를 계기로 오케이의 무덤 특집을 만들기로 해서 카메라맨이 먼저 묘지에 와 있었다.

묘지에는 이름 모를 꽃이 놓여 있었지만 완전히 시든 상태였다. 향은 그렇다 쳐도 꽃이라도 들고 올걸 하고 후회했다. 무덤 가까이에서 엉겅퀴랑 민들레를 발견해서 다소 위안이 되었다.

일본에서 오케이 일행을 이끌고 미국으로 건너온 에드워드 슈넬이라는 독일인은 아이즈 번에서 히라마쓰 부헤이라는 일본 이름을 받았을 정도이니까 영주가 중용한 인물이었던 것이 틀림없다. 그는 캘리포니아로 건너가 이 골드힐에

160에이커의 땅을 사서 농사와 과수원 경영을 계획했던 것 같은데, 불행하게도 실패하고 자금을 모으기 위해 모국인 독일로 돌아간 채 다시 돌아오지 않았다. 그의 꿈은 컸지만 실현하기에는 역부족이었던 것이다. 남겨진 일행에게는 이산의 운명밖에 남아 있지 않았다. 오케이는 소녀이기도 해서 옆집인 비어캠프가에서 거두어주어 2년간 그 집에서 살다가 죽었다. 비어캠프가도 그 이름으로 추측하건대 독일계일 것이다. 현재 주인은 3대째인데 얼마 전에 죽은 2대째가 어린 시절의 일이라 자세하게는 기억 못하지만 오케이가 몸집이 자그마하고 피부가 하얀 착한 아가씨였고 영어 실력은 서툴렀던 것으로 이야기했다고 한다. 현재 3대째인 비어캠프 씨는 무덤에서 상당히 떨어진 곳에서 묘목 장사를 하고 있는데 당시의 집은 오케이 무덤 근처에 그대로 남아 있어 밭일을 할 때 휴게소 겸 창고 역할을 하고 있다.

우리는 성묘를 마친 뒤 오케이가 살았다고 하는 그 오래된 집을 찾아갔다. 집 앞의 플라타너스 나무를 보면서 나무문을 들어서자 두 아름이나 되는 느티나무 거목에 부딪친다. 그 느티나무 가지에 안기듯이 하얀 페인트칠을 한 2층 목조가옥이 있었다. 그것이 구 비어캠프가이다. 지금은 폐옥이 되었지만 회랑을 두르는 등 상당히 세련된 집이다. 회랑에는 당시 것으로 생각되는 손수 만든 흔들의자가 있었다. 안쪽의 부엌으로 짐작되는 곳을 들여다보니 토방에 우물이 파여 있고 거기에서 비어캠프가의 청년 같은 사람이 농기구를 씻는 중이었다. 회랑은 군데군데 구멍이 나고, 판자가 썩어 걷기에 위험했다.

오케이는 이 회랑에서 흔들의자에 앉아 비어캠프 주니어를 돌봤으리라. 여기 기후는 여름에는 덥고 겨울에는 춥다고 한다. 그녀의 고국인 아이즈 기후와 비슷해서 그런 이유로 이 주민들이 이 땅을 선택했는지도 모른다.

나는 학창 시절에 괴테의 『빌헬름 마이스터의 수업 시대』에 나오는 불행한 소녀, 세상을 편력하다가 요절한 미뇽의 노래, 그 유명한 망향의 애절한 소원을 담은 시에 감동한 적이 있는데, 오케이와 인연이 있는 오래된 폐가의 회랑 판자를 밟으면서 그 노래를 떠올리지 않을 수 없었다.

비어캠프 2세는, 오케이가 자주 언덕 위에 서 있었다고, 어머니한테 들었다고 했다는데 아마 그랬을 것이다. 언덕 위에 서서 저 멀리 서쪽의 샌와킨 평야나 해안 산맥을 바라보면서 먼 일본의 자기가 태어났던 아이즈를 그리워했을 것이다. 소녀 미뇽은 노래한다.

그대여 아는가 그 나라를
레몬꽃 피고 황금빛 오렌지 어두운 잎사귀 그늘에 익어

산들바람은 파란 하늘로부터 불어오고

미르테는 조용하고 월계수는 높이 솟아 있는

거기를 아는가 그대여

그곳으로 그곳으로

아아 사랑하는 이여 가고 싶어라 그대와 함께

구 비어캠프가 주위는 소 사료를 만들기 위한 야생 보리밭
이었다. 점점이 흩어져 있는 나무 그루터기는 소를 방목하기
위해서 나무를 쓰러뜨려 태운 흔적이다. 마당에 심어진 귤과
향귤나무는 양쪽 다 조금 레몬 비슷해져 있었다. 오케이가 살
아 있었다면 올해 112세가 된다.

골드힐에서 북쪽으로 8마일 정도 가면 행 타운이 있다. 골
드러시 시대에 금 도둑을 처형한 곳이다. 여기저기에 있는 오
크 거목이 교수목hanging tree이었다. 동행한 아들 이야기에 의
하면, 6년 전에 일본에 같은 이름의 영화가 수입되어 〈교수
목〉이라는 제목으로 상연되었는데 게리 쿠퍼와 마리아 셸이
출연했다고 한다. 그러나 무대는 캘리포니아가 아니고 몬태
나였다고 한다.

그 부근부터 길 양쪽에 모래 산이 보이기 시작한다. 사금
을 파고 남은 모래이다. 일본 같으면 금방 덤프카가 실어갔을

것이다. 덥다. 무척 덥다. 도중에 있는 막과자 가게에 들어가 콜라를 마신다. 목조로 된 더러운 가게인데 아마도 골드러시 시대에는 번창했겠지만 지금은 지난날의 모습을 찾아볼 수 도 없다. 주위에는 사람이 안 사는 판잣집이 여러 채 방치된 채 있다. 당시의 유물이다. 이래봬도 이 마을이 전에는 인구 만 명이었다고 하니 놀랄 일이다. 오케이가 골드힐에 도착한 것은 1869년이니까 이미 골드러시 시대는 지났지만 이 마을 은 상당히 번성했을 것이 틀림없다. 거기에서부터 우리는 새 크라멘토로 향했다.

시애틀

7월 11일* 우리는 샌프란시스코에서 시애틀로 향했다. 이번 여행에서 시애틀에 가는 것은 두 번째이다. 5월 일본을 출발할 때, 우리는 하네다에서 노스웨스트 항공의 북반구를 도는 제트기를 이용했는데, 비행기는 논스톱으로 단숨에 일본에서 미국까지 날아가 처음 착륙한 곳이 시애틀이었다. 그때 시차 때문에 약간 컨디션이 안 좋아 이틀간 시애틀에서 쉬고 다시 비행기를 타고 워싱턴으로 날아갔다. 그러니까 정확하게 말하면 우리는 시애틀로 돌아온 셈이다. 이번에도 역시 지난번과 똑같이 반스 호텔이라는 데 묵었다.

시애틀은 미국 서북단에 위치한 워싱턴 주의 중심도시이

---

* 1964년

다. 북쪽 캐나다하고의 국경 가까이에 베이커 산이 있고, 남쪽에는 레이니어 산을 축으로 한 마운트 레이니어 내셔널 파크가 있다. 서쪽은 태평양이다. 도시는 태평양 후미 퓨젯사운드 동쪽 해안을 따라 펼쳐져 있고, 워싱턴 호수가 서쪽 경계를 이루고 있다. 퓨젯사운드와 워싱턴 호에 동서가 낀 좁고 길쭉한 도시이며, 그린레이크와 레이크유니언이라는 두 곳의 호수를 품고 있다.

숲과 호수의 도시 시애틀의 모습이 비행기가 시애틀 타코마 공항에 다가감에 따라 점차 선명해진다. 삼림지대 일부를 깎아 만든 주거 지역은 정연하게 그물코 형태를 이루고 있다. 도쿄에서 온 우리로서는 부럽기 짝이 없다.

예전에 이 도시는 주위의 삼림에서 나오는 목재가 주수입원이어서 당시에는 시애틀보다도 시애틀에서 차로 한 시간 정도 남쪽으로 가는 타코마 쪽이 항구도시로 번창했다.

그러나 지금은 다르다. 시애틀 타코마 공항에서 다운타운의 호텔로 향하는 고속도로 양쪽에는 시애틀의 대표적 산업인 보잉사 공장이 늘어서 있다. 하네다를 출발하기 전에 일본에 팔러 왔다는 제트엔진을 꼬리에 단 보잉사의 신형기를 보았지만, 차로 시애틀 공장지대를 통과할 때도 여러 곳 보았다. 삼림지대를 개간해서 세운 공장이니 한 발짝만 내디뎌도 밖은 대자연 그대로이다.

태고부터의 침엽수림을 배경으로 한 보잉의 신예기 모습은 그대로 현재의 시애틀이라는 도시를 상징하는 것이라 하겠다. 그러나 이렇게 좋은 환경에 둘러싸인 공장 지역도 공장 그 자체에 따라붙는 황량한 적막함은 어떻게도 하기 어려운 것 같다. 그것이 주위의 자연과의 조화를 훼손시키고 있었다. 나중에 방문한 타코마의 목재공장 잔해 쪽이 오히려 자연과 잘 어울리고 있는 것처럼 느껴졌다.

1962년 시애틀에서 세계박람회가 개최되었다. 작년 뉴욕에서 요란했던 세계박람회 전의 일이다. 작은 도시 시애틀은 그 세계박람회에 전력을 기울였고, 그 때문에 시의 뿌리까지 흔들렸던 것 같아 도시 전체에서 아직도 당시의 혼란과 광기의 여운이 느껴진다. 안내를 하는 사람들은 꼭 세계박람회를 자랑스러운 듯이 언급했다. 그러나 나는 시애틀의 세계박람회라는 것은 금시초문이었고 거기에 대해서 아무런 지식도 없었다.

다운타운에서 시내 관광지의 선두주자인 퍼시픽 사이언스 센터까지는 단궤철도가 달리고 있었다. 센터 안에는 H. G. 웰스의 과학소설에 나오는 우주인을 연상시키는 모습의 '스페이스 니들'이라는 괴상망측한 탑이 서 있다. 시애틀을 방문한 이상 그곳에 가지 않으면 안내한 사람이 용납하지 않는다. 그나저나 그것도 모두 세계박람회의 산물이다.

나도 도착한 다음 날 센터에 가서 뭐라고 표현하기 어려운 모습의 스페이스 니들에 강제로 올라가야 했다. 탑 그 자체는 별도로 치더라도 거기에서 보이는 전망은 일품이었다. 저 멀리 남쪽과 북쪽에 레이니어와 베이커 산이 모두 보이고, 서쪽에는 워싱턴 호수의 수면이 반짝이고, 그 사이를 메우고 있는 숲속에 점재하는 주택지 경관은 비행기에서 봤던 전망과 똑같은 시애틀 특유의 아름다움이었다.

나는 시애틀뿐 아니라 간 곳마다 탑이나 언덕에 올라가서 시내를 바라본다. 이러면 어디에서나 시의 모습을 일목요연하게 알 수 있고, 시의 인상을 파악하는 데 편리한 것만은 틀림없다.

센터 안에는 일본계 2세인 건축가 미노루 야마자키가 만든 사이언스 센터 구조물이 있었다. 크기는 원폭 돔 전체 정도이고, 하얀색 일색으로 칠해진 철골 아치와 분수의 파란색과 공간을 사치스럽게 조합한 추상적인 이미지의 것이다. 모던하고 군더더기 없는 형태가 간결해서 기분이 좋았다.

미노루 야마자키의 건축물은 미국 각지에서 보았다. 보스턴의 하버드대학교 구내에는 그가 만든 교사가 완성을 기다리고 있었다. 시애틀의 아치도, 보스턴의 교사도 하얀색과 직선을 교묘하게 살린 근대적이면서도 동양적인 느낌이 드는 건축이었다. 그는 또 뉴욕에 엠파이어 스테이트 빌딩을 능가

하는 높은 건물을 계획 중이라고 한다.

센터를 나온 뒤에 워싱턴대학교를 찾아갔다.

워싱턴대학교는 하버드대학교처럼 오랜 역사는 없지만, 미국 주립대학교 견학에는 가장 적합한 곳이다. 얼른 봐도 인상 깊었던 것은 일본의 국제기독교대학교를 크게 한 것 같이 무턱대고 넓은 부지와 부지 안의 무성한 원시림이다. 학생회관에는 10레인 정도 되는 볼링장까지 설치되어 있어서, 내가 갖고 있던 최고 학부로서의 대학교 이미지에서 멀리 동떨어져 있었다. 교정을 걸어다니는 학생들의 복장이나 태도에서 받은 인상도 달랐다.

반팔 폴로셔츠에 벨트가 없는, 꼭 맞는 두툼한 하얀 바지를 입고, 커다란 컬러 인쇄본을 한 손에 들고 큰 소리로 이야기를 나누고 있는 학생들 무리는 너무 자유분방해서 대학교라기보다 학원 같은 경쾌한 느낌이었다.

학생들은 약속이나 한 듯이 전부 위를 보고 걷고 있었다. 옛날 일본 학생들이 목닫이 제복을 입고 고개를 숙이고 걷던 모습하고 전혀 다른 모습이다. 주의를 해서 본 적은 없지만 지금의 일본 학생들은 어떤 모습으로 교정을 걸을까 생각했다.

부속 인류학관을 봤는데 다른 훌륭한 시설에 비하면 인사치레로도 수준이 높다고 말하기 어려웠다.

넓은 교정 여기저기에서 교수를 둘러싸고 몇몇 그룹이 잔디에 앉아서 야외 수업을 받고 있었다. 그 정경은 정말 즐거워 보였다.

미국에서는 세 사람 중 한 사람은 대학교에 진학한다고 한다.

낮에는 일본문학연구로 일본에도 이름이 알려져 있는 맥키넌 교수와 사회학자로 일본 이민 연구를 하고 있는 일본계 2세인 미야모토 교수와 함께 학내 교수식당에서 점심을 먹었다. 학생식당도 그렇지만 이 교수식당은 메뉴도 그렇고, 설비도 그렇고, 서비스도 그렇고 일본의 호텔에 필적할 만했다. 다만 호텔과 다른 점은 학생들이 식당 밖의 복도를 구김살 없는 큰 목소리로 이야기하면서 걷는 모습이었다.

*

시애틀 시내에서 남쪽을 보면 눈 덮힌 레이니어 산이 보인다. 표고 1만 4410피트^{4392미터}의 산으로 후지 산보다 조금 높다. 산의 형태가 후지 산 비슷해서 시애틀의 일본 교포들은 예전부터 그것을 타코마 후지라고 부른다고 한다. 그러한 이름을 붙일 정도이니까 일본 교포들이 그 산을 사랑하는 마음은 무척 강해서 레이니어를 노래한 단가^{短歌}가 이미 몇 편인가 신년 초 천황 어전의 단가발표회에 입선했을 정도이다. 시애틀 일본교민회 회장인 미하라 겐지 씨도 입선자 중 한 사람이다.

시애틀 일본교민회는 잘 뭉쳐 있고 나름 역사가 있다. 옛날부터 일본인이 살았던 도시이기 때문에 별로 크지도 않은 시내에 일본 음식점이 몇 군데나 있다. 그러나 거기도 일본의 요릿집하고는 분위기가 다르다. 입구에서 이어지는 토방에는 초롱, 종이우산, 머슴들이 입던 옷, 가부키 사진 등이 장식되어 있다. 정식을 주문하면 회, 튀김, 전골요리가 전부 나온다. 즉 미국식 변형이 된 것이다.

이러한 것은 반드시 요리에 한정되지만은 않는다. 시애틀에 있는 일본 정원에 중국 정자가 있기도 하고, 장미 정원이 있기도 한다. 정원으로서는 예쁘지만 재패니즈 가든이라고 하면 거짓말이 된다. 그래도 안내하는 백인은 일본에서 전문 정원사를 초청해서 만들었다고 했다. 이미 오랜 세월 일본을 떠나 살고 있는 교포들의 감각도 현대 일본인 감각하고는 다소 어긋남이 있는 셈이다.

일본음식점이 늘어서 있는 지역은 일본 이민이 많았던 예전에는 번창했었지만 지금은 쇠락해 있었다.

전에 시애틀은 일본인 이민자의 큰 근거지였다. 초기 일본에서 오는 이민선은 모두 시애틀 남쪽 11마일에 있는 타코마 항이나 샌프란시스코 항으로 입항했다. 이민 온 사람들은 타코마에서 각자의 목적지로 흩어져갔던 것이다. 대부분의 사람들은 타코마에서 제재업에 종사하기도 하고, 시애틀에서 철도시설 노무자가 되기도 하고, 계절농업 노동자가 되어 캘리포니아로 가기도 했다. 따라서 시애틀 타코마는 그들이 미국 대륙에 발을 들여놓은 최초의 도시이다. 당시에는 캠프도 많았고 일본인으로 북적거렸다고 한다.

소위 말하는 사진결혼의 당사자인 두 사람이 처음 얼굴을 보는 것도 타코마 항에서였다.

단신으로 모국을 떠난 청년들이 나름 경제력을 갖추게 되면 당연히 문제가 되는 것이 결혼이다. 그러나 이민은 거의가 남자뿐이고 백인 여성은 일본인 남자들의 혼인 대상이 되지 않았다. 인종적으로나, 사회경제적인 면으로나 그것은 불가능에 가까운 일이었다. 그래서 고안된 것이 사진결혼이다. 미국에 있는 청년과 일본에 있는 여성이 사진과 이력서를 보내고 편지를 주고받다가 서로 동의하게 되면 일본에서 신부를 태운 이민선이 미국으로 향하게 되는 것이다. 배가 타코마 항에 도착하면 한쪽은 갑판에서 부두에 있는 청년을, 다른 한쪽은 부두에서 갑판에 있는 여성을 찾아낸다. 손에 든 상대방 사진을 유일한 단서로 서로 자기 배우자 예정자를 찾는 것이다. 필시 한 장의 사진에 자기 운명을 맡긴 채 사진을 원망한 여성도 있었을 것이다.

그래도 사진결혼을 할 수 있었던 사람은 행운이었다. 일본 교포들이 근면과 저임금으로 미국인한테서 직장을 빼앗았지만, 처음에는 수가 적었기 때문에 환영만 받았지 백인과의 사이에 문제는 생기지 않았다.

그러나 이민자 수가 늘고 그들이 집을 장만하고 천성적인 근면함으로 열심히 일하기 시작하자 미국인하고 마찰이 생기기 시작하고, 시대의 흐름도 작용해서 외교 문제로까지 비화된 것이다. 메이지 41년1908년 미일신사협정에서는 아직 사진결혼이 허락되었었지만, 사진결혼이라는 것은 미국인의 성향, 습관에서 보면 너무 기이해서 도무지 이해할 수 없는 것이었다. 따라서 사진결혼은 배일론자들이 이용하는 논쟁거리가 되어, 다이쇼 8년1919년 일본 정부는 자주적으로 사진결혼을 금지시켰다. 1912년부터 1918년까지 사진결혼을 통해 미국으로 이주해온 여성은 샌프란시스코와 시애틀을 합해 육천구백팔십팔 명에 이른다.『미국 일본 교포 백년사』 사진결혼이 금지되고 아내를 맞이하러 귀국할 여유가 없는 청년들은 희망을 잃고 번 돈을 도박에 탕진하고 침구만을 짊어지고 직장을 구하러 각지를 유랑하는 비숙련노동자로 전락해갔다.

시애틀에서 레이니어 국립공원에 가는 도중에 타코마 시에 들렀다. 레이니어에 이르는 침엽수림 지대가 끝나는 곳에 만들어진 항구도시이다. 예전의 번창함은 완전히라고 할 수 있을 만큼 사라져버렸다. 부근의 산림에서 벌채한 목재를 제재하던 활기 넘치는 타코마 시는 지금은 조용히 잠들어 있는 듯했다. 장래 다시 타코마 항이 번창하게 될 날이 올지 모르지만, 지금은 그런 징조조차 보이지 않는다. 일본인에게 호의를 품고, 많은 일본인을 고용해서 뒷배를 봐줬다고 하는 목재 공장 주인의 저택도 주인을 잃고 황폐할 대로 황폐해져 지금은 폐가가 되어 있었다.

부근의 주거지나 작업장, 목재 적재소 그 어디에도 사람 그림자를 볼 수 없었다. 개만이 시끄럽게 짖어댔지만, 그 소리를 듣고 나오는 사람조차 없었다. 그러나 마당에 개가 매인 것을 보면 어딘가에 조용하게 사람이 살고 있기는 한 것 같다. 타코마의 일본인들도 일부만 남기고 시애틀로 떠나버리고, 교외의 일본인 마을은 눈 뜨고 볼 수 없을 만큼 쇠락해 있었다. 다만 거기에서 바라보는 타코마 후지의 웅장한 모습은 시애틀에서 볼 때보다도 더 아름다웠다.

타코마에서 수목지대를 개간해서 만든 관광도로를 남쪽으로 64마일 정도 가면 마운트 레이니어 내셔널 파크 입구에 도착한다. 입구에 통나무로 만든 표지판이 서 있다. 너무 간소해서 대국립공원의 정문이라고는 생각되지 않는다. 입구부터 레이니어 산 중턱의 휴게소, 파라다이스 인까지는 구불구불한 길을 차로 한 시간 정도 달리지 않으면 안 된다. 눈 덮인 레이니어 산을 나무 사이로 혹은, 수목이 우거진 숲 위로 바라보면서 널찍하고 느긋한 2차선 포장도로를 달리는 것은 상쾌했다. 도중에 몇 개인가 호수가 있었는데 한결같이 물이 맑고 아름다웠다. 아마도 레이니어 산에서 나온 눈 녹은 물이 흘러들었기 때문일 것이다. 또 '위험하니 야생동물에게 가까이 가지 마세요'라는 경고 입간판도 여러 개 보았다.

사슴, 토끼, 곰이 나온다고 쓰여 있었다. 국립공원의 크기를 생각하면 그것도 당연해서 차로 드라이브할 수 있다는 것이 더 불가사의했다. 이 부근의 경치는 홋카이도의 횡단도로에서 보는 전망 비슷했다. 경고문에도 불구하고 나는 사슴을 보자 샌드위치를 먹이 삼아 가까이 갔다. 도로에 나올 정도이니까 사람에게는 익숙하겠지만, 역시 야성이 느껴졌고 5미터 이내에는 다가오지 않았다. 그것이 사슴이 아니라 곰이었다면 물론 나도 경고문을 충실히 지켰을 것이다.

레이니어 산맥을 남쪽에서 서쪽으로 돌아서 파라다이스 인에 가까이 갔을 때쯤에는 주위의 풍경이 완전히 잔설에 싸여 있었다. 해발 5557피트1694미터인 파라다이스 인이 있는 지점은 니스퀄리 빙하의 맨 앞에 해당하는 파라다이스 발레라는 곳으로, 거기에는 아직도 10센티미터가 넘는 잔설이 남아 있었다. 내가 간 것이 7월 중순이니까 만년설이라고 해야 할 것이다. 눈이 모이는 곳은 2층집이 파묻힐 만큼의 잔설량이었다. 눈은 남아 있었지만 그날은 햇살이 강해서 상의를 입고 있을 수가 없었다. 우리 같은 드라이브 관광객들의 화려한 색깔 반팔, 반바지에 섞여, 중장비를 한 등산객이랑, 스키를 짊어진 여름 스키어의 모습도 보여 내 계절 감각은 완전히 이상해지지 않을 수 없었다.

나는 미국 여행에서 워싱턴, 보스턴, 뉴욕, 시카고, 댈러스, 뉴올리언스, 시애틀, 샌프란시스코, 로스앤젤레스와 같은 대도시 및 그 근교와 프레즈노를 중심으로 한 캘리포니아의 농촌 지대에 갔었다.

이번 여행에서는 의도적으로 대부분의 미국 대도시에 대한 것들을 언급하지 않았다. 뉴욕, 워싱턴, 시카고와 같은 대도시에 관해서라면 이미 많은 사람들이 이야기했고, 여행기, 안내서도 엄청나게 출판되어 있는 오늘날 내가 분주한 여행객으로서의 인상을 쓸 필요가 없다고 생각했기 때문이다. 이번 미국 기행에서 미국 각지를 돌면서 제일 강하게 느낀 것은 미국이 세계 제일의 공업국인 동시에 세계 제일의 농업국이라는 사실이다.

미국이라고 하면 바로 큰 빌딩들이 숲속의 나무처럼 늘어선 뉴욕이라든가, 시카고라든가, 로스앤젤레스 같은 곳을 떠올리기 쉽지만, 그런 도시는 터무니없이 넓은 미국 대륙 가운데 산재한 작은 점이고, 그 외에는 모두 사람들이 땀 흘리며 일하는 경작지이다. 이것은 미국 여행에서 얻은 제일 큰 발견인데, 프랑스 여행 때도 같다고 할 수 있다. 프랑스라고 하면 바로 파리를 떠올리지만, 파리는 프랑스에 하나밖에 없는 국제도시이자 유일하게 프랑스에서 특별한 도시인 것이다. 프랑스 전체의 인상은 순박한 농촌을 많이 갖고 있는, 그런 농촌들로 성립한 농업국이라는 것이다.

미국 여행에서 제일 부러웠던 순간은 과수원에서 일하고 있는 젊은 아가씨나 곡식을 수확하는 농촌 여성들이 나와 있는 포스터를 본 일이다. 일본에서는 밭일을 하고 있는 아가씨가 그려진 포스터를 좀처럼 본 일이 없다. 농업에 종사하는 삶이 그들에게는 그다지 매력적으로 생각되지 않을 것이다.

어떤 문명도, 어떤 문화도, 그것이 한꺼번에 꽃피울 때는 반드시 배후에 견실한 농촌이 지탱하고 있다고 생각한다. 현재 일본에는 소도시가 무수히 탄생하고 있으며, 나날이 경작지가 적어지고, 공장 부지가 경작지를 대체해가고 있다. 청년도 농사일을 좋아하지 않는다. 그러나 이 일만은 어떻게든 해결하고 싶다. 젊은이들을 농촌에 붙들어두고 싶어도 그것이 경제적으로도 충분히 매력적인 것이 되지 않는 한 바랄 수가 없다.

지금 일본은 좋든 싫든 공업국이 되어가고 있다. 공업입국

工業立國이 나라의 방침으로 느껴지기까지 한다. 그러나 견실한 농촌이 없는 한, 훌륭한 공업국은 되지 못할 것이다. 옛날부터 스스로 아름다운 나라라고 일컬어왔던 일본이다. 농업이라는 것이 충분히 보상받게 되고, 어지간한 냉해에도 농촌에서 자살하는 사람이 나오는 그런 상황에서 벗어나고 싶다.

미국에서 그다음으로 느낀 것은 일본 붐이라는 말을 각지에서 들은 일이다. 미국인한테서도 들었고, 일본 교포들한테도, 일본 관광객한테서도 들었다. 실제로 여행한 각지에서 일본 정원을 보기도 했고, 백화점에서 일본 미술이 진열되어 있는 것도 보았다.

그러나 그 대부분은 일본인인 내가 봤을 때 일본풍이기는 하지만 일본 것이라고 말하기는 어려운 수준이었다. 일본 정원에 중국풍 석탑이나 석등이 서 있었고 정자가 있었다. 그중에는 순수 일본 것으로만 만든 정원도 간혹 있었지만, 대부분은 일본적 요소를 있는 대로 잔뜩 집어넣은 것이었다. 연못, 징검다리, 정자, 석등, 이끼, 그런 것을 복잡하게 잔뜩 배치해서 인사말로도 아름답다고 하기 어려웠다.

일본 미술이라는 것도 일류품까지는 바라지 않지만, 좀 더 제대로 된 것을 진열했으면 좋겠다고 생각했다. 후지 산이나 벚꽃을 미국인이 좋아하는 식으로 그린 작품만 보고 있으면, 일본 붐의 빈약한 실체가 실감된다. 그런 것을 많이 보았다는 것은 미국인 사이에서 '일본 취미'가 유행하고 있는 것을 나타내는 것일 테고, 그걸 일본 붐이라고 해서 틀린 말은 아닐 것이다. 문제는 일본 상인이 미국의 일본 붐에 편승해서 돈 벌 생각만 하지 말고, 좀 더 거시적인 입장에서 일본의 진짜 좋은 면을 알릴 수 있는 기회로 일본 붐을 이용해주었으면 하는 것이다.

일본 붐 속에서 감탄한 것은 일본계 건축가 미노루 야마자키 건축의 아름다움이었다. 그가 만드는 것은 일본풍 건물이 아니고 근대 빌딩이었지만, 일본 건축이 가진 섬세함과 담백함 같은 것을 자기 작업 안에 살리고 있다고 느껴졌다.

또 뉴욕의 '뱅크 오브 아메리카' 앞마당에 이사무 노구치가 교토의 류안지 석정石庭을 근대감각으로 처리한 것을 만들었는데, 그 또한 불쾌한 구석이 없는 아름다움이었다.

나는 대학생인 아들을 데려갔기 때문에 각지에서 대학교를 견학했다. 하버드대학교, 캘리포니아대학교, 콜롬비아대학교, 워싱턴대학교 등에 갔고, 도서관이라든가 학생집회장, 교실을 보았다.

미국 대학교에서 부러웠던 것은 어느 학교나 일본 대학교는 꿈도 꿀 수 없을 만큼 넓은 부지에 위치해 있다는 것이었다. 워싱턴대학교는 나무가 많아 식물원 속을 걷고 있는 것 같은 느낌이었다. 학생들은 여기저기의 잔디밭에서 책을 읽기도 하고 숲속을 산책하기도 하고 있었다. 일본 대학교, 특히 도쿄에 있는 대학생들이 불쌍했다. 도쿄의 대학교들은 역시 조용하고 좋은 환경으로 옮겨야 한다는 생각이 든다.

워싱턴에서 국회도서관을 봤다. 일본 관계 서적은 별채에 있었는데 거기에 모은 책은 엄청난 분량이었다. 현재 일본에서 출판된 책 중 30퍼센트가 모여 있다고 들었는데 과연 그렇겠다고 생각되었다. 문학 부문 자료실에 가보니까 어떤 작가의 작품이라도 있었다. 반년 전에 문학상을 받아 작가로 등단한 신인의 책도 제대로 구비되어 있었다. 동인잡지 가운데 중요한 것은 전부 수집되어 있었다.

그러나 그렇게 다 모아서 도대체 어떻게 할 생각인지 의문이 없는 것은 아니었다. 누군가 일본에서 전문가가 와서 정리라도 하지 않으면 조금 있으면 수습하기조차 어려워질 것이라고 생각되었다. 정리되지 않은 채 쌓여 있는 책도 엄청나서 몇 명 안 되는 사무원이 처리할 양이 아니었다. 미국의 일본에 대한 관심을 단적으로 나타내고 있는 것같이 느껴졌다. 정말 미국적이었다.

이번 여행에서 많은 미국인 가정에 가봤다. 백만장자 집에도 초대받았고, 정말 어렵게 살고 있는 듯한 젊은 화가의 집에도 초대받았다. 학자의 집에도, 엔지니어의 집에도, 과부댁의 집에도 초대받았다. 총체적으로 말할 수 있는 것은 모두가 친절하고 활동적이고 합리적인 생각을 하는 명랑한 사람들이라는 사실이다.

우리 외국인을 초대하는 것이니까 외국하고의 우호관계에 자기도 한몫하려는 사람들로, 그런 의미에서는 생활에 여유가 있는 사람이 많았고 어쨌든 우리는 무척 기분 좋게 신세질 수 있었다.

환대하는 방법에 있어서도 오늘은 우리가 담당이지만 내일은 다른 사람이 맡을 것이니까 내일 일은 내일 맡을 사람하고 의논하라는 식의 명쾌한 태도가 무척 마음에 들었다. 그런 점은 근대인으로서 미국인이 지닌 세련됨이자 제일 좋은 장점이 아닌가 생각된다.

시베리아 여행

시베리아 여행

작년[*] 6월에 모스크바에서 나홋카까지 시베리아 철도를 탔다. 도중에 노보시비르스크, 이르쿠츠크, 하바롭스크 등의 도시에서 내려 각각 며칠씩 묵었지만 어쨌든 모스크바에서 나홋카까지의 전 구간을 시베리아 철도로 다닌 셈이다. 제2차 세계대전 전에 시베리아를 횡단할 때는 철도를 이용할 수밖에 없어서 시베리아 여행이라고 하면 곧바로 시베리아 철도를 떠올리는 것이 보통이었다.

전후에는 나홋카에서 하바롭스크까지 기차로 가고, 하바롭스크부터는 비행기로 단숨에 모스크바까지 가는 것이 통상이 되었다. 비행기로 몇 시간이면 갈 곳을 일부러 며칠씩이

---

[*] 1968년

나 기차로 가는 사람은 어지간히 한가한 사람일 것이다.

작년의 러시아 여행은 갈 때 도쿄에서 모스크바까지 비행기를 탔다. 하네다를 떠나 열 시간 반이 지나자 모스크바 공항에 내렸으니 이쪽이 누가 뭐래도 빠르다고 할 수밖에 없다. 그런데 돌아올 때는 모스크바에서 나홋카까지 꼬박 8일 낮 8일 밤, 거기에 배로 한 여행까지 집어넣으면 전부 해서 11박을 해야 도쿄에 도착하게 된다. 비행기는 너무 빠르고, 기차 여행은 말하자면 너무 느리다.

그러나 너무 느리다는 말도 생각해보면 꽤 사치스러운 이야기이다. 시베리아 철도가 전선 개통한 것은 메이지 37년 1904년이니까 그 전의 여행객들은 겨울에는 썰매, 여름에는 배를 주된 교통수단으로, 거기에다 말이나 마차를 쓰면서 글자그대로 대자연과 투쟁하는 여정을 계속하지 않으면 안 되었던 것이다.

일본인으로 시베리아 여행에 대해 처음 기술한 사람은 다이코쿠야 고다유이다. 고다유는 알류샨열도의 암치트카 섬에 표류하여, 거기에서 캄차카로 건너가고, 그다음에 오호츠크로 옮겨가 오호츠크를 거점으로 해서 시베리아 여행을 전개했다. 고다유는 귀국하기 위해서 오호츠크에서 야쿠츠크를 거쳐 이르쿠츠크에 도착하지만, 가혹한 운명은 이 일본 표류민에게 모스크바, 페테르부르크 왕복 여행을 하게 했다. 그 여행기는 귀국 후 고다유가 이야기한 것을 가쓰라가와 슈호가 써서 『북사문략北槎聞略』가쓰라가와 호슈가 고다유가 이야기한 표류의 전말을 쓴 것으로 발표했다. 18세기 말의 이야기이니까 지금으로부터 200년 정도 전의 이야기이다.

고다유 뒤에 역시 일본의 표류민 쓰다유 일행이 고다유와 똑같이 시베리아를 횡단하여 모스크바, 페테르부르크로 갔지만, 이쪽에는 시베리아의 풍물을 자세히 소개한 여행기라고 할 만한 기술이 없다.

메이지 시대가 된 후 시베리아를 횡단한 것은 에노모토 다케아키[*]이다. 다케아키는 1874년 러시아 공사로 부임하고 임기를 마치자 시베리아를 횡단해서 귀국했다. 그때 여행을 다케아키는 일기로 정리하여 『시베리아 일기』로 펴냈다.

다케아키는 1878년 7월 말에 페테르부르크를 출발하여 9월 말에 블라디보스토크에 도착하기까지 시베리아 횡단에 두 달을 소요했다. 페테르부르크에서 모스크바를 걸쳐 니즈니노브고로드까지는 기차를 이용했지만, 당시 기차가 거기까지밖에 연결되어 있지 않아서 나머지는 배로 강을 따라 여행을 계속하게 된다. 하나의 강을 거슬러 올라가든가 내려가든

---

[*] 에노모토 다케아키(1836~1908)는 도쿠가와 가문의 직속가신인 하타모토의 후손으로 홋카이도 개발에 종사하여 러시아 공사를 역임했으며 가라후토-쓰시마 교환조약을 체결하고, 이토 히로부미 내각에서는 체신부 장관을 지낸 무관이다.

가 하여 다른 강과 합류하는 곳에 도달하면, 거기에서 다른 강으로 들어가 다시 거슬러 올라가든지 내려가다가 다른 강하고 합류되는 곳에 도달하는 시베리아 특유의 여행 방법이었다. 어쨌든 강을 따라 가기 때문에 겨울에는 썰매를 타고, 여름에는 배를 탄다. 다케아키는 여름 여행이었기 때문에 배와 마차를 이용했다. 볼가 강, 카마 강, 시르카 강, 아무르 강, 우수리 강 등 다양한 강을 다케아키는 배로 거슬러 올라가기도 하고 내려가기도 했다.

그러나 다케아키의 『시베리아 일기』를 읽으면 다케아키는 일본의 고관으로 가는 곳마다 융숭한 대접을 받고, 수행하는 관리도 있었으며, 각지에서 러시아 측 출장기관의 환영을 받고 있다. 다케아키는 대륙 각지의 풍토, 산업, 군사장비 같은 것을 상세하게 기록하고 있는데, 그렇게 할 수 있는 여유가 있었던 것으로, 다음에 이야기하는 후쿠시마 야스마사, 다마이 기사쿠, 히로세 다케오 등이 경험한 시베리아 여행과는 전혀 달랐던 것이 아닐까 생각된다.

다케아키는 이르쿠츠크에 관해 비교적 자세히 기술하고 있지만, 전에 일본인 표류민이 여럿 거기 살았고, 그중 몇 명은 거기에서 죽은 사실은 몰랐던 것 같다. 그에 대한 기술이 없기 때문이다. 다케아키는 이르쿠츠크를 "시베리아의 페테르부르크"라고 하면서 그 풍광의 아름다움을 칭찬하고, 인구가 삼만 오천이라고 쓰고 있다. 고다유의 『북사문략』에는 민가가 대략 삼천이라고 되어 있으니, 약 100년 동안에 인구가 열 배 정도 불어났다고 볼 수 있다. 현재 이르쿠츠크의 인구는 삼십만이 넘으니까 다케아키 이후 100년 동안에 인구가 또 열 배 늘어난 셈이다.

다케아키는 호텔 주인과 시중 들어주는 러시아인 대령의 안내로 앙가라 강을 건너 건너편 작은 언덕에 올라가서 전시가지를 내려다보았는데 현재 그 자리는 신시가지가 되었고, 언덕의 대부분은 석조건물로 메워져 있다.

다케아키는 하바롭스크에 관해서는 "아무르와 우수리가 합류하는 연미복의 꼬리가 갈라지는 부분에 있다"라고 표현하고 있다. 아무르 강의 배 대는 기슭에서 나무 사다리로 시내가 있는 언덕 위로 올라갔는데, 현재 그 부근은 공원이 되어 나무 사다리 대신 무척 가파른 돌계단이 만들어졌고, 계단 중간중간에 상당히 세련된 전망대가 조성되어 있다. 배를 대던 곳 부근은 시민 수영장이 되어 있었다. 다케아키는 한밤에 이르쿠츠크에 도착했으니 나무 사다리를 타고 언덕 위에 도착했을 때 그를 감싼 어둠은 무척 깊고 밤하늘의 별은 높았으리라 생각된다.

에노모토 다케아키 다음으로 시베리아를 횡단한 것은 후쿠시마 야스마사이다. 후쿠시마는 독일 공사관 무관 임기를 마치고 귀국하면서 혼자 시베리아를 횡단했다. 1892년 2월 중순 베를린을 출발하여 폴란드를 거쳐 우랄 산맥을 넘고 시베리아 가도를 동쪽으로 나아가 옴스크에 도착, 거기에서 알타이를 넘어 바이칼 호반에 나와서 이르쿠츠크로 들어왔다. 그리고 이르쿠츠크에서 치타, 네르친스크를 거쳐 아무르 강을 건너고 싱안링興安嶺을 넘어, 블라디보스토크에 도착했다. 일수로는 488일이 걸렸으니까, 글자 그대로 대원정이다. 이 여행에 관한 기술은 후쿠시마 대령의『단기원정單騎遠征 보고서』로 알려져 있는데, 그 책을 보면 후쿠시마는 바이칼 호 동남쪽부터 호숫가 길을 말을 타고 오다 앙가라 강의 흐름을 쫓아 이르쿠츠크에 들어온 것으로 되어 있다. 후쿠시마는 12월 8일부터 19일까지의 가장 추운 열흘간을 이르쿠츠크에서 보냈다. 이르쿠츠크에 대해서는 거의 기록이 없는데 눈과 얼음에 갇혀서 어떤 도시인지 쓰고 싶어도 쓸 수 없었던 것이 아닌가 생각된다.

후쿠시마 대령의 여행은 에노모토 다케아키의 여행에 비하면 고난의 극치였다. 말을 타고 시베리아를 횡단한다는 것은 거의 있을 수 없는 일이었다. 그러나 그는 그것을 해낸 것이다.

후쿠시마 대령 뒤 얼마 지나지 않아 다마이 기사쿠라는 청년이 러시아 대상隊商에 섞여서 시베리아를 횡단해 독일로 향하고 있다. 그리고 그 여행 가운데서 이르쿠츠크에서 톰스크까지의 30일간의 일을 기행으로 기록하고 있다. 이것은 쓰쿠마출판사의 '세계 논픽션 전집'에 『시베리아 대상 기행』이라는 제목으로 수록되어 있다. 나는 그 전집에 의해 비로소 이 밀출국자의 여행기를 볼 수 있었던 것이다. 이르쿠츠크에서 톰스크까지의 여행은 1893년에서 1894년에 걸쳐 혹한기에 이루어졌다. 이 대상들의 기행은 에노모토 다케아키, 후쿠시마 야스마사의 기록에 비해 훨씬 문학적이고, 사실적이며 생생하다. 눈에 보이는 것을 리얼하게 포착하고 리얼하게 쓰고 있다.

다마이는 이르쿠츠크에서 고향의 친구와 친척들한테 편지를 썼는데, 그 속에서 일본인으로서 시베리아 대상상인으로 여행한 것은 자기가 처음일 거라고 고양된 어조로 쓰고 있다. 또 다마이는 이르쿠츠크에서 4킬로미터 떨어진 곳에 있는 보즈네센스키 수도원의 첨탑의 아름다움에 대해서 쓴 뒤에 그 수도원에는 고승의 미라가 있는데 그것은 몇 백 년이 지난 지금도 살아 있는 것 같다고 전해져온다고 썼다.

고다유의 『북사문략』에도 이것과 똑같은 기술이 있지만, 『북사문략』에서는 그 미라가 있는 사원을 바이칼 호반이라고 하고 있다. 나는 『북사문략』에 나오는 미라가 있는 사원에 대해 알고 싶어서, 이르쿠츠크대학교 교수들한테 조사해

달라고 부탁했지만, 미라라는 것은 아마도 이콘일 것이라는 이야기였다. 고승의 이콘, 즉 성화를 갖고 있는 것으로 유명한 사원이 호숫가의 니콜라라는 마을에 있는데 고다유가 그 이야기를 쓴 것이 아닐까 하는 것이었다. 나는 바이칼 호를 드라이브한 김에 그 니콜라 마을에 들러 문제의 이콘이 있는 사원을 찾아갔지만, 이콘은 이미 호반의 다른 마을로 옮겨졌다는 이야기였다. 나는 이콘이 옮겨졌다고 하는 리스트반카라는 마을의 사원도 찾아갔지만, 거기에서도 이콘은 볼 수 없었다. 분명히 전에는 그 유명한 이콘이 있었지만, 언제인지 모르게 없어졌다는 것이었다.

다마이가 쓴 보즈네센스키 수도원에 해당하는 곳이 이르쿠츠크 근교에는 없으니까 아마도 현재 도시 변두리에 있는 즈나멘스키 사원이 아닌가 싶다. 즈나멘스키 사원은 전에 수녀원이었으며 첨탑이 아름다운 것으로 유명했다고 한다. 그리고 그 창립자인 성자 이노켄티의 초상화는 지금도 그곳에 있다.

다마이 기사쿠 다음에 시베리아 횡단을 한 사람은 히로세 다케오다. 히로세 다케오는 1902년 1월 10일 페테르부르크를 출발하여 1월 24일에 이르쿠츠크에 도착했다. 그때는 시베리아 철도가 이르쿠츠크까지 연결되어 있었기 때문에 히로세는 이르쿠츠크까지는 기차로 여행했다. 그 여행에 이 주일이 소요되었다. 히로세는 이르쿠츠크로부터는 호신용 피스톨을 갖고 배를 타기도 하고 썰매를 타기도 하는 극동 여행에 나선 것이다. 히로세도 이르쿠츠크에 대해서는 춥다고 하는 이야기 말고는 별로 쓴 게 없다. 하바롭스크에 대해서도 같은데, 다만 하바롭스크에는 일본인이 꽤 많이 살고 있다고 쓰고 있다. 그 시대에 벌써 일본인은 하바롭스크까지 가 있었던 것일까.

고다유도, 에노모토 다케아키도, 후쿠시마 야스마사도, 다마이 기사쿠도, 히로세 다케오도 몰랐던 도시가 하나 시베리아에 태어났다. 학자의 도시 노보시비르스크이다. 시베리아의 대자연 가운데를 직접 여행한 이들의 기행문 이전에는 시베리아의 풍물을 아무리 썼어도 빈약하다고밖에 할 수 없었던 것 같다.

노보시비르스크는 인구 백십만의 도시이다. 전에는 노보니콜라예프스크라고 하는 시골 마을로 농산물 창고가 많고 시베리아 상인들이 살고 있었지만, 1957년에 과학도시라는 명칭으로 과학 각 분야의 연구기관이 만들어지고, 학자들이 이주하고, 불과 10년도 안 되어 인구 백만의 특수도시로 새로 탄생한 것이다. 각종 연구기관과 학자들의 집이 모여 있는 곳은 40킬로미터 정도 되는 교외이다.

그러나 아무리 노보시비르스크라 해도 겨우 10년 가지고
는 도시 조성이 완전히 끝날 수는 없다. 현재 도시 전체가 한
창 근대화 과정에 있어서 오른쪽에 새 빌딩이 늘어서 있는
가 하면, 반대편에는 오래된 목조건물인 민가가 북적거리고
있다.

대체로 시베리아 대평원은 노보시비르스크 부근부터 지반
의 고저가 현저해지고 구릉이 파도치기 시작하는데, 이 도시
도 그렇게 고저가 있는 지반 위에 조성되었기 때문에 계곡이
많다. 그런 계곡을 오래된 목조건물이 메우고 있는데, 차차
전부 헐고 계곡을 메워서 빌딩을 세운다고 한다. 추위가 혹독
한 곳이기 때문에 빌딩 건축도 어려워서 기초도 깊게, 벽도
두껍게 만들어야 한다. 과학도시가 되기 전에는 상인이 많이
살았기 때문에 거리를 걸으면 목각 장식이 많은 오래된 통나
무 건물이 눈에 띈다. 오래전 건물은 땅에 반쯤 묻히게 지어
서 거실이 길보다 낮다.

이 도시의 명소는 오페라 극장과 역이다. 극장은 삼천 명
이 들어갈 수 있는 크기로 러시아의 다른 도시와 마찬가지로
레닌 광장이라고 이름 붙여진 곳에 있다. 1945년 5월에 첫
공연을 했다니까 지은 지 얼마 안 되었다. 역은 1939년에 만
들기 시작해서 전쟁 중에 완성된 아름다운 건물이다. 건축가
가린 미하일로프스키가 설계한 것으로 지하 2층, 지상 2층,

중앙 입구를 가운데 두고 오른쪽 건물이 조금 길어서 균형이 안 맞는 것은 전쟁 때문에 왼쪽 건축공사를 중간에 중지했기 때문이라고 한다. 도시 가운데를 오비 강이 흐르고 있는데 그 철교도 미하일로프스키가 설계한 것이다.

이 지역은 시베리아에서도 추운 지방으로 겨울에는 눈이 많이 내리고 가끔 눈이 없는 해도 있지만, 눈이 없는 때가 추위가 더 혹독해서 주민들은 눈이 많은 해를 바란다고 한다.

우리가 그 도시에 간 것은 6월 초였지만 한겨울 추위였다. 가이드 말로는 이삼일 전까지는 날씨가 좋았는데 어제 오후에 비가 오고 저녁에 엄청난 모래폭풍이 불고 난 뒤 비바람이 그치자 밤부터 추위가 엄습했다고 한다.

우리는 뿌옇고 탁한 오비 강의 철교를 건너 교외에 세워진 학자의 도시를 찾아갔다. 인구 사십만, 그중 학자가 삼천오백, 기술자가 삼천오백. 10년 전까지는 전부 삼림지대였다고 하며 현재도 숲 가운데 연구소 건물이 있었다. 총면적은 1370헥타르이며 그 가운데 각 지구로 나뉘어 연구소가 만들어져 있다. 오비바다 거리라고 하는 주택지역을 차로 한 바퀴 돌아보니까 보통 아파트 건물 말고도 독신자 숙소도 있고, 유치원도 있고, 댄스홀도 있고, 호텔까지 있었다. 주위에 숲을 많이 남긴 것이 뭐니 뭐니 해도 기분 좋다. 학위가 있는 학자들이 살고 있는 독신 가옥은 넉넉한 부지에 사치스럽고 아름답게 만들어져 있었다. 이런 점은 상당히 명확하다고 느껴졌다.

나는 학사회관에서 역사학자인 알렉세이 카피로프 씨와 고고학자인 비타리 라리초프 씨 두 사람한테서 옛날 시베리아 가도에 관한 이야기를 들었는데, 그 자리에 동석한 젊은 연구자가 말했다.

"러시아 과학 아카데미는 모스크바가 본부이기 때문에 우리는 지부입니다. 그런데 최근 종종 이곳을 본부라고 생각하고 찾아오는 외국인이 있어요. 이곳에는 이르쿠츠크, 야쿠츠크 등 시베리아 전역에 있는 57개의 연구 지부가 속해 있습니다."

이러한 학자의 도시 노보시비르스크야말로 고다유도 에노모토 다케아키도 가보지 못한 시베리아의 새로운 도시이다.

아무르의 도시 하바롭스크

최근 여정*이라는 것을 좀처럼 못 느낀다. 여정이라는 말과
함께 떠오르는 것은 대부분이 유년 시절이나 학생 시절에 마
음에 새겨진 것들뿐이다. 사회에 나올 때쯤부터 여정이라는
것을 느낄 기회가 현저히 줄고 종전 후에는 전무라고 할 수
있다.

　여정이라는 것은 어느 정도 나이와 관계가 있는지도 모른
다고 생각되지만, 그렇다고만 할 수도 없다. 사이교**가 도다
이지東大寺 재건을 위한 모금 여행에 나선 것은 69세 때의 일
이다. 시즈오카 현 고가사 군과 하이바라 군 사이에 있는 산

---

* 여행의 정취

** 사이교(1118~1190)는 무사 출신 시인으로 23세 때 출가했으며, 자연을 사랑하여 전
생애를 여행으로 보냈다.

을 넘을 때,

나이 들어 다시 사야의 나카야마 산을 넘으리라고 생각이나 했겠는가.
목숨을 부지했으니까 넘는 것이지.

라고 노래했다. 그리고 좀 더 동쪽으로 나아가 후지 산의 웅
장한 모습을 올려다보자,

바람에 날리는 후지 산의 연기 하늘로 사라져 행방을 모르듯 내 생각도
덧없이 사라지리.

라고 노래하고 있다. 사이교는 가마쿠라를 거쳐 시라카와 검
문소를 지나 히라이즈미에 도달했다. 이 여행의 노래는 하나
같이 좋지만, 나는 내 고향 시즈오카 현에서 노래한 위의『신
고금집』에 들어 있는 두 노래를 좋아한다. 정말 여행의 노래
이고, 여정이 69세라는 나이와 연결되어 있다.

　『오쿠노 호소미치』여행에 나섰을 때 바쇼*는 45세였다.
에도**를 나와 오우에서 호쿠리쿠에 걸친 일곱 달의 여행이었

---

* 마쓰오 바쇼(1644~1694)는 일본 하이쿠 시인으로 평생을 여행으로 보냈으며 하이
쿠의 성인으로 추앙받고 있다.
** 지금의 도쿄

다. 이 유명한 하이쿠 기행은 학생 시절부터 여러 번 읽었지만 읽을 때마다 감동이 새롭다.

가는 봄이야 새는 지저귀고 물고기 눈에는 눈물

이라는 이것을 첫 구로 하여 바쇼의 하이쿠 여행이 전개된다. 여정이 가는 곳마다 형태 있는 단단한 것으로 결정結晶된다.

사이교도, 바쇼도 각각 힘든 여행을 했지만, 그 고난 많은 여행에서 보석이라도 주워 올리듯이 여정을 주워 올리고 있다. 오늘날, 이러한 여행은 일본에서는 생각할 수도 없다. 여행에서 고난이 사라져버림과 동시에 여정의 보석 또한 사라져버린 것이다.

여정과 인연이 없어진 것은 국내 여행뿐만이 아니다. 외국 여행도 마찬가지이다. 이국 경치를 맛보는 일은 있어도 여정에는 좀처럼 부딪치지 못한다. 미지의 풍물을 접한 놀라움이나 기쁨은 아무리 강해도 그때뿐이다. 세월이 지나면 퇴색해버린다. 여정이라는 것은 그런 것과는 조금 다르다. 좀처럼 만날 수 없는 여정이지만 부딪쳤을 때의 감동은 수가 적으니만큼 크다.

나는 1965년, 1968년 두 번 러시아 여행을 했는데, 그때 하바롭스크에서 각각 이삼일씩 보냈다. 처음에 나는 하바롭스크를 정말 시베리아다운, 그것도 시베리아의 제일 끝단의 도시라고 생각했다. 아무르 강을 따라 세 개의 언덕 위에 만들어진 총장 40킬로미터에 달하는 언덕의 도시이며 가로수가 멋진 것도, 통나무집이 많은 것도, 또 모든 집이 도로에 면해 있고, 삼중창이 열려 있는 것도, 도시 전체가 조용한 점까지 정말 시베리아, 극동의 도시였다. 작은 배로 아무르 강에 나아갔다. 강은 대흑룡강의 관록을 지니고 있었고, 하바롭스크가 있는 지점에서 우수리 강이 합류되기 때문에 합류점에서는 강폭이 넓어지고, 때에 따라 달라지지만 대체로 3킬로미터에서 6킬로미터가 된다고 한다.

두 번째로 하바롭스크를 찾아갔을 때는 전과 달리 다소 기대를 갖고 있었다. 그것은 1878년에 이 도시를 찾은 에노모토 다케아키의 『시베리아 일기』를 읽었기 때문이다.

다케아키는 아무르를 작은 기선으로 내려와서, 9월 21일 오후 8시에 하바롭스크 강가에 도착했다.

날은 맑지만 깜깜해서 사방을 묘사할 수 없다. 다만 기슭 위의 민가의 등불을 보고 무척 높다는 사실을 깨닫는다.

다케아키는 그날 밤 배에서 자고 다음 날, 절벽에 걸쳐진 나무사다리를 타고 올라가서 대지 위에 펼쳐져 있는 하바롭스크 시내에 들어간다.

하바롭스크는 우수리와 아무르가 합해지는 연미복의 가랑이 자리에 있고, 언덕 높이는 약 1500센티미터 정도 된다. 민가는 그 언덕 위와 경사진 저지대에 있다. 시가지는 고저가 극히 심하고 언덕이 오르락내리락 한다.

　다케아키는 시내에 들어서자, 배에서 소문을 들은 상인 브류스닌의 집을 찾아갔다. 브류스닌은 나이 60세, 아내와 딸과 살고 있다. 거기에서 우수리 지방의 짐승 가죽을 보고 가격을 묻자, 상대방은 돈은 필요 없다고 선물로 주겠다고 한다. 다케아키는 그러면 곤란하다고 우겨서 결국 25루블에 사기로 한다. 브류스닌이 다케아키의 사진이 갖고 싶다고 해서 다케아키는 갖고 있었던 사진 한 장을 그에게 줬다. 그러자 브류스닌도 자기 사진을 한 장 가져다주었다.

순수한 러시아인으로 부부가 똑같이 까무잡잡하고, 머리는 새까맣고, 코가 낮고, 거의 퉁구스 혹은 부리야트의 혼혈이 아닌가 생각하게 된다. 그런데 이 사람의 딸은 사람을 황홀하게 만들 정도의 미소녀이다. 나이는 18세 정도, 나와서 나한테 인사를 한다. 내가 여기에서 태어났냐고 묻자 그렇다고 한다.

다케아키는 그 미소녀한테서 장미꽃과 들꽃을 꽂은 화병을 받고 브류스닌 집을 나온다. 그 연후 시외에 있는 삼백 명 정도의 농민예비군들이 묵고 있는 주둔지를 찾아가면서, 통나무로 된 병원 앞을 지나고, 아무르 기선 수리소를 견학하고 있다. 그리고 오후 1시에 배에 돌아와서 2시에 배를 바꿔 타고 우수리를 내려가 하바롭스크에서 블라디보스토크로 향하고 있다.

두 번째 하바롭스크는 나에게는 90년 정도 전에 일본 해군이자 외교관이기도 했던 유명한 인물이 가을 캄캄한 밤에 하구에 도착하여 그다음 날 높은 사다리를 타고 올라가서 시내에 들어갔고, 상인 브류스닌의 집을 찾아가서 모피를 사고, 아름다운 소녀를 본 그 도시에 다름 아니었다.

다케아키가 찾아간 하바롭스크는 도시가 만들어진 지 20년밖에 안 되었을 때이고, 아직 삼백 명의 예비군인이 도시를 지키기 위해서 주둔하고 있던 극동 최단의 도시였다. 그에 비해 90년 뒤인 지금은 그저 극동의 한 도시가 되었지만, 사람이 많아지고 통나무집이 많아졌다는 것뿐, 그 밖에는 별로 안 변했을 것으로 보인다.

나는 에노모토 다케아키가 안내해주고 있는 것 같은 기분으로 거리를 거닐었다. 다케아키가 높은 사다리로 올라간 곳은 공원으로 변했고, 돌계단이 만들어져 군데군데 세련된 테라스가 설치되어 있었다. 다케아키가 배에서 내려서 깜깜한 어둠에 휩싸였던 곳은 하바롭스크 시민의 수영장으로 변했고, 내가 방문했을 때는 6월이었지만 낮에는 아무르 강물로 미역감는 사람들로 가득했다. 색색가지 수영복이 색종이 조각을 뿌린 것처럼 물가에 흩어져 있었다.

물론 다케아키가 방문했던 부대 주둔지도 없어지고, 아무르 기선수리소도 없어졌다. 그렇게 변하긴 했지만 거리를 걷고 있으면, 거리의 모습이나 거리의 분위기가 옛스럽고 조용하여, 저쪽 언덕에서 갑자기 다케아키가 나타나더라도 그다지 이상하지 않을 것 같은 도시였다. 다케아키와 나는 언덕 부근에서 딱 마주친다.

"어디 가십니까?"

"브류스닌이라는 사람을 찾아가려고 하는데요. 그 집을 찾고 있습니다."

나와 다케아키 사이에 극히 자연스럽게 이런 대화가 오갈 것 같다. 그것은 어쨌든 하바롭스크는 시내를 걷고 있기만 해도 시베리아의 도시에 와 있다는 실감이 난다.

나는 데려간 딸과 같이 한 채 한 채 통나무로 된 집들을 들여다봤다. 언덕을 올라갔다, 뒷골목에 나갔다, 골목골목 들어가거나 하면서 조금씩 조금씩 형태가 다른 통나무집을 들여다봤다.

그 산보 도중에 내가 갑자기 발걸음을 멈추고,

"브류스닌가가 여기일지도 모르겠네."

그런 말을 딸에게 했다. 언덕 중턱에, 집의 반은 길에서 보이고, 창의 반은 길에서 숨겨져 있는 집이 있었다. 집 안은 무척 어두울 듯해도 그래서 오히려 조용히 살 수 있을지도 모른다고 생각되는 그런 집이었다. 그 집에서 나온 것 같은 소녀가 길가에 서 있었는데, 예전에 다케아키를 놀라게 만든 소녀가 이런 소녀가 아니었을까 싶을 만큼 아름다운 눈을 가지고 있었다.

밤이 되자 깊은 어둠이 호텔을 감쌌다. 에노모토 다케아키가 여행한 1878년 9월 21일 밤이었다. 여행의 끝이라는 탓도 있었지만, 하바롭스크 시는 낮에도 무척 조용하고 쓸쓸하게 느껴졌다.

이 도시 교외에 일본인 묘지가 있어 수십 개의 묘비가 늘어서 있다. 나는 두 번 다 그 묘지에 성묘했는데, 늘 깨끗이 청소가 되어 있었고 첫 번째에는 유가족 단체가 와 있었다. 나도 그 단체에 껴서 묘비 하나하나에 머리를 숙이며 다녔다. 담배를 잘게 잘라서 묘비 위에 올려놓는 여성이 눈길을 끌었다. 동포가 많이 잠들어 있다는 사실도 이 아무르 시를 특별한 장소로 만든다.

내가 두 번 방문한 하바롭스크에서 느낀 것은 진정한 의미에서 여수라고 할 수 있었다. 짧은 체재 기간에도 나는 여정에 계속 흔들렸다.

시베리아 철도에서

일반인에게 잘 알려진 메이지 시대의 서양화 가운데 아카마쓰 린사쿠의 〈밤기차〉란 것이 있다. 제목대로 야간열차 내 풍경을 그린 것으로 1901년에 발표되었으니 그 화제畫題는 메이지 30년대의 풍속이다.

야간열차의 하룻밤은 동이 트려고 하고 있다. 창밖이 뿌옇다. 찻간의 사람들은 하나같이 잠이 모자란 얼굴이지만, 날이 샜기 때문에 옆 사람에게 말을 거는 남자도 있고, 창밖의 경치를 내다보는 노인도 있다. 중년 여성은 의자에 앉아서 사각형 큰 숄로 자기 상반신과 곁에 잠든 아이를 덮고 뭔가 혼자 생각에 잠긴 모습이다. 그 여성과 통로를 사이에 두고 앉아 있는 노인은 담뱃대를 물고 불을 붙이려고 한다.

화가는 메이지 시대의 서양화가로서 기차의 새벽녘 광경

을 그리는 데 정열을 쏟았지만, 어쨌든 지금 그 그림은 메이지 시대의 풍속을 다룬 몇 안 되는 작품으로 풍속사료적 가치를 갖고 있다. 바로 이런 정경이 메이지 시대 야간열차 안에서 전개되었던 풍경이다. 그 속에 가득 채워져 있는 것은 인간이라기보다 인생이라고 하는 편이 좋을 것 같다. 몇 량의 객차에는 다양한 인생의 조각들이 채워지고, 기관차는 석탄을 때며, 그 무겁고 다소 어두운 긴 줄의 차량을 가끔 비명을 지르면서 끌고가는 것이다. 같은 열차이지만 지금과 같은 쾌적하고 밝은 교통기관이 아니다.

그리고 그러한 기차의 시발 및 종착역도 오늘날처럼 밝지 않았다. 역, 스테이션이라는 이름은 세련되었지만, 그곳은 인간의 이합집산 장소이고, 이윽고 사방으로 흩어져갈 다양한 인생의 파편들이 바람에 낙엽이 쌓인 것처럼 잠깐 머무는 곳이다.

그러나 그것은 메이지 시대만의 이야기는 아니다. 다이쇼에서 쇼와 초기에 걸쳐서도 기차는 똑같이 둔중한, 어딘지 모르게 서글픈 생물이었고, 역 또한 그랬다. 그리고 그 흔적은 오래도록 이어져서, 기차도 역도 완전히 새로운 면목으로 인식된 것은 패전 후의 일이다.

다이쇼에서 쇼와 초기에 걸쳐 시인들은 당연한 이야기이지만, 역이나 기차에 민감했다. 하기와라 사쿠타로에게는 「밤

기차」, 「신마에바시 역」, 「고별」, 「고향」, 「정거장의 그림」 등
기차와 역을 다룬 시가 많다.

나 고향에 돌아가는 날
기차는 열풍 속을 뚫고 달렸어라.
홀로 차창에 잠 못 이루니
기적은 어둠에 울부짖고

아직 조슈의 산은 보이지 않더냐.
밤기차의 침침한 등불 그늘에
어미 없는 아이들은 울다 잠들어
슬며시 내 수심愁心을 엿보는구나.
불꽃은 광야를 훤히 비추어라.

　　이것은 「귀향」의 전반부인데, 그 시에는 "1929년 겨울, 아
내와 이혼하고 두 아이를 데리고 고향에 돌아가다"라는 주
가 달려 있다.

기차는 출발하고자
보일러에 석탄을 잔뜩 쌓아놓았다.
지금 먼 시그널과 철로 저쪽으로

기차는 국경을 넘어서 가려 한다.

　이것은 「고별」의 시작 부분이다. 전후인 오늘날 이런 시는 더는 태어날 것 같지 않다. 기차는 너무 빠르고, 밝고, 편리하고, 쾌적한 교통수단이고, 역은 승객을 온종일 삼켰다 뱉어내는 혼잡과 혼란의 장이 되어버렸다. 여정도 솟구치지 않고 여심旅心*도 솟지 않는다.

　외국 열차도 똑같다. 마드리드에서 파리, 뉴욕에서 시애틀, 광저우에서 우한을 거쳐 베이징까지 기차 여행을 했는데, 하나같이 식당차 유리창으로 이국 풍경을 즐길 수 있는 쾌적한 여행이었다. 쾌적한 여행이라서 여정도, 여심도 솟구치지 않는다는 이야기는 아니지만, 미지의 풍경 가운데를 뚫고 나가는 교통기관에 몸을 맡기고 있구나 하는 느낌이 더 강하다.
　그러나 내 경우 딱 한 번 예외가 있었다. 시베리아 철도로 모스크바에서 나홋카까지 8일 낮 8일 밤의 여행을 했을 때이다. 8일 낮밤을 계속 탄 것이 아니라 도중에 노보시비르스크, 이르쿠츠크, 하바롭스크 등의 도시에서 내려서 며칠 보낸 뒤에 다시 시베리아 열차 신세를 지는 여행이었다. 그러나 각각

---

* 여행에 설레는 마음

내린 역에서 며칠 뒤에 내렸을 때와 똑같은 시간대의 다음 기차를 타니까 8일 낮밤을 기차에서 보낸 셈이 된다.

그 여행에서 노보시비르스크에서 이르쿠츠크까지의 서른한 시간이 나한테는 특별했다.

노보시비르스크는 인구 백십만의 대도시이지만, 전에는 노보니콜라옙스크라고 하는 작은 시골 마을이었다. 그것이 1957년에 과학도시라는 이름 아래, 과학 각 분야의 연구기관이 설치되고 과학자들이 옮겨 살게 되면서 10년 사이에 인구 백만의 특수도시로 새롭게 태어난 것이다. 내가 전후에 새로 태어난 이 도시를 찾아간 때는 1968년이었지만, 아직 도시가 완성되지 않아서 근대적인 빌딩 사이에 오래된 목조가옥인 개인주택이 끼어 있고는 했다. 다만 40킬로미터 정도 교외에 각종 연구기관과 학자들의 주거지가 모여 있는 지역만이 지금까지 지구 상에 없었던 새로운 성격의 도시로 태어나려고 하는 중이었다.

시베리아에서 가장 추운 지방이라고 하느니만큼 내가 그 도시를 찾아갔을 때는 6월 초인데도 한겨울 추위였다. 시내 가운데를 오비 강이 흐르는데 강물은 뿌옇게 탁하고 겨울철 강의 엄격한 얼굴을 하고 있었다.

역 건물은 건축가인 가린 미하일로프스키가 설계했다고 하는데, 전쟁 중에 한때 공사를 중단할 수밖에 없어서 중앙

입구 좌우가 불균형인 형태로 남았다.

나는 그 역에서 심야 1시 10분발 기차를 탔다. 전날 밤 모스크바에서 타고 온 것과 같은 시간대의 기차였다. 심야의 역은 텅 비어 있었다. 특별히 개찰구라고 할 것도 없어서 승객들은 마음대로 역 구내에 머물다가 기차가 오면 올라타고 표를 차장한테 주면 되는 시스템이었다.

기차 도착을 기다리는 동안 나는 동행한 아내와 딸과 함께 추위에 떨어야 했다. 역 구내는 어두웠고, 승객들은 커다란 가방을 땅바닥에 내려놓고 각자 정말 고독한 모습으로 주변을 돌아다녔다. 커다란 창고 같은 건물이 몇 채 서 있고, 역무원의 모습도 안 보이고 하늘에는 차가운 광선의 별이 뿌려져 있었다. 나는 메이지 시대의 일본 지방 도시의 역이라는 것이 이렇지 않았을까 하는 생각에 사로잡힌 채 어둠 가운데를 걸어다녔다. 러시아 여행에서 여정이라는 것을 느낀 적이 있다면 그날 밤이었다. 기차를 기다리는 고독한 기분을 맛본 것은 정말 오래간만이었다. 시베리아 철도라고 하는 8일 낮, 8일 밤을 계속 달리는 기차를 기다리고 있었고, 그 장소가 노보시비르스크라는 전후에 새롭게 조성된 시베리아의 도시 역이라서일까.

기차에 올라탔을 때 여정을 느낀 탓인지, 거기에서 다음에 내리는 이르쿠츠크까지의 서른한 시간의 여행은 다른 구간

249

하고 달리, 같은 시베리아 여행이라고 해도 조금 특별한 것이 되었다. 여행에서밖에는 얻을 수 없는 생각으로 나는 계속 흔들렸다.

노보시비르스크에서 우리 일행이 네 개의 침대가 있는 칸막이 객실에 들어가자마자 나는 바로 잠들었다. 오래간만에 옛날 기차에 흔들리고 있다는 느낌이었다. 9시에 잠이 깨자 아친스크라고 하는 작은 언덕 위의 마을 역에 기차가 서 있었다. 시베리아 서부의 대평원은 예니세이 강을 경계로 시베리아 특유의 산악지대에 들어서는데, 이 아친스크 부근부터 지반은 고저, 단락이 시작되어, 전나무나 소나무가 자작나무 숲에 드문드문 섞이고 타이가^{시베리아의 밀림} 같은 것도 보인다. 그리고 흙덩어리도 여기저기에 흩어져 있다.

1시, 크라스노야르스크 역에 들어간다. 언덕 위의 도시인데 동쪽에 여러 겹으로 산이 겹쳐 보인다. 18세기 말에 일본의 표류민 다이코쿠야 고다유는 여기를 통과했는데, 그의 표류기 『북사문략』에는 이 지역이 민가 500~600호라고 씌어 있다. 물론 현재는 유명한 대공업도시가 되었다. 이 도시에서 예니세이 강을 건넌다. 강폭은 넓고 수량이 풍부하며, 양쪽 기슭에는 몇 십 척에 이르는 많은 기선과 화물선이 정박해 있고 그 사이를 기중기가 메워버린다. 강물 위에도 엄청난 수의 배가 떠 있다.

도시를 빠져나가자 기차는 점차 산간 지역으로 들어선다. 풍경은 고원지대가 되기도 하고, 초원지대가 되기도 하고, 습지대가 되기도 한다. 시베리아의 산과 들 속에 가끔 작은 마을이 있어 밤이 되면 조그마한 불빛이 켜지고, 거기에 사람이 살고 있다는 것을 나타낸다. 체호프가 『시베리아 일기』에서 거의 격정적이고 고양된 어조로 찬양한 예니세이 동쪽의 시베리아 풍물 속을 기차는 무거운 차량을 끌고 달려간다. 마차 여행이었던 체호프는 대밀림의 가없음에 영혼이 빨려들었지만, 나는 거기를 통과해갔던 메이지의 일본인들 생각을 안 할 수가 없었다. 1878년에는 에노모토 다케아키가, 1892년에는 후쿠시마 야스마사가, 같은 해 다마이 기사쿠라는 청년이 각각 썰매나 배, 마차나 말로 시베리아 여행을 감행했다.

이르쿠츠크에 도착한 것은 다음 날 아침이었는데 그때까지의 몇 시간은 정말이지 예전에 경험했던 풍부한 여정에 젖은 기차 여행이었다. 사쿠타로의 말을 빌리자면, "슬며시 내 수심을 엿보는구나"였다.

그리스 여행 外

그리스 여행

로마를 떠난 비행기는 장화 뒤꿈치에 해당되는 반도 끝까지 곧장 날아가서 거기에서 방향을 틀어 아테네로 향했다.[*]

　기내에서 보면 이탈리아 남부는 온통 옅은 초록색 언덕이 완만하게 굽이치고 있고, 그것을 온화한 해안선이 아름답게 테 두르고 있다. 그에 비해 지중해를 한 걸음 넘었을 뿐인데 기내에서 보는 그리스의 지형과 풍광은 전혀 다르다. 본토도, 펠로폰네소스 반도도, 그 주변에 흩어져 있는 무수한 섬들도 하나같이 시커먼 녹색 수목에 뒤덮인 산 아니면, 나무 하나 없는 하얀 돌산으로 메워져 있다. 산은 바닷가에서 갑자기 솟구쳐 올라 어디에 사람 살 빈 땅이 있을까 싶을 정도이다. 아

---

[*] 1960년

름다운 자연의 나라에서 보기에도 거친 산 덩어리로 가득한 신화와 전설의 나라에 왔다는 느낌을 받는다.

아테네는, 도시 초입부터 완만한 경사지에 걸쳐 끝없이 하얀 벽돌 부스러기로 빈틈없이 메워진 인상이었다. 나무는 거의 없고, 탈색된 것 같은 회색 도시가 강렬한 햇살 아래 드러나 있다. 나는 올해 처음 이 도시에서 불타는 여름과 만났다. 시내는 자동차와 사람이 소용돌이치고 있었다. 아테네는 근린도시와 합병해서 현재 이백만의 인구가 산다는데, 매해 도시 인구가 급속히 증가하고 있단다. 사람과 자동차도 많고 또 격렬하게 돌아다니고 있는 점에서는 내가 유럽에서 본 어느 나라보다도 도쿄와 비슷했다. 국민소득도 대략 같은 것 같지만, 일본하고 달리 빈부격차가 극단적으로 현격해서 이 나라 사람들은 바삐 움직이지 않으면 먹고살 수 없는지도 모른다.

전에 발칸 반도 남부가 사막화되어가고 있다는 것을 어떤 책에서 읽었는데, 정말이지 서구문명의 발상지는 사막의 도시라고 해도 될 것 같다. 지중해의 요충지인 이 나라가 점하는 위치 때문에 미소 양 진영으로부터 감시당하는 모양새인데, 지금은 미국의 원조를 받아 숨을 쉬고 있어서인지 거리는 미국색 일색이다. 택시도 미국 대형차가 돌아다니고, 호텔도 미국식이다. 산을 개간한 넓은 포장도로는 오지까지 뻗어 있고, 쇼윈도의 상품도 미제뿐이다. 물론 군인도 미국식 복장이다. 그리스의 신들도 각각 산에서 내려와 미국식 능률 본위의 생활양식으로 전환해야 하는 것은 아닐까.

만일 도시 중앙부 대지에 아크로폴리스의 거대한 유적이 없었다면, 사람들은 이 도시가 고대 그리스의 가장 번영했던 도시국가 아테네라는 사실을 잊어버릴 것이다. 이 도시에 흩어져 있는 기원전의 유적을 꼼꼼하게 보려면 몇 년 걸리겠지만 염천하에 그런 관광객은 적다. 그보다 모두들 얼마 안 되는 나무 그늘이나 레스토랑에서 찬물을 마시는 데 열심이다. 멜론은 무척 달고 싸다. 수박같이 커다란 멜론이 30엔, 그 대신 음료수는 비싸다. 미네랄워터는 작은 병조차도 250엔이다.

더운 것은 똑같지만 코린트 지협*으로 본토와 접해 있는 펠로폰네소스 반도에 한 발 들여놓자, 우리가 중학교 시절부터 시험 때 외우고 배웠던 '그리스'가 온갖 곳에 얼굴을 내밀고 있었다. "올림픽 성화"의 올림피아는 펠로폰네소스 반도의 서남단에 가까운 산간 한촌이다. 아테네에서 자동차로 시속 60킬로미터로 달려도 꼬박 여섯 시간이 걸린다. 반도 북부를 해안을 따라 달리는 길과, 중앙 산악부 산등성이를 따라 달리는 길 이렇게 두 가지가 있는데 어느 쪽이나 똑같은 시

---

* 두 육지를 잇는 좁은 해협

간이 걸린다는 점이 성가시다. 나는 마이니치신문의 니무라, 다카하라와 갈 때는 산간부로 가고, 돌아올 때는 바다 길을 택하기로 했다. 산간부 쪽은 그리스 특유의 나무 없는 돌산을 능선 따라 달리거나 올리브와 플라타너스 고원지대를 빠져 나가거나 하는 재미있는 코스였다.

아테네의 아크로폴리스에는 관심이 없었던 나도 고대 코린트 유적에는 두 시간 정도를 할애했다. 주변에 부락이 없는 넓은 대지에 고대 그리스에서 번영했던 도시국가 코린트의 유적이 발굴된 채 거의 정리되지 않은 모습으로 방치되어 있었다.

코린트가 가장 영화로웠던 시대는 기원전 700년경이다. 그리고 그것은 기원전 200년경 이 일대의 도시국가 연맹의 우두머리 도시로서 그 번영기까지 이어진다. 그러나 그 후 로마와의 항쟁에서 철저하게 괴멸되고, 로마의 권력자에 의해 그 폐허 위에 새 코린트가 다시 세워진 시기는 기원전 40년 경이다. 그리고 그 로마 코린트도 최근까지 2000년이라는 긴 세월 동안 전화와 지진으로 인해 흔적도 없이 사라지고 땅속 깊이 감춰져 있었다.

따라서 지금 미국 고고학자의 손으로 발굴되고 있는 것은 전부 고대 코린트 유적이다. 로마 코린트는 완전히 발굴되었고, 지금 그 아래에서 그리스 코린트의 도로랑 경기장, 시장과 사원이 얼굴을 내밀기 시작하고 있다.

이 코린트에서 차로 한 시간 정도 되는 곳에 또 하나 유적이 있다. 여기 또한 코린트와 나란히 번영했던 고대 도시국가이고 그리스 신화에서 익숙한 도시이지만, 나는 아크로폴리스언덕 위의 성채를 근처 마을에서 멀리 바라보기만 했다.

한마디로 고대유적이라고 하지만 둘 다 왕년을 회고하기에는 너무 오래전이다. 그리스 신화에서는 코린트라는 도시 이름이 나올 때마다 탑이 많다고 이야기하는데, 탑이 많은 도시의 이미지가 잘 그려지지 않는다. 탑이 숲의 나무처럼 줄지어 선 그런 모습보다는 오히려 불사조, 왕뱀, 일화뱀과 같은 괴조, 괴수의 무리를 떠올리는 것이 훨씬 쉽다. 그리스 신화의 신들은 각각 만능의 힘을 나눠 갖고 있었는데, 재미있는 것은 이들 신들이 사랑에 빠지면 인간보다 더 어리석게 굴고 체면이고 염치이고 돌보지 않고 부끄러워한다는 사실이다. 대군을 일거에 섬멸할 수 있는 신통력이 있는 신이 사랑 때문에 자살하기도 하고, 자기가 좋아하는 상대한테 구애받은 아름다운 여신이 너무 부끄러워서 상대방이 못 만지게 신의 자리를 그만두고 돌이 되어버리기도 한다.

펠로폰네소스 반도에는 그런 신들이 머물던 산들이 많다. 어느 산이나 신이 살았던 곳이다. 과연 신들의 주거답게 산들은 제각기 나름대로의 형태를 지니며 서로 독립되어 있다. 산맥이 겹쳐져 있는 일본의 산과는 다르다. 낮은 관목에 뒤덮인 산도 있고, 나무 한 그루 없는 돌산도 있다. 피처럼 새빨간 민둥산도 있다. 이것이야말로 정말 그리스의 산이고 신화의 산이다.

코린트에서 산간부에 들어가니 마을은 어디나 태곳적부터 그 자리에 버려져 있었던 것 같은 부락뿐이었다. 어떤 집이나 약속이라도 한 것처럼 석조 건물 표면에 돌가루가 칠해져 있었다. 그런 하얀 집들이 조용하게 고양이 이마처럼 좁은 정도의 평지에 어깨를 비벼대면서 서 있는 것이었다. 마을 이름을 묻자 부락 사람들이 "올드타운"이라고 대답한다. 오래된 마을인 것은 틀림없지만 어느 정도 되었는지는 그들도 모르는 것 같다.

비다나라는 마을에서 자동차를 멈췄다. 세 그루의 커다란 고목 그늘에 몇 십 개인가의 의자가 늘어서 있었고, 그 의자에 남자들이 길 쪽으로 몸을 향한 채 멍하니 명상에 잠겨 있었다. 나는 차에서 내려 빈자리에 앉아서 옆 레스토랑에서 커피를 시켰다. 남자들이 한 명씩 얼굴을 돌려 일본인이냐고 묻는다. "그렇다"라고 대답하자, 담배를 주기도 하고 미소를 보이기도 하고나서, 다시 길 쪽으로 얼굴을 돌리고 자기 명상 속으로 빠져버린다. 무척 조용한 휴식시간이었다. 작은 사원의 첨탑과 장난감 같은 시계탑이 있는 마을이었다.

그 명상마을에서 차로 두 시간 달려 계곡 곁의 길을 꺾었을 때, "앗" 하는 소리가 날 만큼 큰 계곡 비탈에 세워진 마을이 보였다. 계곡의 200미터 정도 되는 비탈면에 빼곡하게 하얀 집들이 늘어서 있었다. 자세히 보니까 그 급경사면에 계단도로가 종횡으로 만들어져 있고 양 떼가 몸을 거꾸로 하듯이 매달려 그 길을 내려가고 있었다. 랑가르디아라는 이름의 마을이었다.

나는 초등학교는 어디 있는지, 물은 어떻게 운반하는지, 집이 굴러 떨어지는 일은 없는지……. 그 세 개의 질문을 안고 차에서 내렸다. 마을 사람들이 바로 모여들었다.

영어를 할 줄 아는 사람이 있었다. 그 사람은 미국으로 이민하여 40년 만인 금년 7월에 고향집에 돌아왔는데 9월에 다시 미국으로 돌아간다고 한다. 그런 자기 신상 이야기를 하는 데 열중해서 내 질문에 대답할 마음의 여유가 없었다.

나는 아테네에 돌아온 뒤에 대사관에서 비디나와 랑가르디아 두 마을에 대해 물어봤지만, 아무것도 알아낼 수 없었다. "그런 곳은 많아요"라고 문부성 장학생으로 아테네대학교에서 공부하고 졸업한 뒤 지금은 대사관에서 근무하고 있는 젊은 S씨가 대답했다.

자동차 앞길에 가끔 양 떼를 모는 소녀나, 나귀에 장작을 신고 옆으로 걸터앉은 노파가 나타났다. 일하는 것은 여자뿐인 것 같았다. 이 지방은 목축으로 생활을 영위하는데, 돼지까지 양의 생태를 익혀서 무리를 이루고 있었다. 이윽고 올림피아 마을에 들어선다.

올림피아 마을은 인구 오백이라고 하니까 그 크기가 상상될 것이다. 정말이지 고대의 유적 덕택에 버티고 있는 작은 마을이다. 높낮이가 있는 얕은 구릉에 유적과 민가와 박물관과 협죽도 꽃이 흩어져 있었다.

우리가 도착한 날인 7월 11일은 로마 올림픽 경기장으로 갈 올림피아 성화가 채화되어 제1주자가 출발하기 전날이었다. 토산품 가게가 대여섯 채 늘어서 있는 작은 메인 스트리트에는 다음 날 구경을 하려는 관광객과 보도 관계자들이 넘치고, 거리는 4년에 한 번인 흥청거림을 보이고 있었다. 어쩐지 시골 해수욕장의 한여름철 흥청거림 같은 구석이 있었다. 숏팬츠로 걷고 있는 젊은 남녀도 눈에 띄었고, 테이블을 밖으로 내놓은 몇몇 레스토랑은 밤늦게까지 커다란 멜론을 서브하느라 바빴다.

올림피아 성화 행사는 다음 날인 12일 오전 9시에 시작되었다. 식장이기도 한 유적을 슬슬 걸어가니, 소나무에 부는 바람 소리와 쏟아지는 매미 소리로 마치 일본 바닷가의 소나무 숲이라도 걷고 있는 기분이 들었다. 다만 다른 것은 사방에 기원전 5세기경의 초석이나 돔 조각들이 널려 있는 것이었다. 오래된 돌은 하나같이 표면이 해면처럼 풍화되어 있었다.

정시에 지방의 유력자 부인과 딸들, 그리고 무녀 역할을 맡게 된 열 명의 여성이 고대 의상이라는 연녹색의 간소한 옷을 입고 나타나 선두에 선 사람이 양팔을 높게 들어 주피터 신에게 기도를 올린다. 그러자 얼마 있다가 현재 발굴 중으로 출입금지인 올림픽 스타디움 쪽 돌문에서 신의 전령인 늙은 무녀가 불이 붙은 그릇을 들고 나타났다. 무녀들은 한결같이 무표정한 똑같은 얼굴을 하고 있다. 전형적인 고대 그리스 여성의 얼굴이라고 한다. 헤라 신전 유적에서 무녀와 무녀 사이에 불을 주고받는 의식이 진행된다. 불을 받아든 무녀는 그 그릇을 돌판 위에 올려놓는다.

그러자 제1주자인 에피트리코스 청년이 하얀 셔츠와 파란 팬츠, 하얀 운동화 모습으로 나타나 자기가 들고 있는 횃불에 불을 옮겼다. 불을 옮김과 동시에 젊은이는 횃불을 드높이 들고 몸을 뒤로 한 번 젖히더니 바로 달려나갔다.

행사를 시작하고 주자인 젊은이가 달려나갈 때까지 30분이 채 안 걸렸다. 구경거리로서는 카메라맨들이 초석이나 원주 깨진 곳에 주렁주렁 매달린 것을 보는 편이 훨씬 더 재미있었다. 구경꾼은 제지하는 순경들을 무시하고 쳐놓은 안전선 안으로 밀려들어간다.

나도 덩달아 떠들썩한 구경꾼의 한 사람이 되어 헤라 신전에서 눈에 띄게 큰 돌 하나에 기어올라갔다. 그러나 혼란이라는 느낌이 아니고 그 떠들썩함이 자유분방하고 밝은 것은 스포츠 행사이기 때문일까? 한마디로 이 행사는 올림피아의 오래된 유적을 무대로 한 명랑한 야외극인 것이다. 떠들썩함까지도 그 일부이다. 주자인 젊은이가 자기 횃불에 불을 옮기고 갑자기 달려가서 눈 깜빡할 사이에 연극이 끝난 것도 상큼했다.

우리는 두 시간 뒤 아테네를 향해 올림피아를 출발했다. 바다를 따라 이어지는 길은 갈 때와 달리 수수하고 비옥했으며, 마을들도 훨씬 부유한 느낌이고 길도 평탄했다. 우리는 도중에 몇 명의 성화주자를 추월했다. 가는 곳마다 길바닥에 하얀 셔츠에 파란 팬츠를 입은 청년들이 마을 사람들에 둘러싸여 성화가 오는 것을 기다리고 있는 모습이 눈에 들어왔다. 혼자 염천하의 길에 서 있는 유니폼 차림의 청년도 있었다.

태양과 분수와 유적

온 세상에서 거기만 공기가 다른 것 같은 조용한 북구 여행을 마치고 로마에 들어간 것은 1960년 7월 30일이었다. 코펜하겐에서 로마로 향하는 비행기 안에서 솔직히 말해 나는 이제 큰일났구나 하는 마음이었다. 올림픽이 20일 정도 앞으로 다가오고 있었고, 7월 말의 폭염 가운데 로마는 오륜기로 메워져 있을 거라고 생각했던 것이다. 크리스마스도 설도 한 달 전부터 챙기는 도쿄의 모습에 비추어볼 때, 로마가 올림픽 일색으로 물들어 있어도 이상하지 않다고 생각한 것이다.

그러나 로마에 들어가보니 로마는 무척 조용했다. 하얀색, 빨간색 협죽도 꽃이 여기저기에 아름답게 피어 있었고, 오륜기 같은 것은 전혀 안 보였다. '올림픽에 잘 오셨습니다. 환영합니다'라는 글 하나 보이지 않았다. 외국인 관광객은 어디에

나 넘치고 있었지만, 그들은 딱히 올림픽 때문에 온 사람들만이 아니었다. 계절에 관계없이 1년 내내 로마에 그 정도의 관광객은 몰려든다. 상점 쇼윈도에서 오륜기가 들어간 상품을 찾는 것은 힘들 것이다. 야간 관광버스를 타고 오래된 유적지를 여러 곳 대충 돌아보고 나이트클럽도 두 군데나 들렀지만, 그동안에 발견한 것은 자니콜로 언덕 공원의 풍선 판매대에 오륜기 풍선이 있었던 것하고, 나이트클럽 테이블보에 같은 표시가 그려져 있는 것 정도였다.

그러나 로마에 와서 일주일이 지나자, 역시 어제, 오늘은 조금 달라진다. 이 일주일 사이에 아주 조금씩이지만 로마 시에 올림픽이 얼굴을 내밀기 시작했다. 그것도 아주 조금씩 올림픽 경기장이 모여 있는 곳에 어제까지는 깃발이 없었는데, 오늘은 국기계양대가 늘어서고 내일은 거기에 깃발이 펄럭이는 식이다. 깃발도 아직 만국기가 아니다. 이탈리아 국기나 로마 시 깃발, 그리고 이번 올림픽 대회기 정도이지 다른 나라 국기는 도통 얼굴을 보이지 않는다.

올림픽 개최지인 로마 시가 올림픽으로 나아가는 속도는 정말이지 멋지다고 해야 할 것이다. 서두르지도 않고, 소란도 피우지 않는다. 그러나 앞으로 십여 일 사이에 올림픽은 서서히 속도를 높여 시내에 모습을 나타낼 것이다. 오페라의 막이 열리듯이 막이 서서히 올라가다 완전히 올라가면 로마 시는 벌집을 쑤신 것처럼 소란스러워지리라. 일단 경기장이 어떤 곳인가 견학할 생각으로 거의 전 시내에 흩어져 있는 경기장을 자동차로 돌아봤다. 주경기장도, 수영장도, 체조와 펜싱이 거행되는 회장도, 자전거 경기가 행해질 경기장도 전부 현재 청소와 정비와 관람석 증설 중이었다. 모든 경기장에 공사 인부가 잔뜩 있을 텐데 무척 조용하고, 과연 개최일까지 준비가 끝날까, 걱정될 만큼 느긋하다. 움직이는 것이라고는 자동 살수기가 약속이라도 한 듯이 인기척 없는 경기장의 파란 잔디 위에서 목을 흔들고 있는 정도였다. 그러나 경기장은 하나같이 눈이 번쩍 뜨일 만큼 아름답게 장식되어 있었다. 건물은 전부 대리석으로 만들어졌고, 그 대리석의 하얀색과 푸른 잔디밭에 조화를 이루도록 좌석을 비롯한 여러 시설의 색이 선택되었다. 눈에 띄는 점은 화단을 많이 만든 것이다. 수영장 같은 곳은 둘 다 꽃과 초목으로 가장자리를 테 둘러서 데코레이션 케이크처럼 보였다.

자, 올림픽 개최 준비는 올림픽 조직위원회 사무위원장인 마르셀로니 갤로니 씨에게 맡기고 나는 로마 거리나 다녀보자.

도쿄를 출발할 때 어떤 사람한테서 로마의 여름은 폭서라고 들었지만, 거리에 나가 있는 동안은 그렇다 치고 나는 몇 년 만에 냉방도 선풍기도 없는 여름을 보내고 있다. 먼지가 없고 공기도 건조하기 때문에 도쿄의 여름처럼 습기가 없고, 그늘에 들어가면 금방 서늘한 감촉을 온몸에 느낀다.

햇살은 강하며 격렬하고 하얀 광휘를 지니지만, 그 하얀 광휘 가운데서 아름답게 보이는 것은 꽃과 광장이라는 광장마다 다 있는 분수, 그리고 오래된 유적의 무표정한 모습이다. 꽃은 협죽도가 흐드러지게 피어 있어서 시내 어디를 가든 협죽도의 하얀색과 빨간색 꽃이 작열하는 태양 빛을 받으며 피어 있다. 일본에서는 이 꽃은 어느 쪽이냐 하면 조용한 느낌인데, 여기에서는 제멋대로이고 명랑한 말괄량이 소녀 비슷한 느낌이다.

협죽도 꽃과 나란히 하얀 햇살 가운데 이채를 발하고 있는 것이 분수이다. 분수는 로마뿐 아니라 유럽의 모든 도시에 많지만 로마사람 같은 분수광들은 없을 것 같다. 저녁에 해가 지고 나면 사람들은 시내 각 곳에 있는 광장에 모여들어 분수 가장자리에 주렁주렁 앉아 있지만, 분수가 정말로 아름답게 보이는 것은 한낮이다. 물을 공중으로 뿜어올렸다 낙하하는 모습을 감상하는 취미는 일본인에게는 없으나, 그것은 태양 광선의 하얀 광휘와 관계가 있는 것이 아닌가 한다. 어느 분수나 조각이 중요한 역할을 하고 있어서 조각과 분수를 떨어져서 생각할 수는 없으나, 그러나 무엇보다도 분수는 남국의 밝은 햇살과 더 관계가 있는 것 같다. 대낮에 보는 분수는 무척 건강하고 아름답다. 나는 광장에 갈 때마다 분수를 보는 것이 즐거웠다. 물을 뿜어내는 역할을 담당하고 있는 유서깊은 조각상도 여기에서는 단순한 물의 움직임, 그 아름다움에 못 미치는 것 같다.

그러나 로마의 하얀 강렬한 햇살 아래에서 꽃보다, 분수보다 한층 더 아름답게 빛나는 것은 시내 온갖 곳에 야채가게 짐수레를 뒤집어놓은 듯이 사방에 굴러다니는 수많은 옛 유적들이다. 하늘을 향해 솟구친 거대한 원주, 벽돌, 벽, 기초석, 계단, 지붕, 돌길, 그러한 1000년, 2000년 전의 오래된 건물의 편린들이다.

어디로도 운반할 수 없어서 오랜 세월 그 자리에 옛날 그대로 방치한 유적인 기둥이나, 토대나 벽들은 하얀 입자가 내리쬐는 태양광 아래에서 보는 것이 제일 아름답고, 또 햇살 속에서 보는 것 말고는 달리 어쩔 수 없는 존재들이다. 현재 콜로세움을 비롯한 몇 개인가의 유적에는 밤이 되면 조명을 비추는데, 조명이 비춰진 경우 예외 없이 그들은 시시해진다. 조명 대신 달빛이 쏟아져도 마찬가지이다. 대낮의 강렬한 광선 속에서 봤을 때만 그들은 반항하는 얼굴로 무언가에 덤벼드는 것처럼 보인다. 회고라든가 왕년을 생각한다든가, 그런 인간이 지니는 감상 따위는 추호도 가까이 오지 못하게 한다. 그들 속에 있는 것은 기원전부터 그 자리에 있었던 것이다.

이제는 유적이라든가 폐허라든가 하는 단어조차 적당하지 않을지도 모른다. 역사 그 자체의 조각이 거기에 뒹굴고 있는 것이다.

젊을 때부터 콜로세움의 폐허 가운데에 서보고 싶다고 계속 생각하던 나는 이번에 드디어 염원을 이루었다. 기원전 1세기의 고대 로마의 권력과 영광을 상징하는 원형 대경기장의 유적은 그야말로 어떻게도 할 수 없는 뻔뻔스러움으로 20세기의 로마 시 한가운데에 똬리를 틀고 있다. 거대한 석조 건축의 요괴처럼 느껴진다. 예전에는 물론 잘 마감한 대리석으로 표면을 장식했었겠지만, 지금은 대리석은 다 벗겨지고 투기장의 골조에 해당하는는 석재만이 당시의 모습을 근근이 전한다. 이 유적이 지금까지 남은 것은 남기려고 남긴 것이 아니라 어떻게도 할 수가 없어서 그 자리에 방치되어 오늘날에 이른 것이리라. 밖에서 보면 4층 건물이지만, 내부에 들어가면 중 2층식 관람석이 수많이 만들어져 그 일부가 여기저기에 남아 있다. 제일 꼭대기에 올라가봐도 여전히 외곽은 대성벽처럼 솟구쳐 있다.

콜로세움 제일 위의 관람석 한쪽 구석에 서보니, 이번 올림픽의 모든 경기장이 무척 인공적이고 왜소하게 느껴진다. 올림픽 주경기장을 아름답게 장식하려는 이탈리아인의 마음을 이 콜로세움의 폐허 가운데 섰을 때 비로소 나는 이해할 수 있을 것 같았다. 인간이 만드는 것은 언제나 인간에게 종속되어야 한다. 올림픽 경기장에서 보는 각국 선수들은 각국에서 선택받은 아름다운 젊은이들이다. 그러나 콜로세움 폐허 일각에서 내려다보았을 때, 인간은 그저 개미처럼 작고, 조잔하게 움직이는 동물로밖에 보이지 않는다. 대낮의 밝은 햇살 아래에서 보는 한, 생생한 역사의 편린을 제거할 수도 없고, 다른 데로 옮길 수도 없는 채 2000년의 시간을 절단하고 거기 놓여 있다. 예전에 여기에서는 수많은 사람들이 맹수의 먹이가 되었고, 수많은 맹수들이 젊은이들의 창끝에 목숨을 잃었다. 그리고 그 잔인한 투기에 이 자리를 메웠던 몇 만의 관중은 열광하고 소리치고 절규했을 것이다.

콜로세움은 나에게 결코 유쾌한 폐허가 아니었다. 무너진 관람석이나 회랑이나 돌계단 여기저기에 여름 잡초가 무성히 자라났고, 외곽의 상층부에는 새가 둥지를 틀었지만, 여기에서는 시간조차도 녹슬어 있는 것 같았다. 예전에 인간을 위협했던 대건축물 유적은 지금도 여전히 인간을 위협하고 있는 것이다. 그래도 회랑에는 새로 조명기구와 전선을 설치하려고 공사 중이었다. 아마도 올림픽 때 오는 외국인 관광객을 위한 행정일 것이다.

콜로세움 유적 위에서 보면 바로 옆에 낡은 회색 콘스탄티누스 개선문이 보인다. 거기가 마라톤의 결승 지점이다. 그 문은 낮에 봐도, 석양에 빛날 때 봐도 아름답다. 보기에도 오래되고 늙은 느낌이 나는 문이다. 콘스탄티누스 개선문이라는 이름으로 불리지만, 315년 콘스탄티누스 대제의 로마 입성을 기념하기 위해 만든 문하고는 달리, 18세기에 다시 복원한 것으로 부분적으로 건축 당시의 문이 남아 있을 뿐이다. 그러나 그러한 천착을 빼고 보면 그 문은 연륜이 쌓이고 늙은 문의 아름다움과 기품을 갖추고 있다.

그 문 근처 길가에는 이미 보도기자용 좌석이 만들어져 있다. 여기를 마라톤 주자가 달리는 것이다. 그날 밤, 이 길은 횃불로 장식된다고 한다. 세계 제일의 마라톤 주자를 찬양하기 위한 연출은 아무리 화려하고 아무리 극적이라도 괜찮다.

나는 마라톤 주자들이 달릴 코스를 자동차로 돌아보았는데, 삼각형을 이루고 있는 코스의 한 변^遍으로, 곧장 결승점인 개선문으로 빨려 들어가는 옛 아피아 가도는 아마도 로마 시 및 그 근교에서 가장 아름다운 장소 중 하나일 것이다. "모든 길은 로마로 통한다"라는 말이 있지만, 고대 로마가 전 세계에 자랑하는 여러 길 가운데서 옛 모습을 여전히 간직하고 있는 곳은 이 길뿐이다. 기원전 312년에 건설돼서 로마와 곡창지대의 중심인 카푸아를 연결하는 길이었다고 한다.

나는 몇 번인가 자동차를 세우고 군데군데 남아 있는 가도의 오래된 돌길 위에 서봤다. 일본의 '목 없는 지장보살'처럼 길바닥에는 점점이 목이 없는 조각상이 서 있었다. 움직일 수 있었다면 도다이지 절의 파손된 불상들처럼 불당이나 박물관에라도 모아두고 싶지만, 여기에서는 그것이 조각들의 의지인 것처럼 이 길에서 움직이지 않을 뿐이다.

길바닥에는 목 없는 조각상 외에도 오래된 건축물의 파편들이 마치 진열이라도 한 것처럼 흩어져 있었다. 반쯤 잘려나간 탑도 있고, 돌길도 있고, 요새 같은 건물의 일부도 있다. 역사의 작은 조각들이 이렇게 많이 뿌려진 거리는 그리 많지 않다. 그리고 그러한 역사의 조각들 사이를 여름 잡초가 메우고 하얗고 빨갛고 보라색의 작은 꽃이 온통 흐드러지게 피어있다.

나한테는 황홀할 만큼 아름다운 길이지만, 마라톤 주자들에게 편한 길은 아니다. 최종 코스인 데다 모든 곳이 완만한 경사를 이루고 있어서 올라가거나 내려가거나 해야 한다. 이부근을 선수들이 달리는 때는 8시 전후라고 하니까 석양의 마지막 광선이 전방의 왼쪽 하늘에 보일 것이다. 들판을 가로질러 달려온 이 오래된 아피아 가도는 점차 마을로 들어서고, 도시에 들어서고, 그리고 결승 지점인 콘스탄티누스 개선문으로 이어진다.

카라칼라 욕장의 유적도 거대하다. 공항에서 로마 시내로향할 때, 자동차 유리창으로 로마 유적 가운데 제일 먼저 본 것이 이것이다. 바다 위에 솟아 있는 커다란 암석 같은 거대한 건물의 빨간 잔해인데, 콜로세움처럼 보는 사람을 위압하는 기운은 느껴지지 않았다. 주건축물 넓이가 2만 6000여 평방미터라고 하니까 터무니없이 큰 건물이지만, 이곳은 원래 로마 시민의 위락 시설이어서 똑같은 로마 시대의 시설이라고 해도 투기장과 대욕장은 다른 것 같다. 로마에 들어오고 나서 여드레째 되는 밤, 나는 그곳에서 공연하는 〈아이다〉를 보러갔다. 카라칼라 대욕장에서 오페라를 상연하게 된 것은 무솔리니 지배 이래라고 하는데, 고대 유적을 오늘날도 이렇게 살리고 있는 것은 여기 정도가 아닐까. 넓은 야외 관람석은 전 세계에서 온 사람들로 메워지고, 수용 인원은 만 명이라고 한다. 그러나 이 극장은 물론 고대 대욕장의 일부를 쓰는 것에 지나지 않는다.

오페라도 오페라이지만 나는 한꺼번에 천육백 명이 목욕할 수 있었다는 대욕장 외에 도서관, 체육관, 우천 시 산책하는 실내 장소 같은 것이 있었다고 하는 커다란 시설을 복원해보는 상상에 정신이 팔려버렸다. 오페라가 현재 3세기경의 이 유적을 살리고 있듯이, 이번 올림픽은 로마에 뒹굴고 있는 수많은 고대 유적을 여러 형태로 현대에 부활시키게 된다. 로마에서 행해지는 올림픽에 특색이 있다면 필경 그런 점을 들 수가 있을 것이다.

일본의 오래된 유적은 글자 그대로 남겨진 것의 흔적이라 거기에 심겨져 있는 나무 한 그루, 풀 한 포기에 의해서 당시를 회상하는 수밖에 없다. 그러나 로마는 오래된 것들의 파편이 1000년, 2000년 전의 모습으로 옛날에 있었던 그 장소에 남겨져 있다. 역사는 먼 옛날에 사라져버린, 눈에 보이지 않는 것이 아니라, 하나의 형태를 구비해서 눈앞에 놓여 있다. 손으로 만지려고 하면 만질 수도 있다.

로마에 와서 재미있었던 것은 고대 유적의 복원도를 머릿속에서 그려보면, 고대 로마와 현대 로마가 그다지 변한 점이 없다는 사실이다. 어쩌면 고대 로마 쪽이 지금의 로마보다 더 기우광대氣宇廣大 * 한 대건축물과 시설로 가득 찬 대도시였는지도 모른다.

고대의 권력자들이 남긴 것에 비하면 현대의 권력자인 무솔리니가 남긴 흔적은 무척 초라하게 느껴진다. 무솔리니 총통이라고 표기된 기념비와 이번 올림픽의 보조 경기장으로 사용될 몇 개의 경기장과 회관 정도이다. 무솔리니의 이름을 새긴 기념비는 공산당이 해체를 요구하고 있다고 하는데 국회는 무솔리니의 유물을 부수게 되면 카이사르와 관계되는 유물도 부수어야 한다고 해서 그대로 두기로 했다고 한다.

---

* 기개와 도량이 넓음

빨간색과 하얀색의 아름다운 협죽도가 흐드러지게 피어 있는 8월의 로마는 아름답다. 그러나 나는 여기에 살고 싶다고는 생각하지 않는다. 그림자도 형태도 없어진 역사를 짊어지고 있는 나라에서 자란 나는 오래된 역사의 편린이 잔뜩 있는 도시가 지니는 번잡함을 견디기 힘들다. 삼나무나 노송나무로 절과 성을 만들어온 나라의 인간과 대리석으로 같은 것들을 만든 나라의 인간이 지니는 차이라 할까?

로마를 거닐며

올림픽 경기장이나 선수촌에 가까이 가지 않는 한, 로마는 아직 평소대로 조용하다[*]. 올림픽에 맞춰 신설된 도로에 세련된 디자인의 가로등이 늘어서기도 하고, 올림픽도로에 면한 빌딩 유리창에 국기나 로마 시기, 대회기가 늘어져 있지만, 그런 정도이지 그다지 올림픽 색이라는 것은 안 보인다.

쇼윈도의 상품이나 레스토랑 테이블보에 오륜기 표식이 붙는 등 올림픽 느낌이 없는 것은 아니지만, 그런 것 가지고는 별로 경기가 활성화되지 않는다.

아직 로마의 인구는 별로 늘지 않았을 것이다. 공항에 올림픽 안내원이라고 할 수 있는 유니폼을 입은 아가씨들이 보

---

[*] 1960년

이지만, 현재 그녀들이 영접하는 것은 올림픽 선수나 올림픽 관계 위원들인 것 같다.

제일 올림픽 분위기가 고조된 집단은 뭐니 뭐니 해도 각국에서 온 신문이나 라디오 보도관계자일 것이다. 그들에게는 4년에 한 번 돌아오는, 기관총처럼 무턱대고 전보를 쳐야 하는 올림픽이라는 거대 행사가 그야말로 확실하게 시시각각 다가오고 있기 때문이다.

올림픽촌 주변에만 지금 이변이 일어나고 있다. 각국 선수들은 선수촌에 갇혀 있고, 기자들은 벌집을 쑤신 듯이 그 주변을 날아다니고, 제각각 머리카락 색이 다른 감독들은 승산을 가슴에 숨기고 있다는 듯한 얼굴로 약간 몸을 뒤로 젖히고 걸어다닌다. 이 8월의 로마 곳곳에서 벌어지는 약간 다른 정경이야말로 올림픽이 일주일 후 이 도시에서 열린다는 증거일까.

그러나 걱정할 필요는 없다. 선수촌 부근의 이 작은 이변이 이제 곧 도시 모든 부분으로 감염돼 나갈 것이다. 그러기 위해 올림픽 관람객들이 지금 각국의 공항과 정거장에 몰려들고 있다. 로마가 아무리 조용해도 이것만은 틀림없는 사실이다. 올림픽 기간 중 호텔이란 호텔 방은 전부 다 예약이 끝났다고 한다. 거기를 채우기 위해서라도 그들은 와야 한다.

올림픽이 진짜 시작될 때까지 로마가 조금도 흥분하지 않

는 것은 무척 대단하다고 생각한다. 로마에 와서 협죽도보다,
분수보다, 이 도시가 지니는 그런 점이 나한테는 제일 아름답
게 보였다. 나도 올림픽이 시작할 때까지 피렌체로 짧은 여행
을 다녀오자.

나는 일부에서 이런저런 물의를 빚었다고 하는 그레코의
조각 〈올림피아의 불〉이 권투 경기가 열리는 스포츠 궁전 뒷
마당에 설치되었다는 소식을 듣고 보러갔다.

나는 그레코의 작품을 도쿄의 S백화점 앞에 있는 브론즈
외에는 소품 두서너 점을 봤을 뿐이다. 로마에 오기 전에 그
레코의 석판화를 사지 않겠냐고 누가 권한 적이 있었는데, 그
때 그의 데생을 처음 보았다.

〈올림피아의 불〉 기념상은 나한테는 상당히 훌륭한 작품
으로 보였다. 그레코가 지니는 관능미가 적당히 가미된 기념
상으로 청결하면서 상큼하게 느껴졌다. 그다지 튀는 포즈를
취하지도 않았고, 가슴과 허리를 단단하게 헝겊으로 잡아맨
점 등, 전혀 야한 느낌이 없이 아름다운 리듬감으로 형상화되
었다. 당사자인 그레코를 만났더니, 기념상 중에 좀 더 좋아
하는 것이 있다며 피노키오의 원형을 보여주었지만, 나는 그
것은 어딘지 모르게 마네킹 같아 사지 않았다.

시내에 있는, 이른바 로마의 긴자라고 비유할 만한 비아
베네토의 카페에 커피를 마시러 갔다. 먼지가 없는 도시란 정

279

말 고맙다고 생각한다. 의자에 앉아 담배를 피우면서 산책하고 있는 남녀의 모습을 보는 것은 즐겁다. 젊은이도 중년도 노인도 있다. 이쪽이 혼자인 탓도 있지만, 도대체 왜 이 사람들은 이렇게 쌍쌍이 다닐까 생각한다. 열 쌍 중 일곱 쌍이 이탈리아인이고 나머지 세 쌍은 잡다하다. 미국인도 있고 영국인도 있고 프랑스인도 있다.

대개 어느 가게나 책상 위에 작은 세계 국기를 놓아두는데, 어제 간 가게에서는 해군사관처럼 몸집이 좋은 웨이터가 내 자리에 이탈리아 국기 옆에 일본 국기를 일부러 가져와서 뭔가 감사를 떨었다. 올림픽 서비스라는 느낌이다. 그러고 보니 확실히 어디서나 웨이터들이 친절해졌다.

이삼일 전 밤 에우르의 루나 파크라는 곳에 갔다. 같이 간 사람과 사격 솜씨를 겨루기 위해서이다. 올림픽에는 출전 못하지만 여기에서는 1000리라를 내면 작은 탄환 70발을 줘서 그것으로 풍선을 몇 개든 터뜨릴 수 있다. 도쿄에서라면 이런 장소에는 통 가지 않지만, 로마의 유원지는 어른용이라는 감이 있어서 별로 저항감 없이 들어갈 수 있었다. 놀고 있는 것은 애들이 아니라 어른뿐이다.

그 유원지 한 귀퉁이에 독일 장사꾼들이 서커스처럼 큰 천막을 치고 있었다. 들어가봤더니 서커스가 아니라 대형 맥주가게였다. 몇 백 명이 들어갈 수 있는 큰 가게인데 밴드 연주에 맞추어 분수가 춤춘다. 정식 가게인 줄 알았더니 올림픽 기간만 운영하고, 올림픽이 끝나면 폐회식 다음 날 천막을 접고 돌아간다고 한다. 그야말로 진짜 올림픽을 겨냥한 장사이다.

그런 이야기를 해준 것은 거기에서 일하고 있는 막 찐 감자처럼 싱싱하고 혈색 좋은 독일 아가씨들이다. 어떻게 이렇게 건강할까 감탄할 만큼 건강하다. "올림픽 보러 갈 거야?"라고 내가 물었더니, "노"라고 대답한다. "올림픽을 보러 온 게 아니라 돈을 벌러 온 건데." 그녀들은 이쪽을 흘겨보듯이 진지하게 말하고 나서 하얀 이를 보이고 방긋 웃었다.

올림픽 개회식

사흘 전까지 올림픽이 열릴 기척도 보이지 않던 로마 시는 개회식 전날 밤, 성화가 캄피돌리오 광장에 도착할 때쯤 되자 갑자기 자동차가 시내에 범람하기 시작하여 교통순경들을 쩔쩔매게 했다.[*]

홍수가 오듯이 올림픽이 돌연 로마를 엄습한 것이다. 유럽 각지의 자동차들이 자석에 쇳조각 들러붙듯이 로마로, 로마로 모여들었다.

개회식 당일인 25일은 오전 일찍부터 시내 온갖 곳에 일방통행이나 진행금지 표지판이 나타나기 시작했다. 개회식 한 시간 전인 4시 반에 나는 개회식장으로 향했다. 주경기장

---

[*] 1960년

의 모습이 보이지도 않을 만큼 먼 곳부터 차는 통행금지이고, 오후의 불타는 듯한 하얀 햇살이 내리쬐는 가운데 입장객이 길게 늘어서 있다. 이탈리아 백화점 아가씨도, 미국 맥주 통처럼 뚱뚱한 고급차족도, 차별 없이 모두 커다란 주경기장 주위를 땀투성이가 되어서 걸어다니고 입장권을 보고 자기 자리를 찾고 있다. 나는 일반 관람객으로는 가장 귀빈석이라고 할 수 있는 좋은 자리에 앉게 되었다. 석양을 등진 것이 무엇보다도 고마웠다. 대회 임원과 IOC 멤버들이 차지하고 있는 관중석 한쪽 구석이다.

무수한 색종이 조각이 거의 전 관중석을 메운 개회 20분 전, 마치 그것을 기다리고 있었던 것처럼 한 청년이 어디에서인지 모르게 트랙 한구석에 모습을 나타내더니 뛰기 시작했다. 러닝셔츠에 좁은 회색 바지를 입은 젊은이다. 십만 명 관중의 시선은 모두 그에게 쏠렸다. 모두 약간 이상하다고는 느꼈지만, 성화 주자인 젊은이의 예행연습인가 생각하고 있었다. 그는 멋진 동작으로 경기장을 유유히 일주하고, 이윽고 결승점에 와서 양손을 들고 테이프를 끊는 자세를 취했다. 그때야 비로소 그가 대담한 침입자라는 사실을 알게 되었다. 장내 안내 담당인 듯한 사람이 허겁지겁 필드를 가로질러 뛰어갔다. 그러나 이미 소 잃고 외양간 고치기였다. 젊은이는 우레 같은 박수를 받으며 입석에 뛰어들어 관중 속으로 사라져

버렸다. 그 젊은이에 대한 웃음과 술렁거림과 찬사의 소란스
러움이 한동안 가라앉지 않았다.

나는 그가 내 쪽의 관중석 앞을 지나갈 때 쌍안경으로 그
모습을 포착했는데, 상당히 반듯한 외모의 청년이었다. 개회
전의 익살극 출장선수로는 그 배짱과 센스와 자세가 너무 좋
아서 그보다 더 나은 청년을 찾기란 어려울 것이라고 생각되
었다. 아마도 관중석의 술렁거림이 가라앉을 때쯤, 그는 땀을
닦아주는 친한 여자친구에게 몸을 내맡긴 채 코카콜라라도
마시고 있을 것이 틀림없다. 개회장에서 제일 바쁜 것은 좌석
안내원과 주스 판매원이다. 주스 한 병이 이탈리아 아가씨와
미국 노인의 손을 거쳐 내 손에 들어왔다. 100리라 동전은
두 순경의 손을 거쳐서 판매원인 소년에게 전달되었다. 순경
들은 하나같이 심심해 보였다. 네다섯 명이 모여서, 꿀벌처럼
시끄럽게 날갯소리를 울리면서 대회장 위를 날아다니는 헬
리콥터를 올려다보고 있다.

이윽고 정각에 이탈리아 국가가 왼쪽 관중석 전광판 아
래 자리 잡고 있는 장난감 같은 복장의 경찰 음악대와, 삼색
기 복장의 육해공 군악대의 연주로 울려퍼지기 시작했다. 그
리고 연주가 끝나자 폴로 이탈리오 측 입구에서 드디어 그
리스 선수단이 국명이 적힌 플래카드와 하얀 국기를 앞세우
고 입장하기 시작했다. 대회장에는 우레 같은 박수가 일어났

다. 그리스 선수들은 까만 상의에 옅은 쥐색 바지, 가슴에 하얀 손수건이 보이게 한 상당히 세련된 옷차림이다. 올림픽의 원조이기 때문에 그리스는 늘 맨 처음에 입장하는 영예를 지닌다고 한다. 다음에 빨갛고 까맣고 초록색인 국기를 높이 들고 들어온 것이 아프가니스탄으로 그들은 까만 윗도리에 하얀 바지를 입었다. 그리고 영국령 서인도, 네덜란드령 인도, 인도차이나 이어서 아르헨티나, 이탈리아와 같이 알파벳순으로 입장한다. 알파벳 글씨가 다르듯이 각국 모두 각기 회장효과를 겨냥한 옷차림이다. 조금 등이 굽어보이는 미얀마, 명랑하게 손을 흔들면서 환호에 응답하는 캐나다, 하얀 정장과 하얀 모자, 거기에 빨간 핸드백으로 세련된 여행객 차림의 캐나다 여자 선수, 까다로워 보이는 빨간 상의의 쿠바, 나른한 듯한 에티오피아 등 무려 48개국 선수단의 입장식이니까 대단하다. 복장도 색색가지, 선수들의 걸음걸이, 표정, 단체가 가진 분위기도 각각 다르다.

이윽고 대부대가 입장한다. 프랑스이다. 차분한 남색 상의에 회색 바지, 하얀 베레모, 선수가 강한지 아닌지는 모르지만 근사하다는 점에서는 타의 추종을 불허한다. 어떻게 된 것인지 입석 관람객들이 대성원을 보내며 술렁거린다. 독일은 하얀색 일색, 모자를 오른손에 들고 묘하게 새침하게 행진한다. 이어서 열다섯 명의 잘 정돈된 흑인들, 가나이다. 그리고 일본.

일본 선수단이 보이기 시작하자, 우리 서너 명의 일본인을 보고 주위의 많은 사람들이 "일본, 일본" 하면서 일본 선수단의 입장을 알려준다. 작은 일장기가 관중석 여기저기에서 흔들리고 있다. 눈에 띄게 커다란 일장기가 하나 오른쪽 입석에서 크게 움직이며 이채를 발한다.

일본 선수들은 빨간색으로 가늘게 테를 두른 순백 유니폼을 입은 대부대이다. 그 하얀 부대는 나에게는 무척 조용한 인상으로 천천히 다가오는 것처럼 느껴졌다. 이윽고 우리 앞에 오자 관중석에서 일제히 성원이 일어났다. 우리에 대한 배려인지, 주위의 미국인이나 이탈리아인 열 명 정도는 일어서서 열띠게 박수를 쳐준다. 만일 이러한 박수와 성원을 인기라고 한다면 이상할 정도로 인기가 있다. 여자 선수 몇 명인가가 깜짝 놀라서 이쪽으로 얼굴을 돌리는 것이 보였다. 나한테는 일본 선수들이 제일 아름답게 보였다. 어느 나라의 선수들보다도 단정하고 청초하고 규칙 바르게 보인다. 멋지거나 세련된 모습은 없지만, 그런 것보다 훨씬 더 좋은 것이 있다. 관중석에서의 예기치 못한 성원도 그래서 나온 것이 아닐까. 그러나 어느 나라 사람이나 자기 나라 선수가 제일 아름답게 보였을 것이다. 왜냐하면 어느 나라 선수나 자기 나라의 명예와 자부심을 자기들의 손발의 움직임에만 모아서 행진하고 있기 때문이다.

이런 행진이 어떻게 아름답게 보이지 않겠는가. 거기에는 자기 나라를 아름답게 보이려는 마음밖에 없었다. 그리고 일본 선수들은 그것을 훌륭하게 수행했다고 할 수 있다. 나는 유럽을 여행하고 나서, 어느 나라도 지니지 않은 긴장을 국토 가득히 채운 채 격렬하게 흔들리고 격렬하게 움직이고, 그리고 어느 나라도 지니지 않은 에너지가 소용돌이 치고 있는 일본을 좋게도 나쁘게도 생각했다. 그러나 지금 일본 선수단의 행진은 일본이 가지고 있는 여러 다양한 기질 중에서 좋은 것만을 취합한 것처럼 느껴졌다. 소박함과 진지함 그리고 젊음.

일본 선수단을 환영하는 사이에 아이티, 인도, 핀란드 등 행진은 계속 진행되고 있다. 복장의 색채 감각이 뛰어난 것은 폴란드와 포르투갈. 특히 포르투갈의 갈색으로 통일한 복장은 이제 막 약해져가는 석양 속에서 두드러지게 아름답다. 흑인 기수를 선두로 미국의 대부대가 입장한다. 까만 상의에 하얀 바지, 까만 구두, 밀짚모자. 주위의 미국인들을 위해서 박수를 쳐주어 아까 성원해준 답례를 한다. 미국 다음으로 크게 손을 흔들며 행진하는 터키. 그다음은 파란 유니폼의 대부대. USSR이라는 플래카드, 소련이다. 여자 선수들은 카투사처럼 사랑스럽고, 관중에게 손을 흔들어 답례하고 있다. 남자 선수들은 근엄하게 트랙터처럼 행진한다.

마지막에 이탈리아 선수단이 나타나자 개최국인 만큼 전 관중석이 요동친다. 남녀 모두 밝고 화려한 파란 상의에 하얀 하의이지만 이 나라는 틀에서 벗어나서 좀 더 화려하게 입었어도 좋았을지도 모른다. 선수 입장식이 끝났을 때, 이탈리아 국방장관의 인사가 있었다. 그 인사가 길어지자 주위가 술렁거리면서 가끔 "그만둬"라는 소리가 날아온다. 그것은 국방장관의 인사가 서툴렀기 때문이 아니다. 사실은 아무것도 필요가 없었던 것이다. 올림픽의 의의는 입 밖에 내면 사라져버리는 것이라 할 수 있다. 각국 선수들의 대행진의 아름다움만으로 충분히 즐거웠고, 자기 나라를 제일 아름답다고 생각했고, 충분히 흥분했고, 그리고 전쟁 따위는 아무도 생각하지 않았으니까.

이날의 중요한 행사 중 하나인 성화 점화조차도 대행진 뒤에는 양념으로밖에 보이지 않았을 정도이다. 이제 남은 것은 기분 좋게 싸우는 일뿐이다. "올림픽은 이기는 것이 아니라 참가하는 데 의의가 있다. 인생은 정복하는 것이 아니라 올바르게 싸우는 것이다"라는 근대 올림픽의 아버지 쿠베르탱의 말이 어느 틈엔지 석양빛 가운데서 전광판에 반짝이고 있다. 정말 그렇다. 일본의 아름다운 청년들이여, 내일부터는 오늘의 행군처럼 아름답게 싸워주길 바란다.

경기 스케치

해리 선수와 이야기하다

오늘* 처음으로 올림픽 선수촌이라는 곳에 갔다. 넓은 부지
에 1층을 완전히 튼 2층 또는 3층짜리 밝은 건물이 여러 채
늘어서 있다. 건물과 도로를 뺀 나머지 부분을 전부 파란 잔
디가 메우고 있다.

　빠져나갈 수 있는 탁 트인 1층도 잔디가 깔려 있어, 자동
차가 서 있거나 텔레비전이나 탁구대가 놓여 있고, 소파 위에
드러누운 선수들 모습도 보인다.

　그런 건물들 사이를 걸어가는데, 이탈리아 나일론 회사에

---

* 1960년 8월 28일

서 나온 몇 백 명이나 되는 대합창단이 공터에서 축하 공연으로 합창을 하는 모습과 만났다. 그 빈 터의 좌우로 위치한 양쪽 건물마다 창이라는 모든 창에는 반라거나 셔츠를 목에 두른 청년들이 잔뜩 앉아 있다.

건물 부지보다 한 단계 높게 만들어진 잔디가 깔린 연습용 운동장에 나가본다. 석양을 받으며 넓은 운동장 여기저기에서 각국 선수들이 한창 훈련 중이다.

체조를 하는 사람, 달리기를 하는 사람, 앉아 있는 사람, 세어보니 그 수가 오륙십 명은 될 것 같다.

러닝셔츠에 연한 푸른색 운동복 차림의 가냘픈 청년이 밀짚모자를 손에 들고 다가왔다. 100미터 달리기에 출전하는 해리라고 소개받았다.

바로 붙임성 있게 정맥이 드러난 하얀 손을 크게 벌리고 악수를 청한다. 100미터 달리기에서 10초 벽을 깨는 것이 연습에 달린 건지, 그날의 운에 달린 건지 물어보자, 잠깐 생각하더니 연습이라고 대답한다.

나는 올림픽 선수 가운데서 이 청년만 만나보고 싶었는데, 막상 만나보자 다소 기대에 어긋난 것 같기도 했다.

나는 그가 변덕쟁이이고 무책임하며, 여러 번 독일 육군연맹에 서약서를 냈다는 이야기를 들어서, 그렇게 엉뚱한 청년이기 때문에 인간의 가능성의 한계라는 것을 한 발짝 앞으로 내밀 에너지를 갖고 있지 않을까 생각하고 있었다. 그러나 만나보니 무척 다정하고 밝은 청년으로 계속 생글생글 웃고 있다.

이제부터 연습한다고 해서 잔디에 앉아서 견학을 했다. 해리는 모자를 바닥으로 던지고 운동화를 스파이크로 갈아신더니, 사자춤꾼이 재롱부리듯이 몸을 구부렸다 폈다 가볍게 제자리에서 뛰었다 하다가, 갑자기 달리기 시작해서 20미터 정도 달리다가 멈췄다. 무척 가벼운 느낌이었다.

파란색 운동복을 입은 러시아 선수와 빨간색 운동복을 입은 덴마크 선수가 서로 가까이에 붙어서 체조를 하다가 잠깐 동작을 멈추고 해리 쪽으로 눈길을 주었다.

해리가 멈춘 지점 훨씬 저쪽에서 일본 선수 두 사람이 얌전하게 앉아서 열심히 몸을 굽혔다 폈다 하는 것이 보인다. 한 사람은 투포환 선수 스가와라, 또 한 사람은 높이뛰기 선수 야스다라고 한다.

팬티 한 장뿐인 몸을 석양빛에 물들이며 독일 감독이 운동장 한가운데 우뚝 서서 주위를 노려보고 있다. 독일 선수가 많은 것을 봐서 독일 선수들의 훈련 시간인지도 모른다.

석양을 받으며 각국의 청년들이 저마다 훈련에 열중하는 모습은 언제까지 봐도 싫증나지 않는 광경이다. 다나카 히데미쓰가 소설 『올림포스의 과실』에서 올림픽 선수들의 연습

정경을 아름답게 묘사하고 있는데 이런 장면이었을 것 같다.

5분 정도 지나자 해리가 돌아와서 잔디 위에 앉아 허리를 문지른다. 구부린 다리는 산양처럼 날씬하지만 정말 강해 보였다. 해리가 연습이라고 해서 기분이 좋았지만, 10초라는 공인 기록을 세우는 일은 이제 그날의 그의 몸 상태나 정신 상태에 달려 있을 것이다. 연습이라고 단언한 독일의 젊은이에게 부디 행운이 있기를.

로즈를 칭송하다

수영 자유형 400미터 결승전을 보았다. 야마나카, 콘래즈, 로즈, 소머즈 등 세계 강호가 총집결하여 이 종목이 명실공히 이번 올림픽 수영의 꽃이라는 인상이다. 그날 나는 로마의 어떤 출판사에 갔었는데 거기에는 투표함이 놓여 있고 400미터 승자 예상 투표가 진행되고 있었다. 로즈도 소머즈도 있었지만 인기가 있는 것은 야마나카와 콘래즈라고 한다. 이탈리아 신문에서도 얼마 전까지는 콘래즈, 야마나카 순으로 승자를 점치고 있었지만, 최근 삼사일간은 야마나카, 콘래즈로 순위가 바뀌었다고 한다.

그날 경기장은 오로지 이 결승전 때문에 인산인해를 이루고 있었다. 두꺼운 벨벳 같은 칠흑의 밤하늘에는 별 하나 없었다. 야마나카의 결승전 전의 여자 400미터 예선전까지는 반달이 출발지점 뒤쪽 밤하늘에 걸려 있었는데 400미터 결승전 때는 그것조차도 사라지고 캄캄한 가운데 초록색 수영장과 노란색 라인만이 선명하게 떠올라 보였다.

선수들이 출발지점에 선 순간은 아름다웠다. 야마나카는 여느 때처럼 힘을 뺀 양손을 뒤로 보내고 있고, 콘래즈는 손을 뒤로하여 튀어오르는 물고기飛魚와도 같은 모습이다. 소머즈는 양손을 축 늘어뜨리고 준비태세를 취하고 있다. 로즈는 특징이 없는 포즈였다. 콘래즈는 의식적이었지만, 야마나카와 로즈 두 사람은 오히려 허탈한 것 같은 자세였다.

뛰어들자 여덟 몸이 아름답게 쭉 뻗더니 얼마 있다 일직선으로 나란히 얼굴을 내밀었다.

선수들이 몇 번인가 턴을 한 후, 결승선에 들어올 때까지 그저 여덟 몸의 움직임을 지켜보고 있었다고 할 수밖에 없다. 후반, 로즈만이 쓱쓱 속도를 올려 제일 먼저 결승선에 들어갔다. 야마나카가 그 뒤를 이었다.

관전 후의 인상은 아주 단순했다. 우승하는 것은 결코 쉬운 일이 아니라는 것이다. 야마나카든 콘래즈든 다시 한 번 한다면 이번에는 자기가 이긴다고 생각하고 있을 것이다. 실제로 다시 하면 다른 누군가가 로즈 대신 승자가 될지도 모른다.

세계의 강호를 물리치고 1등을 하려면 실력 외에 여러 가지 힘이 작용하지 않으면 안 된다. 그것을 운이라고 한다면 운명의 신이 그의 편이 되지 않는 한 우승의 영광을 차지할 수는 없을 것이다. 경기를 본 후에 그런 것밖에 느껴지지 않았다. 아주 작은 심리적인 동요도 승패를 좌우한다. 이런 경기쯤 되면 승패는 운명의 힘의 서열이라고 할 수밖에 없다.

그러나 실력 외에 모든 요소를 자기에게 유리하게 이끈, 다시 말해 운명의 신의 힘까지도 자기 편으로 만든 로즈는 칭송받아 마땅하다. 그가 지난번 올림픽 승자라는 사실을 상기할 때, 역시 그는 우승할 만한 것을 지니고 있다고 솔직하게 인정해야 할 것이다.

물론 야마나카만을 집중적으로 응원한 나는 다소 실망한 면도 있었지만, 그러나 야마나카의 2등도 역시 칭찬해야 한다. 그는 다른 때보다 이 경기에서 부진했는지도 모른다. 그러나 그 부진 가운데서 다른 사람을 물리치고 2등을 차지한 것이다.

마지막 터치를 하자 야마나카는 바로 배영하는 듯한 모습으로 수면에 뜬 채 가만히 있었다. 그것이 내 눈에는 인상적이었다. 그때 야마나카는 무척 온화한 얼굴을 하고 있었지만, 속으로는 가장 괴로운 순간이었을 것이다.

'10초의 벽' 내일의 선수에게

100미터 결승전을 봤다. 100미터는 어느 나라의 누가 이겼다고 하는 것보다도 어쩌면 누군가가 10초 벽을 깨는 획기적인 일이 일어날 수도 있다는 것이 최대의 관심사였다.

경기 전의 예상은 다양했다. 작년에 10.1초 기록을 세우고 늘 수많은 10.2초 기록보유자들을 깨뜨리는 미국의 노튼에 기대를 거는 사람도 있었고, 두 번 10.0초 기록을 낸 해리에게 희망을 거는 사람도 있었다. 어떤 사람은 심을 강자로 생각하고 있었다.

경기장에는 팔만여 관객이 모여들었다. 나는 천재라는 평가를 받고 있는 해리에게 기대를 걸고 있었다. 만일 10초 기록을 세울 사람이 있다면 그것은 무조건 해리라고 생각했다. 해리와는 한 번 만난 데다 소문과 달리 오히려 진지해 보이는 청년의 인상에 공감을 느꼈기에 그가 10초 기록을 달성할 것을 바라고 있었다.

출발선에 설 때까지 선수들은 침착하지 않게 공연히 주위를 서성대고 있었다. 화제의 해리는 양손을 허리에 대고 가끔 무릎을 꺾어 양다리를 경련하듯이 떨었다가 멈췄다가를 반복했다. 이런 때 단거리 선수들의 얼굴은 무척 고독하다. 자못 육체를 기계의 일부로 만들 순간을 기다리고 있는 것 같은 표정이다. 몇 만이나 되는 관객도, 그들의 성원도 선수에게는 무척 멀게 느껴질 것이다.

출발선에 늘어서서 신호를 기다리고 있는 순간은 보고 있는 사람 모두도 숨이 막힌다. 그들은 글자 그대로 자기 몸을 기계의 일부로 바꾸려고 하고 있는 것이다.

첫 번째 출발은 1번의 심이 먼저 튀어나가서 다시 하게 되었다. 다른 선수들은 긴장을 풀자 그 긴장을 다시 깨우듯이 바로 10미터 정도 가볍게 달렸지만 그때 해리의 얼굴은 새파랗게 질려 있었다. 얼굴뿐 아니라 온몸의 색이 다 변한 것 같은 느낌이었다.

두 번째는 해리가 가슴이 다 시원한 멋진 출발을 보였다. 해리의 몸만이 다른 선수들보다 분명히 앞서나가는 것이 보였다. 그러나 바로 중지 신호가 울렸다. 해리가 플라잉^{총성 전에 뛰쳐나온 것}으로 간주되어서 다시 하게 된 것이다. 심판에 대한 노성이 출발선 부근의 관중석에서 일어났다. 해리가 과연 플라잉했는지 어떤지는 무척 미묘한 문제로 아무도 알 수 없다. 이것은 심판의 판정을 믿을 수밖에 없는 문제일 것이다. 해리가 플라잉하지 않았더라면 그것은 해리의 불운이고 만일 실제로 플라잉했다면 심판의 안력이 정말로 훌륭하다고밖에 할 수 없다. 그러나 어쨌든 간에 이 두 번 출발을 다시 한 것 때문에 해리든 다른 선수든 10초의 벽을 깰 기회를 이번 경기에서는 잃었다고 할 수 있다.

선수들은 창백한 얼굴로 세 번째 긴장을 자기 육체와 정신에 과했다. 이미 수많은 에너지가 그들의 심신에서 상실되었음에 틀림없다.

세 번째 출발 때 해리는 너무 조심했는지 오히려 늦게 튀어나간 인상이었다. 나한테는 선수들의 다리가 정말이지 열차의 피스톤처럼 보였다. 실제로 피스톤이 되어가고 있었을 것이다. 피스톤은 일단 움직이기 시작하면 그 움직임을 갑자기 정지시킬 수 없다. 결승선에 들어선 뒤 해리의 몸은 넘어질 듯이 몇 미터를 나아갔고, 2등인 심은 강력한 자기 몸의 에너지 때문에 넘어졌다. 이렇게 해서 10초의 벽은 내일의 선수들을 위해 남겨지게 되었다.

다나카 사토코의 '젊음'

완전히 갠 맑은 밤하늘에 둥실 보름달이 떠 있다. 달밤 때문인지 관중석은 어느 때보다 밝다. 오늘 밤은 완전히 일본 응원단이 된 마음으로 다나카를 응원하러 갔다. 우승은 처음부터 무리라는 것이 일반적인 관점이었지만, 나는 이 무척 일본인 같지 않은, 기분 좋은 소녀가 신이 나면 자기도 깜짝 놀랄 만큼 좋은 기록을 낼 수 있을지도 모른다고 생각하고 있었다. 그녀가 우승했다고 해도 나는 별로 놀라지 않을 것이다. 그런 기대를 품게 되는 것은 다나카가 그 잘 자란, 보기에도 건강해 보이는 까무잡잡한 몸과 그보다 더 건강해 보이는 마음을 지니고 있기 때문이다.

팬이라고 하면 나는 이 18세 소녀의 팬이다. 올해 18세라고 하니까 전쟁이 끝났을 때 4세였을 것이다. 지금까지 일본이 낸 어떤 선수하고도 타입이 다른 것 같다. 전혀 일본인 같지 않다. 이 세대의 소년소녀가 지니는 특수한 형태이긴 하지만, 그중에서도 좋은 쪽의 대표이다.

관중석에서 본 그녀는 조금도 기죽은 구석이 없다. 관중에게도 일본인에게도 아무 데도 신경 쓰지 않는 것 같았다. 아마 이겨야 한다고 기를 쓰거나 지면 어쩌나 기가 죽은 구석도 지니고 있지 않을 것이다. 그저 열심히 하려는 필사적인 것만을 그녀는 부적처럼 소중하게 품고 있었다.

처음에 그녀가 예선만 통과해도 대박이라고들 했었다. 그런데 멋지게 예선을 통과하더니 결승에 나가게 되었고, 게다가 매번 기록을 갱신하고 있다. 그것은 그녀가 상승세에 있다고 하기보다 자기 자신을 상승세에 있게 하는 귀중한 것을 본인도 의식하지 못한 채 갖추고 있기 때문일 것이다.

경기 동안 나는 처음부터 끝까지 그녀에게서 눈을 떼지 않왔다. 필사적으로 전력을 다해 헤엄쳤다는 한마디로 표현할 수 있다. 버크와 스튜어드 두 선수가 그녀 앞에서 헤엄치고 있었고, 그녀는 다른 세 명과 평행이 되어서 헤엄치고 있었다. 결승점을 터치했을 때 그녀가 입상했는지 어떤지 관중석에서는 아무도 알 수 없었다.

기록이 발표되고 보니 같은 기록의 선수가 세 명이나 있었고 아주 근소한 차이로 그녀는 시합을 잡았다. 그런 점에 다나카의 본령이 있다고 할 수 있을 것이다. 똑같은 타임이라면 그녀는 입상의 영예를 결코 다른 선수에게 빼앗기지 않는다. 그러한 것을 그녀는 지니고 있다.

시상대에 올라갔을 때 그녀는 약간 고개를 갸우뚱하고 아래를 내려다보는 다소곳한 일본 소녀로 바뀌어 있었다. 다른 사람이 아닐까 생각했을 정도이다. 시상대의 그녀를 보고 나는 그녀가 더 좋아졌다. 첫날 주경기장에서 투창으로 우승한 러시아의 여자 선수 오졸리나가 조금 등이 구부정한 모습으로 시상대에 서서, 석양을 받으며 묵도하는 시골 아가씨 같은 몸짓으로 다소곳하게 금메달을 목에 걸고 있는 모습이 좋아 보였는데, 다나카의 모습과 그것은 좋은 한 쌍이었다.

다나카의 건투는 무엇보다도 그녀의 젊음이, 그 젊음의 좋은 점이 크게 작용했다고 생각된다. 실력 이상으로 기분 좋게 싸운 그녀는 만족했을 것이다. 보고 있는 쪽도 흡족했다.

패자 교체

5일 저녁, 로마에는 엄청난 뇌우가 왔다. 뇌우가 로마의 명물이라고 듣고는 있었지만, 7월 말에 이 땅을 밟고 나서 오늘까지 쭉 날이 좋아서 빌딩과 빌딩 사이에서 울려 퍼지는 뇌명을 듣는 것은 이번이 처음이었다.

뇌우는 두 시간 정도 이어졌다. 건조할 대로 건조한 로마 시는 해면처럼 듬뿍 물을 빨아들였다. 보도 여기저기에 물웅덩이가 생기고 지하주차장 입구로 물이 쏟아져 들어갔다.

내 숙소 앞의 테베레 강은 금방 누런 탁류가 되어 포플러 낙엽을 띄운 채 평상시보다 빨리 흘러갔다.

비가 그치고 얼마 지나자 구름 사이에서 만월을 하루 넘긴 달이 얼굴을 내밀었다. 올림픽의 로마에도 어느 틈엔지 가을이 와 있었다. 가을은 여기에서는 급속히 깊어질 것이다. 대낮의 햇살도 훨씬 약해지고, 밤이면 빌딩 옆 작은 공터에서 가을벌레가 울고 있다.

다나카의 배영과 야마나카의 1500미터 경기가 있었던 3일, 수상경기 최종일에 나는 관중석에서 달 구경을 했다. 달 때문만은 아니겠지만 수영장의 선수들의 움직임이 전부 물맴이처럼 작게 보였다. 수영장은 강한 조명 때문에 달빛이 참여할 여지가 없었지만, 관중석 쪽은 옅은 달빛 가운데 떠올라

다양한 복장의 여러 나라 여성들의 얼굴이 아름답게 보였다.

새빨간 정장에 목이 빠질 것같이 커다란 팔찌를 하고 되바라진 강아지를 무릎에 올려놓은 중년의 금발 여성이 담배 연기를 입에서 뿜어낼 때만 얼굴을 달 쪽으로 보냈다. 달을 감상하는 취미가 유럽 사람에게는 없는 것 같다. 유화로 달을 그린 그림을 좀처럼 본 적이 없다. 피렌체의 우피치, 피티 양 미술관에서 수많은 르네상스의 걸작을 봤지만, 그 가운데 달이 얼굴을 내밀고 있는 작품은 한 점도 없었다. 이 나라 화가 이야기로는 교교한 밝은 달빛에서 유럽인이 느끼는 것은 오히려 욕정적인 자극이라고 하니, 이래 갖고는 말이 안 통한다. 그런 점에 동양인과 유럽인의 가장 큰 차이가 있는 건지도 모르겠다.

사오일 전 처음으로 이 나라에 가을이 온 날, 로마에서 80킬로미터 지점에 있는 오래된 무너져가는 성벽의 도시, 타르퀴니아에 로마의 선주민이라고 일컬어지는 에트루리아 유물을 보러갔다. 유물이라고 해도 전부 무덤에서 발굴된 석관과 부장품으로, 그것이 작은 박물관에 진열되어 있었다. 석관 뚜껑 위에 놓인 등신대의 조각은 하나같이 흥미로웠다. 부장품의 디자인은 전부 그리스의 영향을 받았거나, 그리스 그 자체였다. 그런 것들이 나온 무덤은 평원에 흩어져 있었고, 그 내부에 들어가면 전부 돌로 만든 커다란 동굴로 사방은 벽화로 장식되어 있었다.

전설에 의하면 이 로마 선주민족은 리디아인이라고 한다. 당시 그리스 일각에 있었던 리디아는 기근 때문에 국왕 아티스의 주창으로 국민의 반은 고국에 남고, 반은 해외로 이주하기로 했단다. 그리고 추첨으로 부왕은 고국에 남고, 황태자가 인솔하는 이주민들이 이 이탈리아 반도에 왔다고 한다.

이 나라가 기원전에 도시국가로서 번영했던 사실은 무덤이나, 석관, 부장품의 훌륭함에서 충분히 엿볼 수 있다. 그러나 이윽고 쇠락하고 마지막에는 로마인에게 쫓겨나는 운명을 맞게 된 것이다.

석관에는 낯선 글씨가 새겨져 있었다. 에트루리아 문자이다. 이 문자는 지금도 여전히 해독하지 못해 학계의 수수께끼로 남아 있다. 그 글자를 보고 있으니 영고성쇠라는 감회가 아닌, 패자^{霸者} 교체라는 명쾌한 결론이 떠오른다. 올림픽에서 패자가 교체되듯이, 지중해 연안에서만도 그 얼마나 많은 패자가 교체되었던 것인가.

수영이 끝나자 올림픽도 한풀 꺾인 느낌이다. 외국 손님들도 마라톤이 끝나면 바로 그날 중으로 귀국하는 것 같아 CIT 이탈리아 교통공사는 그런 교섭을 하는 사람들로 혼잡하다.

베네토 거리의 레스토랑 테라스에서 마시는 이탈리아 특유의 쓴 커피가 맛있어졌다. 어느 테이블을 둘러봐도 주스나

콜라는 없고 모두가 커피이다.

여기에서 한 시간 정도 멍하니 있으면 선물 꾸러미를 안은 외국 관광객의 흐름이 끊이지 않고 지나간다. 일본인의 모습도 많다. 저녁나절부터는 그 오픈 셔츠가 조금 추워 보인다. 실제로 춥다.

조용한 승리

체조 경기가 거행되는 경기장은 고대 로마의 유적인 카라칼라 대욕장에 만들어졌다. 나는 로마의 땅을 밟은 8월 초에 카라칼라 대욕장에서 오페라 〈아이다〉를 보았다. 야외극장도 처음이어서 상쾌했고, 〈아이다〉도 이탈리아답게 어마어마한 규모로 재미있었다. 그래서 뭔지 모르게 〈아이다〉라도 보는 것 같은 기분으로 5일 밤 카라칼라 대욕장 경기장에 갔는데, 이게 진짜 카라칼라 대욕장인가 의심될 만큼 주변이 완전히 바뀌어 있었다. 입구는 오페라 때와 같았지만 들어가보니 주위 분위기는 완전히 달랐다.

극장 옆에 커다란 체조장이 만들어져 있다. 그 체조장에서 일본 선수들의 하얀 유니폼이 빙글빙글 멋진 폼으로 철봉 주위를 돌고 있었다. 경기로서의 체조라는 것을 본 것은 이때가 처음이었다. 나는 소련과 어깨를 나란히 한다는 일본 선수들이 어떻게 잘하는지 전혀 짐작도 가지 않았다. 어느 선수나 똑같아 보였고, 외국 선수 쪽이 체격도 좋고 얼른 보기에 내 눈에는 예뻐 보이는데, 어째서 일본 선수들이 고득점을 받는지 납득이 가지 않았다.

그러나 두 시간 정도 보고 있는 사이에 일본 선수들의 뛰어난 점이 자연히 이해가 되었다. 어느 선수나 위태로운 구석이 전혀 없었고, 모두 다 일정 수준 이상의 좋은 성과를 보이고, 보기에도 잘 훈련되었다는 느낌을 준다. 그런 점에서 분명히 일본 선수들은 뛰어났다. 다른 경기와는 달리 이쪽은 아주 마음 편히 구경할 수 있었다.

7일, 나는 두 번째로 카라칼라 대욕장에 갔다. 일본 선수들이 우승할 것이라고 해서 그 모습을 보려고 생각한 것이다. 어쩌면 소련에게 질지도 모른다는 예상도 있었지만, 아무도 그런 걱정을 하지 않을 만한 것을 일본 팀은 지니고 있었다. 나도 우승할 것이라고 생각했다. 그리고 예상대로 우승했다. 선수 중에 최연장자인 다케모토 선수에게 "축하합니다"라고 했더니, "제비를 잘 뽑은 거죠. 늘 러시아 뒤에 출전하게 돼서 편하게 경기할 수 있었어요"라고 했다. 우승이 결정된 직후 이러한 이야기를 하는 데 이긴 가장 큰 원인이 있었던 것은 아닐까?

그러자 젊은 엔도 선수가 말했다. "일본에서는 지금 체조가 아주 인기예요. 중학교부터 과외로 하고 있거든요." 여기에 또 하나의 승리의 원인이 있다고 할 수 있다. 두 선수의 겸손한 말에 나는 기분이 좋았다. 실제로 체조에서 우승한 것은 젊은 선수가 말한 것처럼 일본에서 체조가 왕성하기 때문임에 틀림없다. 한두 사람 우수한 선수를 배출하고 그들에게 기대하는 것이 아니라, 넓은 지반과 수많은 실력이 백중한 선수를 지닌다는 점에 일본 체조의 강점이 있을 것이다. 어느 경기라도 우승자는 넓은 저변을 지니는 삼각형의 정점에 앉아 있을 것이 틀림없다. 천재적인 선수 한 사람을 양성해서 되는 게 아니다. 그 사실을 이번 일본 체조의 우승이 잘 대변하고 있다.

어쨌든 일본 체조의 우승은 무척 안정적이었다. 모든 관중들이 일본 선수의 채점이 나올 때마다 점수가 너무 짜다고 휘익휘익 휘파람을 불었다. 특정한 어느 나라를 응원하는 것이 아니라, 이곳의 관객들은 무척 공평한 마음을 지니고 있었다. 그것이 나에게는 처음에 이상하게 보였고, 이윽고 자연스럽게 보였다. 체조라는 것에는 그처럼 보고 있는 사람에게 국경을 초월하여 묘하게 공평함을 갖게 하는 것이 있다. 일본이 오늘 밤 게양한 일장기는 아마도 이번 모든 올림픽 경기 가운데서 관객들이 가장 납득하고 지지한 것이라고 할 수 있다.

조용한 승리였다.

마라톤을 보다

이번 올림픽에서 나는 재미있을 것 같은 것만 골라서 보는 무척 호사스러운 관람을 했다. 그러니까 예선은 하나도 안 보고 결승만, 게다가 신문에서 시끄럽게 선전된 경기만을 보았다.

그러나 그런 가운데서도 긴박함이 가장 팽팽했던 것은 해리가 출전한 육상 100미터 결승과 마라톤이었다. 일본 선수가 지든 말든, 출전했든 안 했든, 그 두 경기는 올림픽의 진수이자 꽃이라고 하겠다.

말할 것도 없이 100미터 결승은 인간이 100미터 달리기에서 10초 벽을 깰 수 있는가 어떤가라는 커다란 도전을 품고 있다. 그것이 해리라는 서독의 한 청년에 의해 달성될지 여부에 흥미가 있었다. 어쨌든 100미터 경기의 승패는 10초만에 결정되어버린다. 선수들도 무척 긴장하지만 보는 쪽도 말 그대로 긴장의 순간이다.

또 한쪽인 마라톤의 경우, 올림픽 경기 가운데서 가장 유서 깊은 역사가 있는 것으로 100미터의 10초하고 달리 출발에서부터 결승지점까지 두 시간 이상 걸린다. 그 점이 무척 느긋하다. 그러나 느긋한 것은 관객 쪽 이야기이고, 달리는 쪽은 두 시간이라는 긴 시간 동안 격렬한 긴장과 인내를 자기 심신에 가해야 하기에 무척 힘들 것이다.

일단 인간이 42.195킬로미터라는 거리를 전력을 다해서 달리는 행위는 생리학적으로도 큰 문제가 있다고 한다. 마라톤을 폐지하라든가, 마라톤의 거리를 줄여라라는 소리는 훨씬 예전부터 있었는데, 그것은 선수에게 인간 이상의 힘을 강요한다는 견해에서 나온 것이다. 42킬로미터를 계속 달리면 대개의 선수가 2킬로그램 정도 체중이 줄고 때에 따라서는 4킬로그램 체중이 주는 사람도 있다고 한다. 그런 이야기를 들으면 과연 마라톤이 무척 혹독한 경기라는 생각이 든다.

문제의 42킬로미터라는 거리는 그 옛날 아테네군이 마라톤 들판에서 대승리했을 때, 그 승보를 전하는 젊은이가 마라톤 들판부터 도읍인 아테네까지 달린 거리라고 한다. 마라톤이라는 이름도 거기에서 유래하였으며, 마라톤의 거리도 그거리로 결정되었고, 오늘까지 그대로 사용되고 있다.

그러나 마라톤이 올림픽의 꽃이라고 간주되는 까닭은 마라톤이 지니는 그와 같은, 어떤 의미에서는 비인간적인 부분, 비인도적인 부분 때문일 것이다.

마라톤의 출발점은 로마 시 중앙부의 캄피돌리오 언덕 밑이다. 올림픽 개최 전야, 올림피아에서 운반된 성화가 도착한 것도 그 언덕이었다.

내가 그 언덕에 올라간 것은 세 번이다. 첫 번째는 성화가 도착하는 것을 보러 갔을 때, 두 번째는 그 언덕에서 그 아래 펼쳐진 포로 로마노라고 불리는 고대 로마의 유적지를 내려 다봤을 때였다. 그리고 오늘이 세 번째이다. 마라톤의 출발지 점은 포로 로마노 반대편 언덕 기슭으로 거기에는 세 갈래의 길이 교차되고 있어서 저녁나절에는 자동차가 가장 혼잡한 장소이다.

나는 선수들의 출발 시간 30분 전인 5시 반에 그 출발점을 내려다보기에 제일 좋은 산타 마리아 인 아라첼리 교회의 아래에서 3분의 1 정도 되는 지점의 돌계단에 자리잡았다. 모두 발께의 혼잡을 내려다보기도 하고, 최근 사오일 동안에 갑자기 가을을 생각하게 하는 맑은 저녁 하늘을 올려다보고 있다.

그러고 있는 동안에 아리요시 사와코 씨의 모습이 보여서 일어나서 불렀다. 아리요시 씨는 올라와서 내 옆에 앉았다. 얇은 울 스웨터를 입고 있다. 이삼일 내에 북이탈리아에서 스위스를 거쳐 파리에 간다고 한다. 나도 북이탈리아에서 스위스로 들어가 파리에 갈 예정이지만, 일정은 서로 오류일씩 어긋나 있다. 12월에 도쿄에서 만나기로 한다.

그런저런 이야기를 하고 있는 동안에 돌계단 아래에서 이변이 일어났다. 언제 어디에서 왔는지 마라톤 선수들이 나타났고, 그것을 군중과 카메라맨이 포위하고, 그것을 저지하려는 빨간 윗도리를 입은 담당 직원들과 경찰관이 옥신각신하고 있다.

이래 가지고는 도저히 정시에 출발하지 못하겠다고 걱정하고 있자, 다행히 선수들 앞에 간신히 길이 하나 열렸다. 새끼줄 하나 안 쳤으니까 담당 직원들과 경찰관들의 분투는 엄청나다. 각기 양손으로 밀고 나오려는 카메라맨들을 막고 있다.

그런 가운데 신호가 바삐 울린다. 선수들은 한 덩어리가 되어 달리기 시작했다. 돌계단 위에 있으니까 일순간에 선수들의 모습이 시야에서 사라지고 다시 자동차의 홍수가 시내를 씻는다.

아리요시 씨하고 헤어져서 나는 베네치아 광장 쪽으로 걸어갔다. 이제 사흘 남짓 남은 로마 체재 기간에 이 광장을 걸을 일이 없을 것 같아서이다. 7월 말에 로마에 왔지만 어느 틈엔지 여름이 끝나고 가을이 와 있다.

광장을 돌아 포로 로마노 고대 유적을 오른쪽에 두고 걸어간다. 정면에 콜로세움의 도깨비 같은 커다란 모습이 보이고, 그쪽으로 걸어가자 지금 출발한 마라톤 선수들이 들어올 콘스탄티누스의 낡은 개선문이 보인다. 그 문은 로마에서 내가 좋아하는 것 가운데 하나이다. 재건했기 때문에 그다지 오래 되었다고는 할 수 없지만, 다른 건축물만큼 사람을 위압하는 구석이 없고, 늠름한 기품이 있고, 크기도 적당하다.

나는 그 문 앞에서 택시를 타고 테베레 강가에 나가 상류 방향으로 드라이브했다. 테베레 강변을 거슬러 올라가는 것도 오늘이 지나면 기회가 없을 거라고 생각되었기 때문이다. 테베레 강은 로마 시에서도 평범한 강에 속하지만, 도시 중심부를 벗어나면 갑자기 양 기슭에 파란 나무들이 무성해져서 완전히 면목을 일신한다. 테베레 강을 아름답다고 하는 사람도 있고 더럽다고 하는 사람도 있다. 정말이지 보는 장소에 따라 다른 것이다.

마라톤의 결승지점인 콘스탄티누스 개선문에 돌아갔을 때는 완전히 밤이 되어 있었다. 문 양쪽에 만들어놓은 회장 출입구 부근은 자동차와 사람으로 무척 혼잡했다.

왼쪽 입구로 해서 관중석에 들어간다. 관중석은 도로 양쪽에 만들어져 오늘만 사람과 자동차 통행금지이다. 스탠드에 앉자 스피커에서 잇달아 지금 이 문에 가까이 다가오는 선수들 이름이 방송된다. 다섯 명 정도 이름이 나왔지만 그 가운데 일본 선수의 이름은 없었다.

맞은편 관중석 뒤쪽의 소나무가 조명 때문에 조화처럼 보인다. 교외에서 콘스탄티누스 문으로 들어오는 이 길은 아직 옛날 그대로의 분위기를 상실하지 않은 아름다운 길이다. 시가지를 벗어난 지점은 오늘밤 길 양쪽이 횃불로 장식되어 있다지만, 결승지점 근처의, 내가 있'는 자리에서는 그 아름다움은 상상할 수밖에 없다. 앞쪽은 그저 어둠에 싸여 있다.

이윽고 이번 올림픽 승자로 에티오피아의 아베베 선수가 들어온다. 초록색 셔츠에 빨간색 팬츠라는 화려한 옷차림으로 조금 가슴을 젖히고 보기에 전혀 피로가 안 느껴지는 원기왕성한 모습이다. 문자 그대로 우레 같은 박수 속에 관중석 앞을 지나간다. 조금 떨어져 모로코의 라디 선수가 모습을 나타낸다. 아베베 선수는 말랐지만, 라디 선수는 중간 키에 살이 알맞게 찌고 역시 기운이 왕성하다. 조금 있다가 같은 정도의 간격으로 뉴질랜드의 마기 선수가 상하 까만 복장으로 눈 깜짝할 사이에 스탠드 앞을 지나간다.

네 번째, 다섯 번째 외국 선수가 지나갈 때쯤부터 우리 일행은 일본 선수가 도착하기만을 기다렸다. 새 선수의 모습이 나타날 때마다 박수를 치면서 그것이 일본 선수인지 아닌지 확인하기 위해서 의자 위를 올라갔다 내려왔다 바빴다.

예순여덟 명의 선수들의 가운데쯤에 히로시마, 와타나베 선수가 사이좋게 나란히 모습을 보였다.

"이제 하나 남았네요."

내가 말했다. 남은 한 명인 사다나가 선수가 올지 어떨지가 그때 우리의 유일한 관심사였다. 그리고 그 사다나가가 예상 외로 건강한 모습으로 관중석 앞을 지나갔을 때 우리는 정말이지 안심했다. 이제 모두들 무사히 돌아왔다. 그런 느낌이었다. 이상하게도 승자에게 찬사를 보낼 마음은 없이 처음부터 계속 자기 나라 선수만을 기다렸던 것이다.

이러한 마음은 내가 전혀 예상하지 못한 것이었다. 그날 밤, 우리는 다른 어떤 경기장에서보다도 일본인이었던 것이 틀림없다. 그리고 우리와 똑같이 영국인은 영국인의, 프랑스인은 프랑스인의 얼굴을 하고 있었을 것이 틀림없다.

마라톤 경기장을 나서자 나는 포로 로마노를 반쯤 돌아서 어두운 가운데 택시 승강장 쪽으로 걸어갔다. 밤 기온은 서늘했다. 이제 올림픽은 끝났다. 화려한 것이 지나간 뒤에 남는 일말의 공허한 기운이 이날 밤 로마의 밤공기 속에 흐르고 있다. 로마의 가을은 오늘 밤부터 급속히 깊어가리라.

"생생한 역사의 편린을 제거할 수도 없고,

다른 데로 옮길 수도 없는 채

2000년의 시간을 절단하고 거기 놓여 있다."

여행 이야기

작고 네모반듯한 돌

뉴욕 공항에서 시내 중심부로 향하면서 자동차 창밖으로 길을 따라 늘어서 있는 묘지를 보고 기분이 묘했다.* 고층 빌딩이 숲의 나무처럼 늘어서서 나날이 하늘로, 하늘로 뻗어 올라가는 대도시 한구석에 여전히 작은 돌들이 열을 지어 늘어선 공터가 있었기 때문이다. 유럽 도시하고 달리 뉴욕에서는 오래된 빌딩은 계속 없애고 대신 하늘로 치솟는 고층 빌딩이 세워지고 있다. 지금도 세계 제일가는 빌딩의 도시이지만 장래에는 엄청난 빌딩의 숲이 될 것이다.

그러나 아무리 뉴욕이라도 묘지만은 어떻게 할 수 없는지 작은 묘비에게 그 위의 공간을 독점시키고 있었다.

---

* 1960년

나는 뉴욕의 묘지를 보고, 그것이 지금도 여전히 태곳적 형태로 놓여 있다는 사실에 일종의 당혹감을 느낌과 동시에 한편으로는 안도감도 느꼈다. 인간한테서 꼬리뼈를 떼어놓을 수 없는 것처럼 현재로는 어떤 도시가 태어나도 아직 묘지만은 옛날 형태로 둘 수밖에 없는 것 같다.

정월 초부터 무덤 이야기를 하기가 송구하지만, 유럽이든 미국이든 무덤이 무척 많이 눈에 띄었다. 무덤은 아니지만 파리에는 조금만 주의하면 거리 곳곳에 독일과의 전투에서 전사한 젊은 남녀를 기리는 비석이 있었고, 꽃이 바쳐져 있었다. 전사자의 이름과 전사한 연월일이 잘 연마된 돌에 새겨져 빌딩이나 건물 측면에 껴 있었다. 호텔 가운데 마당에 있기도 했다.

젊은이들이 죽은 장소를 표시해서, 그 영혼을 위로하고 있는 것이다. 그것은 파리뿐 아니라 부르고뉴 지방에도, 노르망디 지방에도 있었다.

무덤이 많이 눈에 띄는 것은 프랑스뿐만 아니라 미국도 마찬가지였다. 워싱턴 공항에서 도심으로 들어가는 도중에 제2차 세계대전 전사자들의 크고 밝은 무덤이 있었는데, 관광명소같이 구경하거나 참배하는 사람들이 끊이지 않았다. 묘지는 육군 보초병이 지키고 있었다.

로스앤젤레스, 샌프란시스코, 호놀룰루에서도 안내원이 나를 일본인 2세 부대의 전사자 묘지로 데리고 갔다. 독일에서는 동베를린에 들어서면 관광버스가 아무 소리 안 해도 제 2차 세계대전 전사자들의 영을 모신 장소로 승객들을 데리고 간다.

어느 나라의 묘지이든 모두 밝게 만들어져 있었다. 조금도 묘지처럼 어두운 구석이 없었고 공원처럼 기분이 좋았지만, 여행객이 꼭 찾아가야 하는 묘지가 많다는 것은 전쟁이 낳은 불행이 얼마나 큰지, 그것이 전 세계에 얼마나 퍼져 있는지를 말해준다. 인간의 불행의 징표가 세계 어디에나 묘지라는 형태로 남겨져 있는 셈이다. 호놀룰루 같은 곳은 언덕 전체가 그 작은 묘비로 빼곡했다. 똑같은 모양의 작은 돌이 끝없이 언덕을 메우고 있었다. 관광 스케줄의 하나가 되어 있을 정도로 묘지는 밝고 아름답게 조성되어 있지만, 인간의 불행이 그 자리에 그런 형태로 드러나 있는 것은 어쩔 수 없는 사실이다. 인간의 생명이 얼마나 많이 소홀하게 다루어져 왔는가 하는 증거나 마찬가지이다.

물론 이것은 외국뿐 아니라 일본도 마찬가지이지만, 외국을 여행해보고 나서 비로소 전화戰禍에 스러진 목숨이 얼마나 많은지 실감하지 않을 수 없었다.

인상적이었던 묘지는 프랑스 몽블랑 산록의 마을, 샤모니에 있는 조난자 무덤이었다.

내가 그곳에 간 것은 10월 중순의 추운 날이었다. 샤모니는 아르브 강 계곡에 있는 산간 마을로 현재는 피서지, 관광지로 알려져 있지만, 그보다는 몽블랑 등산 초입 마을로 등산가 사이에서는 옛날부터 유명했다.

마을을 위로부터 덮듯이 몽블랑의 앞 봉우리가 다가와 있고, 등산전차 역 앞 광장에 서면 왼쪽에 빙하의 일부분이 하얗게 보인다. 작은 광장을 건너 역사 반대편에 몽블랑에서 조난한 사람들의 묘지가 있다. 산에서 희생된 사람들이 잠들기에 어울리는 수수하고 눈에 띄지 않는 것이었지만, 독특한 엄숙한 분위기가 감돌았다.

옥스퍼드대학교 학생도 잠들어 있고, 1897년의 눈사태로 조난한 사람들도 잠들어 있다.

나는 몇 년 전인가 사도가시마^{佐渡島} 섬의 소토카이후^{外海府} 어촌에서 거친 파도의 포말을 뒤집어쓰듯이 서 있는 몇 십 개의 묘석을 본 일이 있다. 평생을 바다를 보며 살고, 바다와 싸웠던 사람들에게 어울리는 무덤을 바라보면서 깊은 감회를 느꼈었는데, 그와 똑같은 감회를 샤모니의 조난자 무덤에서 느꼈다. 산을 사랑하고, 산에서 죽은 사람들은, 그들이 사랑하고 목숨을 잃은 산에서 잠드는 것이 제일 좋을 것이다.

프랑스의 쥐라 지방 산간부에 독일에 맞서 싸운 그 지방

전사자 무덤이 있는데 그것도 인상 깊었다. 그곳은 쥐라 산맥이 부르고뉴 평원으로 삼켜지려는 듯한 부분의, 문자 그대로 산간 오지로, 묘지는 리옹과 제네바를 잇는 84번 가도에 자리했는데, 단애를 등지고 거대한 여신상 조각이 있었다.

내가 갔을 때는 앞 계곡에서 불어오는 바람이 엄청난 소리를 내면서 여신상에 부딪치고 있었다. 바람이 강한 곳임을 계산해서 여신상을 조각했는지, 여신의 머리카락은 길게 등 뒤로 휘날리는 모양이었다.

묘지에는 이 지방 만 이천 명의 전사자 중, 칠백 명이 유가족의 동의 아래 잠들어 있다. 1944년 2월부터 9월 사이에 목숨을 잃은 사람들로, 알제리 사람의 이름이 새겨진 묘비도 있었고 신원 미상의 묘비도 있었다. 묘지 한 귀퉁이에 드높게 게양된 프랑스 국기가 강풍에 휘날렸다.

여신상 한쪽에는 "우리가 죽는 곳에 조국이 부활한다"라는 아라공의 시구가 세 줄로 새겨진 것이 보였다.

로스앤젤레스에서는 일본인 묘지에 갔다. 초기 이민자로 미국에 건너와 이 땅에서 죽은 몇몇 사람들의 무덤을 성묘할 생각이었는데 오래된 묘비는 좀처럼 보이지 않았다. 나는 안내를 맡은 청년과 같이 하나하나 네모난 작은 돌의 표면을 들여다보면서 돌아다녔고, 그 일에 지치면 아름다운 파란 잔디에 앉아서 담배를 피웠다.

몇 번인가 쉰 뒤에 겨우 오래된 무덤이 많은 한 구역을 발견했다. 그리고 거기에서 아마추어가 만든 것으로 보이는 작은 묘비를 발견했다. 사망 연도도 없었고 작은 자연석에 보일 듯 말 듯 불분명한 글씨로 '다나베 고토'라고, 그 위에는 '다나베 케이트'라고 영어로 새겨져 있었다. 그 무덤을 만든 이는 아마도 미국 사람일 것이다. 그 사람한테 고토라는 일본 여성은 평생 케이트라는 이름으로 불렸던 것이리라. 그것은 로스앤젤레스의 묘지 중에서 가장 초라한 묘비였다. 어지간히 주의하지 않으면 아무도 묘비라고 생각하지 못하고 그저 굴러다니는 돌멩이라고 생각할 것이 분명했다.

나는 담배를 피우면서 그 묘비 곁에 오랫동안 앉아서 안내한 청년과 담소를 나누었다. 바람이 없는 날로 햇살이 따뜻하고 기분이 좋았다.

로마에서 80킬로미터 정도 떨어진 곳에 있는 타르키니아는 무너져가는 성벽이 있는 오래된 도시인데, 그 도시의 교외 논에서 에트루스카 묘지가 발굴되었다. 에트루스카는 이탈리아의 선주민족으로 출토품을 보면 높은 문화를 꽃피웠던 민족이었던 것으로 추측된다.

나는 한여름에 에트루스카 무덤을 보러 갔다. 묘소는 발굴되어 햇살에 노출되어 있을 거라고 생각했지만, 예상과 달리 그것은 몇 천 년 동안 그러했듯이 지금도 여전히 땅속에 묻힌 채였다.

낮은 단차를 지닌 논 여기저기에 지하로 들어가는 입구가 있는데, 거기에만 초라한 판자를 둘렀다. 얼른 보면 논 여기저기에 농기구라도 간수한 오두막이 흩어진 것처럼 보이지만, 무덤을 구경하려는 사람들은 거기에서 안내인이 비춰주는 회전 전등으로 발밑을 비추면서 지하 계단을 내려간다.

무덤은 방이 하나인 것도 있고 두 개, 세 개인 것도 있었지만 어느 방이나 사면이 빼곡히 벽화로 장식되었다. 벽화는 채색이 되었고, 도안은 각기 달라서 거기에 매장된 사람 생전의 삶과 다소 연관된 문양으로 그려진 것이 아닐까 생각되었다.

이들 지하방에는 석관과 부장품이 묻혀 있었지만, 그런 것은 모두 타르키니아 시의 작은 박물관과 로마의 에트루스카 박물관으로 옮겨졌다.

어쨌든 고대인은 죽은 사람을 무척 정중하게 장례했다. 일본도 왕릉은 대단하지만, 그렇게 웅장한 무덤은 제왕이나 당대의 권력자 한두 사람의 경우에 불과하다. 에트루스카의 무덤은 그 벽화를 보더라도 딱히 권력자나 호족들의 것만이라고는 할 수 없지 않을까 한다. 물론 고대는 인간의 생명이 지금보다 훨씬 더 티끌처럼 소홀하게 다뤄진 시기였지만, 그런 한편으로는 천수를 다한 인간에게는 살아가기 어려운 생애를 끝까지 살았다는 사실에 대해 뒤에 남겨진 자들이 큰 존경을 바쳤던 것이다.

거기에서 나온 석관은 하나같이 석관 뚜껑에 조각상이 있거나 네 귀퉁이에 조각을 한 훌륭한 물건이었는데, 나는 로마의 에트루스카 박물관에서 본 한 석관에 마음이 끌렸다. 그것은 뚜껑에 네 마리의 수사자가 배치된 석관으로 보기에도 사자들이 죽은 자의 혼령을 수호하고 있는 힘참이 있었다. 그런 석관에 잠들기에 합당한 사람은 그리 많지 않을 것이다.

북이탈리아의 베로나에서 줄리엣의 무덤이 있는 수도원을 방문했을 때, 젊은 남녀 구경꾼이 끊임없이 석관이 놓여 있는 지하로 내려가는 계단을 오르내리고 있었다. 스페인의 그라나다에서는 페르디난도와 이사벨라 국왕 부부의 무덤을 봤다. 대리석으로 만들어진 수도원의 한 방에 왕과 왕비가 누운 조각이 있었고, 그 아래가 무덤이라는 이야기였다. 이사벨라 조각상의 베개가 조금 더 움푹 들어가 있었다.

안내원의 설명으로는 이사벨라가 페르디난도보다 영특했기 때문에 그만큼 머리가 무거웠다고 한다.

무덤에 대해 이것저것 썼지만, 귀국하고 구미의 여러 도시에서 본 수많은 작고 네모난 돌이 늘어서 있는 잔디가 이상하리만치 생생하게 떠오른다. 아무리 밝고 아름답게 꾸몄다 하더라도 그곳은 공원이 아닌 묘지였다. 천수를 다하지 못하고 안타깝게 목숨을 잃은 사람들이 어깨를 맞대고 옹기종기 잠들어 있는 곳이었다. 지구 상에 그러한 관광 명소를 더 늘려서는 안 된다는 것만은 분명하다.

여행 이야기

1971년에는 여행을 많이 했다. 3월에 샌프란시스코에 갔다. 샌프란시스코를 무대로 한 소설을 쓰고 있었기 때문에 봄의 샌프란시스코를 봐두는 것이 좋겠다는 생각으로 20일 정도를 할애해 여행했다.

9월에서 10월에 걸쳐서는 아프가니스탄 북부와 네팔을 방문했다. 친한 젊은 등산가인 I씨가 히말라야의 오지에 있는 4000미터 고지의 수도원에서 10월 달구경을 하지 않겠냐고 권유한 것이 계기가 되었다. 몇 년 전인가 호다카에서 달구경을 한 적이 있는데 예상과 달리 어두웠던 달이 지금도 마음에 걸려, 호다카의 달은 호다카의 달로 남겨두고 히말라야의 달구경도 나쁘지 않겠다고 생각한 것이다. 그리고 그 계획을 조금 더 확대해서 내친김에 아프가니스탄 북부 초원까지 가

볼까 하는 마음이 들었다. 히말라야의 달구경만으로는 등산
가가 아닌 나는 지루할지도 모른다. 산과 더불어 초원도 보면
실크로드와 관계 있는 지대이니까 후회할 일이 없을 거라고
생각했다. 그리고 그렇게 했다. 아프가니스탄과 네팔의 거친
여행에서 돌아오고 나서 얼마 있다가, 마침 한국 여행을 하고
돌아온 야마모토 겐키치 씨가 부여와 경주 이야기를 하는 것
을 듣고 백제 옛 도읍인 부여라는 곳에 가보고 싶은 마음이
들었다. 그리고 결국 나흘 정도 시간을 내서 무척 촉박한 한
국 여행을 감행했다. 서울은 빼고 부여와 경주만 갔다. 한국
에서 돌아오고 나서 한꺼번에 여독이 밀려왔다.

그렇게 되어 작년 가을은 일다운 일을 못했다. 간신히 신
문소설을 연재하는 게 고작이었다.

그러나 연말이 되고 연초가 되어 멍하니 작년을 되돌아보
니 인상에 남아 있는 것은 모두 여행지에서 보고 겪은 일뿐
이었다.

샌프란시스코에서는 금문공원에서 만개한 벚꽃을 보았다.
히피족 남녀가 반나체 모습으로 꽃 아래를 걷고 있는 것이
기묘했다. 초기의 육필 우키요에 浮世繪 게이쵸* 때 유녀들의
꽃놀이가 저렇지 않았을까 생각되는 광경이었다. 음란하기도

---

* 1597년경

하고, 뻔뻔스럽기도 하고, 상큼하기도 했다.

히말라야 산에서의 달구경은 아마다블람, 로체, 에베레스트, 캉테가, 탐세르쿠, 쿰비라 같은 설산들이 은색으로 빛나고, 눈이 없는 산은 어둡게 침묵하여 음울했다. 샌프란시스코의 꽃놀이에 비해 무척 청명한 연회였다.

히말라야 산지에서는 남체바자르, 쿰중, 호르세와 같은 세르파들을 배출한 부락들의 모습이 신기하기도 하고 아름답기도 했다. 하나같이 표고 4000미터에 가까운, 사람이 살 수 없는 고지대 부락이었다. 인간이 사는 장소로 그토록 가혹한 자연 조건에 노출되어 있는 곳은 없다. 그래도 태곳적부터 사람이 살고 있는 것이다. 등산가가 오기 전 이런 마을에서의 나날은 어떤 것이었을까. 그 생각만큼 인간이라는 것을 새삼스럽게 생각하게 만드는 것이 없다고 느꼈다.

아프가니스탄은 마침 유목민의 이동기여서 아침저녁으로 남하하는 사람과 동물들의 집단에 부딪혔다. 낙타와 당나귀를 앞세우고 그 뒤에 양 떼를 배치한 큰 집단이 있는가 하면, 겨우 사람 몇 명에 당나귀 한 마리인 집단도 있었다. 아프가니스탄 북부에 겨울의 전조가 왔기 때문에 한꺼번에 목초지를 찾아 남쪽으로 이동하는 것이다. 석양을 배경으로 한 유목민의 이동은 상당히 웅장했다. 행선지는 파키스탄이라고 한다. 특별히 여권 같은 것은 필요 없는 듯했다. 그러나 밤, 차의 전조등에 비춰진 유목민의 이동 정경은 뭐라고 표현할 수 없이 어둡고 서글픈 것이었다. 어린아이나 노인은 낙타나 당나귀 등에서 잠들고, 젊은 사람이나 장정들은 남자든 여자든 동물 사이에 끼어서 함께 걷고 있었다.

인도에서는 캘커타_{콜카타의 옛 이름}의 서민 거리에 눈이 크게 떠졌다. 마침 팔레스타인 난민 팔백만 명의 처리에 곤란을 겪고 있던 때였지만, 캘커타 시는 낮밤을 알 수 없는 어둠 속에 묻혀 있었다. 사람들은 그 속에서 북적거리고, 뛰고, 다투고, 물건을 팔았다. 저승의 어두움이나 침울한 암울함 같은 말이 꼭 들어맞는 느낌의 도시였다. 이미 전쟁이 시작되고 있었는지도 모른다.

한국 부여에서는 백제 시대의 정림사지 5층탑을 보았다. 전부터 보고 싶었다. 한국에서 제일 오래되고 제일 아름답다고 전해지는 5층탑이다. 백촌강 전투에서 일본의 백제 구원군이 괴멸했을 당시에 이미 완공되어 있었다. 그날부터 지금까지 강건하다고 할까, 늠름하고 힘차다고 할까, 그런 강하고 소박한 아름다움을 계속 유지해오고 있다.

작년에는 많은 것을 보고 각각 감동을 받았지만, 결국 부여의 이 정림사지 5층탑을 마지막에 본 것은 잘한 일이라고 생각한다. 그것만이 단 하나 변하지 않는 정확한 사실이었다. 아프가니스탄과 네팔 여행에서 돌아와서 야마모토 겐키치

씨로부터 한국의 고대 도시 이야기를 들었을 때, 무슨 일이 있어도 거기에 가보고 싶었던 까닭은, 뭔가 그렇게 변하지 않은 오래된 아름다움을 보지 않으면 진정되지 않을 감정이 그 당시 내 마음속에 자리 잡고 있었던 것일지도 모른다.

"멍하니 작년을 되돌아보니 인상에 남아 있는 것은
모두 여행지에서 보고 겪은 일뿐이었다."

『오로시야국 취몽담』의 무대

현재에도 남아 있는 18세기의 모습

작년 5월부터 6월*에 걸쳐 러시아 여행을 했는데, 그때 6월 7일부터 13일까지 이르쿠츠크에 체재했다. 그전 1965년 러시아 여행 때도 거기에 갔기 때문에 나로서는 두 번째 이르쿠츠크 방문이다. 그곳은 내 소설 『오로시야국 취몽담**』의 주요 무대이기도 하다.

『오로시야국 취몽담』은 18세기 말 이세를 출범해서 에도를 향하던 신쇼마루호가 도중에 난파하여 알류샨열도의 암치트카 섬에 표류하는 시점에서 시작된다. 배에는 선장 고다

---

* 1968년

** 다이코쿠야 고다유와 열여섯 명의 신쇼마루호 선원들의 운명과 러시아 표류사를 배경으로 그려낸 이노우에 야스시의 역사소설이다. 1966년부터 1968년에 걸쳐 집필되었으며, 1992년 영화화되었다.

유 등 열일곱 명이 타고 있었지만, 한 사람은 표류 중에 죽었고, 나머지는 러시아인이 구해주었으나, 그중 일곱 명은 이 빙설의 외딴 섬에서 죽는다. 그리고 나서 러시아인과 협력해서 배를 만들어 캄차카 반도에 도달하지만, 표류인 가운데 세 명은 그곳에서 굶어죽는다. 그리고 나머지 여섯 명이 대륙을 건너고 야쿠츠크를 거쳐 이르쿠츠크에 연행된다. 1789년 2월의 일이었다. 이르쿠츠크에서 일본인 표류민들은 귀국할 방법을 찾아 3년 동안 번민의 나날을 보낸다. 당시 러시아 정부는 일본인 표류민들을 일본어 교사로 만들어 장차 있을 대일무역 준비를 하고 있었기 때문에, 좀처럼 표류민들의 귀국 간청을 들어주지 않았다. 그러나 선장인 고다유는 끝까지 귀국하겠다는 희망을 버리지 않고 키릴 락스만이라는 협력자의 도움으로 페테르부르크까지 가서 예카테리나 여제를 알현하고 드디어 귀국 허가를 얻게 된다.

일본 표류민들은 간신히 귀국할 수 있게 되었지만, 이르쿠츠크 체재 중에 한 사람은 병사하고, 쇼죠와 신죠 두 사람은 러시아정교로 귀의해서 러시아인이 되었다. 결국 나머지 고다유와 고이치, 이소키치 세 명만이 러시아 배로 일본에 송환되게 된다. 러시아 정부는 이 표류민 송환을 계기로 일본과 통상 체결을 맺으려고 일본수교사절로 키릴 락스만의 아들, 아담 락스만을 동행시킨다.

세 명의 일본 표류민은 10년간의 표류생활 끝에 겨우 홋카이도 네무로의 땅을 밟지만, 그중에서 고이치는 네무로에서 병으로 죽는다. 하코다테, 마쓰마에를 거쳐, 에도로 올 수 있었던 것은 고다유와 이소키치뿐이었다.

쇄국정책으로 두텁게 무장하고 있었던 일본에 최초의 러시아 사절로 온 아담 락스만은 수교 목적을 이루지 못하고 빈손으로 귀국했으며, 겨우 귀국의 소망이 이루어진 두 사람의 표류민을 기다리고 있던 것은 실질적인 반 수감생활이었다.

『오로시야국 취몽담』은 이러한 일본 표류민들의 기구한 운명을 그린 소설이다. 이르쿠츠크는 여섯 명의 표류민이 3년간 살았던 도시이고, 게다가 그중 한 사람은 이 땅에 잠들었으며, 러시아정교로 귀의한 두 사람은 여기에 남아서 일본 어학교 교사로 평생을 보낸 것이다.

이 소설과는 별도로 고다유 일행 이전에 표류한 몇 명인가도 이르쿠츠크에서 살다가 그곳에서 죽었다. 또 고다유 일행 뒤에도 같은 운명을 겪은 일본 표류민이 있다. 그러니까 이르쿠츠크는 일본 표류민들하고 인연이 깊은 땅이라고 할 수 있다.

나는 이르쿠츠크에 체재하는 동안 매일같이 시내를 돌아다녔다. 고다유 일행이 봤던 것을 나도 보려고 생각했던 것이

다. 그들이 살았던 때로부터 200년이 지났지만, 동시베리아
라는 특수한 지리적 조건 때문에 이르쿠츠크는 18세기 당시
와 그다지 바뀌지 않은 모습으로 남아 있었다. 당시의 사원도
다섯 곳이나 현존하고, 그중 두 곳은 현재도 실제로 사원으로
쓰이고 있었다. 그 살아 있는 사원은 즈나멘스코이 수도원^{현재}
<small>즈나멘스키 사원</small>과 크레토프스키 사원이다. 둘 다 그 아름다움 때
문에 전 러시아에 알려진 지방 소재 바로크 양식 건물이다.

『오로시야국 취몽담』의 주인공들이 묵었던 집이 어디 있
었는지 알 수는 없지만, 말굽을 만들던 집이었다고 하는『북
사문략』의 기술로 보아 당시 마부들이 많이 살던 우샤코프
카 지구라고 불리던 서민 주거 지역으로 상정하면 별로 틀리
지 않을 것 같다. 그 지역은 앙가라 강에 가까운 곳으로, 나는
여러 번 그 부근을 거닐었는데 늘 강가의 즈나멘스키 사원의
아름다운 첨탑이 눈에 들어왔다. 나는 그때마다 일본인 표류
민들이 저 아름다운 첨탑에 얼마나 위안받았을까 생각했다.

즈나멘스코이 수도원은 1763년에 세워졌으니 고다유가
갔을 때보다 20년 정도 전이다. 세워진 뒤 1933년까지 수녀
원이어서 금남의 구역이었다고 하니, 일본인 표류민들도 멀
리서 저 아름다운 첨탑을 바라보며 아침저녁 종소리를 들었
을 뿐 들어가보지는 못했을 것이다.

그러나 우샤코프카 지구는 야쿠츠크 가도의 기점에 해당

되기 때문에 일본 표류민들이 야쿠츠크에서 이 도시에 들어왔을 때, 맨 처음 본 것이 즈나멘스코이 수도원이었음에 틀림없고, 고다유, 고이치, 이소키치 세 명이 이르쿠츠크를 떠날 때 마지막으로 본 것 또한 그 수도원이었을 것이다.

당시 인가 삼천이었던 이르쿠츠크는 지금 인구 오십만의 동시베리아 제일가는 큰 도시가 되었지만, 앙가라 강 왼쪽 지역 전체를 사람이 살지 않는 삼림지대로 만들고, 오른쪽 강가의 시가지 중에서 완만한 구릉 위로 뻗어 있는 지역 또한 완전히 삼림지대로 만들면, 18세기 말의 작은 이르쿠츠크 마을이 재생된다.

앙가라 강 기슭에 서로 몸을 기대듯이 삼천 인가가 늘어서 있다. 앞은 앙가라 강을 바라보고 등 뒤는 삼림에 감싸인다. 열 몇 곳이나 되는 사원과 수도원이 인가 가운데 섞여 있어 여기저기에 아름다운 첨탑이 솟은 것이 보인다. 매일같이 그 사원들이 종을 울린다. 겨울이 되면 이 작은 도시는 완전히 눈으로 뒤덮이고 앙가라 강은 얼어붙는다. 야쿠츠크 가도와 모스크바 가도를 지나, 이 동시베리아의 작은 도시로 여행객과 물자가 마차로 운반되어온다.

내 눈에 떠오르는 18세기 말의 이르쿠츠크는 정신이 아득해질 만큼 작고 아름다운 도시이다. 수많은 일본인 표류민이 각각 시대는 다르지만, 여기에서 생활하고 여기에 잠들었다.

그 일본 표류민들이 죽은 당시 예루살렘 묘지라고 불렸던 고
지대는 지금은 중앙공원이 되어 있다.

러시아정교에 귀의해서 일본에 귀국하지 못했던 두 사람
의 표류민이 교편을 잡았던 일본어 학교가 있었던 당시의 자
모르스카야 거리는 지금은 레닌 거리라고 하는 번화가 지역
으로 변했다. 그리고 그 자리에는 정밀기계공업학교의 3층
건물이 세워졌다.

나는 러시아의 도시 중에서 이 이르쿠츠크를 제일 좋아한
다. 며칠을 머물러도 싫증나지 않는다. 시베리아 도시 특유의
고요함을 지니고 있을 뿐 아니라 수많은 일본인 표류민의 제
2의 고향이었기 때문이다.

니콜라이의 이콘

지난 5월부터 6월*에 걸쳐 러시아에 다녀왔다. 이세의 다이코쿠야 고다유의 표류 전말을 『오로시야국 취몽담』이라는 소설로 쓰고, 일단 그것을 탈고한 후에 시작한 여행이라 현지를 보고 고칠 것이 있으면 고치는 것이 반쯤은 여행의 목적이었다. 이 소설을 쓰기 전 해**에도 러시아 여행을 했고 소설의 무대가 되는 곳을 돌아봤지만, 막상 쓰기 시작하자 아무것도 모르고 쓰는 것과 별반 차이가 없었다. 도대체가 중요한 곳은 안 남고, 불필요한 곳만 머리에 남아 있는 지경이니 처음 여행은 거의 쓸모가 없었다. 다행히 이번 여행으로 얼마간

---

* 1968년
** 1965년

보완할 수 있었다.

　모스크바, 레닌그라드, 이르쿠츠크에서 대학교나 과학아카데미에서 민속학과 러일교류사를 전공하고 있는 학자들 신세를 졌다. 특히 이르쿠츠크대학교 교수로 프리야트 민족사와 이르쿠츠크 지방사 전공인 쿠드리야프체프 씨를 만난 것은 18세기 말의 이르쿠츠크에 대해 쓰는 데 무척 도움이 되었다. 나는 쿠드리야프체프 씨를 이틀 동안 귀찮게 하여 이르쿠츠크에 흩어져 있는 18세기의 파편들을 찾아다녔다. 당시의 사원도, 이르쿠츠크 거리도, 야쿠츠크 거리도, 번화가도, 부두도, 서민 주거지도, 그리고 당시에는 묘지였던, 지금은 공원이 된 곳도, 일본어 학교가 있었던 곳도, 전부 그 덕분에 확인할 수 있었다.

　고다유의 표류 전말을 쓴 가쓰라가와 호슈의 『북사문략』에 나오는 이르쿠츠크에 관한 것도 하나하나 쿠드리야프체프 씨에게 물어봐서 확인했다. 고다유의 18세기 이르쿠츠크에 관한 기술은 거의 전부가 정확해서 그를 놀라게 했다. 단편적이기는 하지만 이렇게 정확하게 18세기 말의 풍속자료를 이국의 표류민이 써놓았다는 사실이 믿기지 않는다고 극찬했다. 그렇다고 해서 오류가 전혀 없는 것은 아니었다. 그 몇 안 되는 오류 중 하나 덕분에 나는 무척 즐거운 하루를 보낼 수 있었다. 즉 『북사문략』 중에,

호반의 사원에 니콜라이라고 하는 신승의 유해가 있다. 매년 4월 초에 법요가 있고, 유해를 알현하게 한다. 죽은 지 700여 년이 지났지만, 아직도 몸이 썩지 않고 얼굴도 살아 있는 것 같다고 한다. 무척 많은 존경을 모아 멀리 이 고장까지 와서 예배하는 자들이 끊이지 않는다고 한다.

라고 되어 있다. 이것은 문맥으로 봐서 분명히 고다유가 이르쿠츠크 체재 중에 들었다는 이야기에 틀림없고, 고다유 자신이 그 유해를 봤다는 이야기는 아니다. 이 문장에 다소 잘못된 부분이 있어서 바로 쿠드리야프체프 씨가 지적해주었다.

"그처럼 먼 곳에서도 신자를 모으던 사원이 바이칼 호반에 있습니다. 니콜라이 사원이 있는 니콜라 마을입니다. 다만 하나 다른 것은 그 사원에 있는 것이 신승 니콜라이의 유해가 아니라 이콘이라는 점입니다. 그 이콘은 지금 다른 마을의 사원으로 갔어요."

그렇게 말하고, 바이칼 호에 가는 길에 그 니콜라라는 마을을 지나가니까 가보라고 권해주었다.

나는 그렇게 했다. 니콜라 마을은 바이칼 호로 통하는 포장도로가 호수와 부딪치기 바로 직전에 있었다. 앙가라 강 하구에 임해 있는 작고 조용한 40~50호의 농가가 있는 마을이었다. 그 마을에는 이콘이 없었을 뿐 아니라 이콘이 있었던 사원도 없었다. 마을 사람들에게 물어봤더니 사원은 역시 호숫가인 리스트반카라는 마을로 옮겼다고 한다.

나는 이번에는 거기에서 별로 멀지 않은 그 문제의 사원이 있는 마을로 찾아갔다. 목조로 지은 장난감 같은 니콜리스카야 사원은 바로 알 수 있었다. 마을의 노파 몇 명이 모여서 축제 준비를 하며 건물 내부를 온갖 꽃으로 장식하고 있었다. 이콘에 대해 물어보았더니 예전에 그런 훌륭한 이콘이 있었지만 언제인지 모르게 없어져버렸다는 이야기였다. 태평한 이야기였다. 그리고 나는 그 대용품이라고 생각되는 신승 니콜라이의 초상화 앞으로 안내되었다. 하얀 수염으로 얼굴이 뒤덮인 니콜라이가 왼손에 대지와 사원을 받쳐 들고 오른손에 검을 쥐고 있었다. 머리에는 법모, 어깨에는 법의를 걸쳤다. 정면을 향한 얼굴은 눈매가 날카롭고, 입술이 조금 붉게 칠해져 있다.

나는 그 대용품으로 만족할 수밖에 없었다. 그러나 그 리스트반카라는 마을은 정말로 아름다웠다. 30~40호의 농가가 호반의 언덕 자락에 몰려 있었고 겨울은 무척 추우리라 생각되지만, 5월인 지금은 뭐라고 할 수 없이 한적했다. 민들레가 온통 흐드러지게 피었고, 방목한 소와 말이 여기저기 돌아다니고, 거기에 섞여 닭도 종종거리고 있었다. 그리고 어디에서나 멀리 바이칼 호수가 보였다.

시베리아 기차 여행

작년 5월부터 6월에 걸쳐[*] 러시아 여행을 했는데, 그때 시베리아 철도 신세를 졌다. 도쿄에서 모스크바까지 비행기로 가면 겨우 열 시간 반이다. 오전 11시에 하네다를 출발하면 시차가 다섯 시간 있기 때문에 그날 오후 4시에는 모스크바에 도착한다. 비행기를 타지 않고 모스크바에서 나홋카까지 기차로 여행하면 8일 낮 8일 밤이 걸리고, 나홋카에서부터는 기선 신세를 지지 않으면 안 된다. 결국 기차에서 8박, 배에서 3박이 된다. 시베리아 기차 여행을 계속하는 동안 몇 번이고 비행기라는 것이 얼마나 빠른지 그야말로 온몸으로 절감했다.

---

* 1968년

8일 낮 8일 밤이라고 해도 계속 기차를 타는 것은 아니다. 노보시비르스크, 이르쿠츠크, 하바롭스크 세 곳에서 내려서 며칠간 머물렀다. 외국인 여행객이 타는 기차는 한 편밖에 없기 때문에 결국 같은 기차를 타게 된다. 그렇기 때문에 8일 낮 8일 밤이라는 셈법은 기차를 탔던 정확한 시간이다.

상하로 네 개의 침대가 들어 있는 열차 객실이었다. 창가에 작은 탁자가 있고 그 위에 전기스탠드가 놓여 있다. 유리창은 겨울이었기 때문에 이중창으로, 게다가 열지도 닫지도 못하게 해두어 유리의 먼지를 닦을 수 없는 것이 유감이었다. 유리창만 깨끗했으면 시베리아 여행이 훨씬 더 즐거웠을 것이다. 찻간에서 나오면 통로가 있고 거기에도 죽 유리창이 늘어서 있지만, 창이 더러운 것은 마찬가지였다.

그러나 창밖이 보이지 않는 것은 아니다. 잇따라 뒤로 날아가는 시베리아의 멋진 풍경에 반점이 뿌려져 있을 뿐이라, 사람이란 편리한 부분이 있어 처음에는 성가셨지만 어느 틈엔가 전혀 신경이 쓰이지 않게 되었다.

창밖의 풍경은 날이 새나 날이 지나 자작나무 숲이 있는 평원이나 고원이다. 자작나무 이외의 나무가 조금이라도 보이는 것은 하바롭스크에서 나홋카까지의 극동 풍경에서뿐이었다. 자작나무 숲이라는 것은 아무리 계속 봐도 싫증이 나지 않는다. 다른 나무라면 그렇지 않겠지만, 자작나무 숲은 참 이상하다.

기차는 대체로 서너 시간마다 10분 내지 15분간 정차한
다. 큰 마을의 역인 경우도 있고 작은 마을의 역인 경우도 있
다. 아무리 작은 마을이라도 그 지방에서는 중심지가 되는 곳
이리라. 정차하는 역의 승강장에서 음식을 판다. 부근 농가
사람들의 용돈 벌이 같은 것으로 커다란 소쿠리에 막 찐 감
자를 담은 아가씨도 있고, 민물고기를 하룻밤 말려서 구워 가
지고 오는 노인도 있다. 승객들은 정차할 때마다 음식을 팔고
있는 사람 주위에 몰려든다.

그런 음식을 사는 법을 배우자, 시베리아 기차 여행이 갑
자기 재미있어졌다. 우리가 탄 몇 호차인가에는 미국인 고고
학자 네댓 명 일행과 소련의 고위장교 서너 명이 타고 있었
지만, 그들도 똑같이 기차가 멈추면 음식물을 보충하기 위해
서 승강장에 내렸다.

오랜 시베리아 기차 여행에서 다소 다른 풍경을 만나게 되
는 것은 바이칼 호 남쪽 기슭을 따라 네다섯 시간 달렸을 때
였다. 전에는 꼬박 하루를 호반을 따라 달렸던 것 같은데 지
금은 네댓 시간이면 호반에서 멀어진다. 호수라고는 해도 바
이칼 호는 비와 호의 마흔일곱 배 크기라니까 바다나 같다.

그 호반에는 가끔 황홀할 만큼 아름다운 작은 마을들이 보
인다. 통나무를 쌓아올려 만든 집들이 서로 기대듯이 늘어서

고, 해변가에는 한 줄로 작은 배들이 단단하게 묶여져 있다. 작은 사원 옆 공터에서는 아이들이 원을 지어 논다. 그리고 말 몇 마리가 그 곁에 서 있었다. 기차는 그러한 풍경을 일순간에 뒤로 날려 보내면서 달린다. 야마구치 가오루1907~1968. 서양화가가 만년에 그린 작품을 보는 것처럼 동화적이고 먼지 하나 없는 어딘가 감상적인 것이 느껴지는 풍경이었다.

극동에 가까워지자 평원에 물웅덩이가 많아진다. 작은 물웅덩이도 큰 물웅덩이도 있다. 각각 약속이나 한 듯이 자작나무 숲을 그 수면에 비추고 있다. 가끔 인적 드문 평원 가운데 자로 그은 듯한 길이 곧장 뻗어 있다. 화재 예방을 위해 벌목한 지대로 생각되지만, 마차 바퀴가 있기도 하고, 가끔은 사람이 걷고 있기도 한다.

나는 시베리아 여행이 재미있었다. 사람은 없는데도 사람의 사는 양식이나 삶에 대해서 제일 많이 생각하게 된 여행이었기 때문이다.

모스크바, 레닌그라드

전후 최고로 밝은 모스크바

우리가 모스크바 도모데도보 공항에 도착한 것은 5월 8일[*] 오후 9시 20분이었다. 도쿄는 벌써 어두워졌을 시간이었지만, 공항에는 아직 석양이 뿌옇게 떠돌고 있었다. 짐을 찾기 위해서 여행사 대합실에서 한 시간 가까이 기다렸다가 겨우 짐을 찾아 버스로 시내 중심부에 있는 고풍스러운 골동품 같은 호텔 메트로폴로 갔다. 19세기 말에 만들어진 호텔로 제정 러시아 시대의 유물인데, 미국식 호텔에 익숙한 우리로서는 모든 것이 대범하고 뭐라 할 수 없이 기분이 좋았다. 소련

---

[*] 1965년

의 수도에서 이런 호텔을 만나게 되리라고는 생각도 못 한 일이었다. 넓은 복도는 마치 도시의 큰길 같은 느낌이고, 엘리베이터는 유리로 되어 있는데 문은 이중이고 안에 의자까지 놓여 있다. 아래층 대식당은 천장이 높고 커다란 샹들리에가 달려 있어서 호텔 식당이라기보다 왕궁의 대연회장 같은 느낌이다. 전체적으로 낡아 다소 칙칙한 느낌이 들지만 당당하다. 층마다 열쇠를 맡기는 곳이 있고, 약속이나 한 듯이 중년의 덩치 큰 메이드가 버티고 있다.

모스크바에도 미국식 현대 호텔이 있지만, 이 메트로 폴 호텔에 들어간 것은 우리로서는 행운이었다. 우리는 이 호텔의 고풍스럽고 호화로운 식당 덕분에 현재의 소련이 갖고 있는, 예상도 못 했던 특색 중 하나에 하루 세 번 접촉할 수 있었기 때문이다.

모스크바에 간 밤, 산케이신문의 특파원인 오타니 게이 씨가 "여러분은 전후 가장 밝게 장식된 모스크바에 오셨습니다"라고 했는데 분명히 밝은 모스크바였다. 도시는 온갖 곳이 조명으로 장식되어 있었다. 대독전승 20주년 기념일인 5월 9일이 내일이었다.

그 전승기념일 날, 우리는 축하 퍼레이드를 보기 위해 9시에 호텔을 나섰다. 외국인 관광객이 퍼레이드를 구경하는 곳은 우크라이나 호텔 앞이라고 정해져 있었지만, 나는 작가협회 초대로 크렘린 궁전의 성벽 동북쪽에 있는 붉은 광장으로 안내되었다. 그곳에 도착하기까지 서너 군데 검문소를 지났고 그때마다 여권을 제시해야만 했다. 초대권에 기재된 자리에 가보니, 객석은 이미 각국의 초청인사로 가득 차 있었다. 광장에는 육해공군 병사들이 정렬하고 있다.

10시에 정면 중앙에 만든 베란다에 정부 요인들이 늘어섰다. 망원경으로 보니까 중앙의 스탠드 왼쪽에는 양복, 외투, 소프트 해트 같은 차림의 사람들이 열 명 정도 늘어서 있고, 그 반대편 오른쪽에는 녹색 군복을 입은 무관이 삼십 명 정도 있다. 그리고 그 베란다 아래 수많은 카메라맨들이 삼각대를 들거나 텔레비전 촬영 준비를 하고 있었다. 이윽고 왼쪽 시계탑이 있는 첨탑 문으로 자동차를 탄 말리노프스키 국방장관이 등장했다. 축포가 울려 퍼지고 군악대 연주가 시작되었다. 광장을 둘러싼 스탠드의 웅성거림 속에서 열병식이 시작되었다.

말리노프스키 국방장관은 정면 단상 위로 올라가서 인사말을 했고, 그것이 끝나자 광장을 메우고 있던 군인들의 행진으로 옮겨간다. 올림픽 퍼레이드처럼 아름답다. 공군은 녹색 모자, 황갈색 상의, 녹색 바지, 검은색 장화를 신었는데 행진함에 따라 까만 구두가 아름답게 빛난다. 해군은 모자의 하얀 챙과, 장갑의 하얀색이 아름답다. 병사들과 함께 전차, 포차,

로켓포 같은 각종 병기가 행진하면서 광장에서 나간다. 여기에서는 병사도, 병기도, 행진도 완전히 쇼로 위협 같은 것은 느껴지지 않는다.

이날 시내는 엄청나게 혼잡했다. 온 가족이 총출동해서 거리에 나온 것 같아 훈장을 가슴에 잔뜩 단 노인도 가족과 함께 걷고 있다.

모스크바 시에는 커다란 빌딩이 잔뜩 있지만, 거의 다 회색이기 때문에 근대 도시라는 느낌이 없다. 장관인 것은 12킬로미터에 이른다는 레닌 대로 양쪽을 대규모 아파트들이 메우고 있는 광경이다.

우리는 모스크바 시를 내려다보기 위해서 모스크바대학교가 있는 고지대로 올라갔다. 눈 아래로 모스크바 강이 보이고 그 강이 시가지를 말굽 형태로 감싸고 있다. 모스크바 강의 이쪽 편은 공원으로 모든 벤치를 콩알 같은 사람들이 점령하고 있다. 가끔 강 위로 관광객을 잔뜩 싣고 배가 지나간다. 이 고지대에 서 있으면 모스크바라는 도시가 평탄한 평원 한쪽에 만들어진 것을 알 수 있다.

그날 밤, 우리는 모스크바의 야경을 보기 위해서 다시 그 고지대에 올라갔다. 불빛이 도시 전체를 감싸서 아름다웠다. 우리는 붉은 등화를 찾았지만, 간신히 도시 동북부에 하나 발견했을 뿐이었다. 그것은 아마도 뭔가 특별한 역할을 지니는,

항공 관계 등화가 아닐까 생각된다. 소련에 와서 붉은 깃발의 색을 아름답다고 느꼈지만 등화에서 붉은색은 완전히 배제되어 있었다.

우리는 축제일 밤의 거리를 걸어다녔다. 낮과 똑같이 시민은 젊은이나 노인이나 밖으로 나와서 불꽃이 밤하늘에 터질 때마다 싫증도 내지 않고 환성을 지르면서 하늘을 올려다보았다. 불꽃은 차이콥스키 광장 위와 고리키 광장 위, 그리고 우크라이나 호텔 위에서 동시에 쏘아올려졌다. 전기장치로 작동하고 있는 것이리라 생각했다. 레스토랑은 전부 닫혀 있었고 가끔 문을 연 곳이 있으면 입구에 수많은 남녀가 몰려서 안의 손님이 나오기를 기다리고 있었다.

나는 모스크바 체재 중, 어떻게 된 일인지 매일 3시 반에 눈이 떠졌다. 그 시간이면 이미 밖은 밝았고 얼마 안 있으면 호텔 앞길에 청소하는 여자들이 나타난다.

나는 5시에 침대에서 일어나 여자들이 막 청소한 길을 산책했다. 제르진스키 광장까지가 산책하기 적당한 거리였다. 보리수, 아카시아, 사시나무 등의 가로수가 아름답다. 호텔 근처에 공원 비슷한 공터가 두 군데 있는데 거기 벤치는 몽땅 노인들이 점령하고 있었다. 유럽의 여러 도시에서도 새벽녘 공원 벤치는 모두 노인들이 점령하고 있다. 일본에는 노인이 갈 공원도 없지만, 그렇긴 해도 전 세계 노인 가운데서 일본 노인만이 조금 다른 것같이 느껴진다. 행복한지 불행한지의 판단은 이 한 가지 일만 가지고는 내릴 수 없다.

호텔은 스베르들로프 거리와 마르크스 거리가 교차하는 모퉁이에 위치하고 있다. 스베르들로프 거리를 사이에 두고 앞에는 마르크스 동상이 서 있는 작은 광장이 있어 혁명 광장이란 이름이 붙어 있다. 마르크스 거리를 끼고 스베르들로프 광장이 혁명 광장과 마주하고 있고, 그 광장 너머에 볼쇼이 극장 건물이 보인다.

열병식이 거행되었던 붉은 광장에 레닌 묘가 있는데, 그 묘에 안장된 레닌의 미라를 구경하려는 군중이 항상 긴 줄을 만들고 있다. 그 미라가 진짜라느니, 납으로 만든 것이라느니 여러 말이 무성하지만, 그것은 외국인 관광객끼리의 화제이고 이곳 사람하고는 관계가 없는 것 같았다. 그들은 레닌의 미라라고 주어진 이상, 레닌의 미라라고 믿는 것이 틀림없었다.

우리는 모스크바에서 역사 박물관을 보고, 레닌 묘에 가고, 크렘린 안의 박물관을 보고, 오페라를 보고, 미술관을 돌았다.

그러나 제일 재밌었던 것은 하루를 할애해서 75킬로미터 떨어진 자고르스크로 그리스정교 본산을 보러 간 일이었다.

그것을 구경하러 간 덕분에 우리는 모스크바 교외를 드라이브할 수 있었다. 자작나무, 소나무, 전나무, 가문비나무 숲을 품은 대평원을 차가 뚫고 나간다. 아무리 가도 나지막한 언덕이 완만하게 파도치며 이어져 있고, 길을 따라 나무로 된 농가가 점재하고 있다. 농가는 하나같이 판자로 울타리를 친 네모난 부지에 세워졌다. 초라한 목조 집이지만 채광창에 각기 다양한 아이디어를 살려서 하나하나 보는 것이 즐거웠다. 베란다처럼 만들거나 기둥을 세워서 궁전같이 만들어서, 작은 채광창 한 곳으로 즐거움을 집약시킨 듯한 느낌이었다.

자고르스크 사원은 언덕 위에 있었는데 꽤 먼 평원에서도 사원의 커다란 파꽃같이 둥근 첨탑을 볼 수 있다. 그 사원은 정식으로는 트로이체 세르기예프 사원이라고 하며, 1340년에 목조 사원이 세워진 것을 시작으로, 400년 사이에 열한 곳의 사원이 생겨 그리스정교의 본산이라고 할 만한 곳이었다.

흥미로웠던 부분은 신앙심 깊은 지방 노인들이 많이 모여 있는 점이었다. 예배 시간이 끝나자 모든 사원에서 노인들이 나와 보리수가 아름다운 정원으로 흩어져갔다. 젊은 사람의 모습은 안 보였지만, 노인들은 오래된 종교를 믿고 옛날 그대로 신심 깊게 살고 있었던 것이다. 일본에서는 볼 수 없는 풍경이었다.

러시아는 오래된 것과 새로운 것이 섞여 있다. 우리는 시내의 수영장에 가봤는데 일본의 수영장과 많이 달랐다. 여자 의사가 전염병이 있는지 조사하고 그것이 끝나면 온몸에 비누를 잔뜩 칠해서 씻으라고 명령을 한다. 대강 씻으면 다시 씻으라고 명령한다.

수영장에는 헤엄치는 사람이 적었는데, 수영장에 뛰어들기까지 그렇게 귀찮은 절차가 필요하니까 모두들 주저하는지도 모르겠다. 또 수영장 근처에는 긴 장대를 든 여자 감시인이 시계를 보고 서 있다가 물속에 들어가 있는 시간이 길어지면 긴 장대로 수영장에서 올라오라고 재촉한다.

과연 그렇게 하면 수영장에서 병에 감염될 일도 없을 테고 배탈 날 걱정도 없을 것이다. 그러나 수영장에 뛰어드는 즐거움은 완전히 사라져버리고 없었다.

호텔 식당은 밤 9시가 되면 외부 손님한테도 개방된다. 9시 가까이 되면 식당 입구에 젊은 남녀가 기다리고 있는 것이 보인다. 9시 이후 식당은 번잡해진다. 맥주를 마시며 도시의 젊은이들은 명랑하게 까불기 시작한다. 춤은 거의가 트위스트이다. 이런 것은 듣던 것하고 달리 무척 자유스러운 느낌이다. 자유가 지나쳐 방종이라는 면이 있기도 하다. 우리는 처음에 소련이라고 했지만, 러시아 사람들은 좀처럼 소련이라고 하지 않고 러시아라든가 러시아인이라고 한다. 우리도

그들을 따라서 여행 내내 러시아나 러시아인이라고 부르기
로 했다.

영웅의 도시 레닌그라드

레닌그라드에 간 것은 5월 13일이었다. 우리는 거기에서 눈
을 만났다. 쌓이지는 않았지만 깃털처럼 가벼운 눈 조각이 춤
추고 기온이 내려가서 무척 추웠다. 새삼스럽게 우리는 레닌
그라드가 북국의 도시이고 하물며 긴 겨울이 아직 완전히 끝
나지 않았다는 사실을 절감했다.

　레닌그라드도 모스크바하고 똑같이 보리수 가로수가 아름
다운 도시이다. 가로수는 얼른 보기에 포플러 비슷하지만, 보
리수는 줄기가 까맣고 아직 싹이 돋지 않았다. 포플러는 지금
한창 싹이 돋는 아름다운 시기이다. 일본의 포플러는 높이 솟
구치지만 러시아의 포플러는 옆으로 퍼진다.

　레닌그라드의 인상은 한마디로 고도古都였다. 모스크바는
생긴 지 800년, 레닌그라드는 생긴 지 250년 정도 된다. 그
러나 모스크바는 두 번 재건되었기 때문에 레닌그라드 쪽이
오래된 도시라는 인상이 강하다.

레닌그라드는 제2차 세계대전 때, 독일군의 포화로 시내의 75퍼센트에 달하는 건물이 전파, 혹은 반파되었다고 하는데 그런 흔적은 보이지 않았다. 전화를 입기 전의 도시가 멋있게 복원되어 있기 때문이다. 일본이라면 이런 일은 꿈에도 생각 못 한다. 전화를 입은 도시는 한결같이 옛날 도시하고는 전혀 안 닮은 무성격의 도시로 새로 태어난다. 레닌그라드는 독일군의 공격을 견뎌내고 함락되지 않은 영웅도시이다. 독일군이 포위한 3년간, 레닌그라드에서 육십삼만 명의 아사자가 나왔다고 한다. 그래도 여전히 굴복하지 않았으니 진정한 영웅도시라고 할 수 있다.

이 영웅도시는 나한테는 베이징, 파리와 함께 내가 알고 있는 가장 아름다운 도시이다. 시내를 흐르는 네바 강은 라도가 호수에서 시작해서 핀란드 만으로 들어가는데, 델타 지대에서 40여 갈래의 지류로 갈라져 101개의 작은 섬을 만들고 있다. 레닌그라드는 그 101개의 섬으로 이루어진 도시이다. 따라서 다리가 100여 곳에 이른다. 말 그대로 물의 도시이다.

우리는 시내 중심부의 아스토리아 호텔에 묵었다. 레닌그라드에서는 제일 좋은 호텔로, 히틀러는 이 도시를 점령하면 이 호텔에서 연회를 열 계획이었다고 한다.

호텔은 이사크 광장에 면하고 있어 이사크 사원, 마리아

궁전, 집행위원회 건물 등과 함께 광장을 둘러싸고 있다. 이
사크 사원은 바티칸, 노트르담 등과 함께 유럽의 5대 사원 건
축물 중 하나로 손꼽히며 현재는 박물관으로 사용된다.

나는 호텔에 드나들 때마다 이사크 사원을 올려다보았다.
네모난 탁상시계처럼 단단하고 안정감이 있어, 이렇게 안정
감이 있는 건물은 좀처럼 없지 않을까 싶다. 사원 지붕은 금
빛으로 빛나고 있지만 전시 중에는 폭격을 피하기 위해서 녹
색 페인트를 칠했다고 한다. 언제나 망루 위에 관광객의 모습
이 콩알처럼 조그맣게 보인다.

건물에 대해서 쓴 김에 또 하나 아름답다고 생각한 사원을
소개하겠다. 스고르니 사원이다. 그 건물의 색은 보리수나무
사이로 보면 많이 빨아서 색이 바랜 소녀의 세일러복 같은
느낌인데 표현할 길 없이 아름답다.

레닌그라드에서 제일 유명한 관광지는 말할 것도 없이 에
르미타주^{겨울궁전}이다. 에르미타주는 호텔 근처에 있는데 그
모습과 고풍스러운 색은 루브르를 떠오르게 한다. 궁전이기
때문에 내부는 훌륭하다. 지금은 미술관으로 변했고 엄청난
수의 진열품이 있어서 우리는 그림만 보기로 했다. 스물다섯
점이나 있는 렘브란트는 과연 이 미술관 아니고는 볼 수 없
는 것들이었다. 다빈치는 두 점 있다. 루브르나 우피치의 다
빈치를 본 사람은 그다지 감탄하지 않을 것이다. 마리아 모자

상의 언 듯한 청순함 속에서 다빈치가 느껴질 정도이다. 르네
상스기의 작품에는 특기할 것이 없을 것 같지만 세잔, 마티
스, 피카소, 고갱 등은 하나같이 엄청난 작품 수로 두 방에 걸
쳐서 전시되어 있다. 에르미타주에서 재미있었던 것은 황금
의 방이었다. 출토된 금장식품이 전시되어 있었는데 하나같
이 정교하기 짝이 없었다.

에르미타주에 대응해 여름궁전이라는 것이 레닌그라드 서
쪽 30킬로미터, 핀란드 만에 면한 곳에 있어서 레닌그라드를
방문한 사람들이 가는 관광명소이다. 우리도 그곳에 갔는데
해안에 면한 넓은 정원은 공원이 되어 있었다. 속칭 분수공원
으로 불리는 만큼 무턱대고 많은 분수가 조성된 부분이 이색
적이었다.

분수공원 구경은 그다지 재미없었지만 거기에 가는 드라
이브 도중에 귀족의 별장들이 점점이 여기저기 남아 있는 모
습을 볼 수 있었던 것은 큰 수확이었다. 러시아 고전 스타일
의 작은 궁전들이 차창 밖을 잇따라 뒤로 날아간다. 하나같이
보수해서 국가에서 관리하고 있지만 오래된 러시아 소설을
읽는 데 도움이 되는 고마운 구경거리였다.

또 하나 레닌그라드 관광 일정에 반드시 들어가는 곳으로
페트로파블롭스크 요새가 있다. 네바 강을 끼고 겨울궁전과

마주 보는 지점에 있으며, 내부에 같은 이름의 사원이 있고, 레닌그라드에서는 가장 높은 금빛 첨탑을 갖고 있다. 요새는 1703년에 만들어졌는데 시내에 있어서 군사요새 역할을 제대로 못했는지, 그 후 황제의 조상을 모시는 사원으로 바뀌고 대관식을 거기에서 거행하게 되었다. 18세기 말에는 정치범 감옥으로 사용되었고, 고리키도 거기에 갇혔지만 세계 문학가들의 반대 운동으로 석방된 것은 유명한 일화이다.

레닌그라드에서 가장 인상 깊었던 것은 그 어떤 관광명소도 아니고 도시의 아름다움이었다. 나는 거리를 걷는 것이 제일 즐거웠다. 눈가루가 마치 꽃가루라도 날리듯이 춤추는 가운데 시민들은 완벽한 겨울차림으로 길을 걷는다. 여자들은 대부분 코트를 입고 털 머플러로 얼굴을 감싸고 있다. 우리는 작가협회 사람들의 안내로 그렇게 가루눈이 춤추는 거리를 걸어서 번화가에 위치한 어느 빌딩 1층에 있는 커다란 카페에 갔다. 진한 커피와 아이스크림을 대접받았다. 나는 그 카페에서 많은 멋쟁이 아가씨들을 보았다. 실크해트를 쓴 아가씨도 있었다. 배우 아니면 발레리나일까 생각돼서 물어봤더니 그렇지 않고 보통 가정의 아가씨인데 최근의 변화라고 비난하는 말투로 동행자가 설명했다.

레닌그라드에서 가장 번화한 거리는 넵스키 거리인데 출퇴근 무렵이면 넓은 거리가 사람으로 메워진다. 꼼짝도 할 수 없는 혼잡함은 몸집들이 큰 만큼 무섭다. 저녁 무렵 긴자의 혼잡과는 비교도 되지 않는다. 묘하게 시커먼 에너지가 흐른다. 이런 데 진짜 러시아가 있는 것이 아닐까 하는 느낌이었다.

네바 강은 당당한 대하로 수량이 풍부하다. 시가지를 관통하여 흐르는 강 가운데 내가 지금까지 본 것 중 이 강이 가장 훌륭했다. 맞은편을 보면 완전히 베네치아 같은 느낌이다. 뉴욕의 허드슨 강도 수량이 풍부하지만 그것은 어디까지나 보통 수준이다. 네바 강의 경우는 강기슭을 따라 건물이 늘어서 있고, 수로가 시가지로 들어온 곳도 많아서 정말로 베네치아를 연상시키는 구석이 있었다.

이르쿠츠크로 날아가다

시베리아의 두 도시, 이르쿠츠크와 하바롭스크를 구경한 것은 나한테는 큰 수확이었다. 가능하면 야쿠츠크까지 가보고 싶었지만 일정 관계상 그것은 어려웠다.

이번 여행도 끝나가고 있다. 모스크바에서 비행기로 이르쿠츠크로 향했다. 도중에 비행기는 옴스크에서 한 시간 쉰다. 모스크바에 옴스크까지 세 시간, 옴스크에서 이르쿠츠크까지

한 시간이다.

이르쿠츠크는 일본의 메이지 시대의 서양관 같은 오래된 목조 가옥들이 많은 차분한 도시였다.

우리는 시내의 호텔에 묵었다. 호텔 시히르^{호텔 시베리아}라고 하는 5층 건물로, 건물도 방도 차분한 것이 제법 괜찮았다.

이 이르쿠츠크라는 도시는 300년 전에 만들어졌고, 현재는 인구 삼십만, 동시베리아의 중심도시이다. 1662년에 야코프 파하프라는 사람이 군대를 이끌고 이곳에 와서 요새를 지은 것이 시초로, 요새가 만들어진 20년 후에 도시가 완성되었다. 따라서 야코프 파하프가 도시의 창립자가 된다. 이 도시의 상징물은 야생 고양이가 검은 담비를 물고 있는 묘한 것인데, 들고양이는 힘의 상징이고 검은 담비는 재물을 나타낸다고 한다. 도심은 오랫동안 몽골, 중국 상대 무역 중심지로 유명했으며 이 도시에서 차나 모피가 거래되었다.

도시의 건물들은 거의가 목조이다. 여러 번 큰불이 나서, 특히 1879년의 화재로 도시의 3분의 1이 재가 되었다. 그 화재 이전, 즉 1879년 이전의 건물로는 지금 겨우 두 곳의 사원이 남아 있을 뿐이다. 이 도시는 19세기에는 형사범, 정치범들의 유형지였다. 지금 도시에서 가장 큰 대로인 칼 마르크스 거리를 경계로 한쪽은 추방자들의 주거 지역, 다른 한쪽은 서민들의 주거 지역이었다고 한다.

우리는 버스로 시내를 구경했는데 건물의 유리창이 이상하게 낮은 것이 눈에 띄었다. 안내원의 설명으로는 도로가 높아졌기 때문이라고 하지만 그 이유만은 아닌 것 같았다. 역시이 지방의 건축양식 중 하나일 것으로 생각된다. 목조 가옥이 대부분이고 그 가운데 벽돌집도 섞여 있었지만, 양쪽 다 메이지 시대의 서양관이 처마를 맞대고 나란히 늘어선 모습을 상상하면 된다.

어디를 보나 말 그대로 시베리아의 도시였다. 가로수 그림자가 길바닥에 차갑게 떨어져 있는 도시이다. 우리는 19세기 수도원에 갔다. 대화재 이후에 지은 건물이지만 이 도시에서는 오래된 건물에 속하고 실제로 고색을 띄고 있어서 재미있었다. 현재도 사용되는 사원으로 천정도, 사면의 벽면도, 이콘과 성화로 메워져 있었다. 경내에 러미 회사 창설자이자 대탐험가였던 셸리호프의 무덤이 있다. 또 추방된 정치범 남편을 그리워해 찾아온 열녀의 무덤도 있다. 안내원의 설명에 우리는 고개를 숙이고 경의를 표했다.

수도원에서 나와 근처 공원을 거닐었다. 손질이 많이 안된 공원으로 가로수 사이의 길을 유모차를 밀면서 아이에게 일광욕을 시키고 있는 여성들 모습이 여기저기에 보인다. 공원은 시골 공원이라는 느낌으로 조용하고 사과꽃이랑 칠레오므하라고 하는 작은 하얀 꽃이 피어 있었다. 칠레오므하 꽃으로 향수를 만든다는데 과연 향수 냄새가 났다.

저녁나절 우리는 오래된 건물이 양쪽에 가득한 칼 마르크스 거리를 걸었다. 에노모토 다케아키가 마차에서 내려서 걸었다는 큰길이다. 여기서 산책하는 일에는 뭔지 모르게 가라앉은 쓸쓸함이 느껴졌다. 시베리아 출병 당시는 병사로, 전후에는 포로로, 많은 일본인이 여러가지 감회를 품고 걸었던 거리이다.

이르쿠츠크 시에서 바이칼 호반까지는 차로 한 시간 40분이다. 그 한 시간 40분의 드라이브 덕분에 나는 시베리아 들판이라는 것을 아주 잠깐이긴 하지만 어쨌든 가깝게 느낄 수가 있었다. 길은 밀림의 한가운데를 관통한다. 소나무, 전나무, 자작나무 등의 울창한 숲은 장관이다. 특히 자작나무의 하얀 줄기와 그 싹이 아름답다. 우리가 간 것은 6월 2일이었지만 이 지방은 겨울이 지나고 겨우 봄이 온 느낌이었다.

밀림이 끊기면 인가가 모여 있는 마을이 나타났다가 다시 밀림이 이어진다. 인가는 하나같이 도로에 면한 유리창을 열어놓았고 그 창문의 양식이 재미있다. 창은 삼중창으로 제일 바깥 유리창은 좌우로 여닫게 되어 있으며, 그 안쪽에 이중창이 끼워져 있다. 이중창 사이에는 화분이 놓이거나 아름다운 커튼이 걸려 있는 등 창을 장식하는데 신경을 많이 쓰고 있었다. 유리창을 그렇게 장식하는 것이 이 지방 농가 특유의 풍습일 것이라고 생각되었다. 물론 목조 가옥뿐으로 지붕 또한 판자로 덮여 있었다. 겨울철에는 눈이 많이 오기 때문에 지붕을 판자로 한 것은 눈을 대처하기 위한 특별한 수단일 것이다. 언덕이 완만하게 파도치는 듯한 지형 속에서 길은 이어지고, 차는 완만하게 올라갔다 내려갔다를 반복했다.

바이칼 호반의 작고 밝은 박물관에서 관장이 호수에 대해 설명하는 것을 듣는다. 호수와 늪 연구소도 같은 건물 안에 있고, 바이칼 호의 생물과 동물의 생태를 조사하려면 이 박물관에 꼭 들러야 한다. 이 호수는 담수이지만 바다표범이 살고 있다. 태곳적에 이 호수는 바다와 연결되어 있었는데, 바다와의 연결이 끊길 때 우물쭈물하는 사이에 왕따를 당해서 낙오한 바보 같은 바다표범이었던 셈이다. 그 바보 같은 바다표범의 자손들이 지금 여기에 살고 있다.

호숫가 언덕으로 올라가본다. 길이 급경사를 이루고 있는데다가 낙엽이 잔뜩 깔려 있어서 구두가 미끄러져서 올라가기 어려웠다.

돌아올 때는 유람선으로 이르쿠츠크로 향한다. 바이칼 호에는 삼백 몇 십 갈래의 강이 흘러들어오는데 그중에 오직 하나만이 밖으로 흘러나간다. 그 단 하나의 흘러나가는 강을 타고 배는 내려간다.

배에서 보면 호숫가는 자작나무 숲으로 메워져 있었고, 군데군데 언덕이 다가오기도 하고 작은 산이 겹쳐진 것도 보인다.

하바롭스크

이르쿠츠크에서 하바롭스크까지는 비행기로 두 시간. 하바롭스크에서는 작년에 새로 생겼다는 새 호텔에 묵는다. 방문 손잡이가 좀처럼 돌아가지 않는다. 어딘가에 이런 결함이 있는 것은 이 호텔에 한하지 않고 러시아 어디나 똑같다.

하바롭스크도 이르쿠츠크와 비슷하지만, 지형적으로 업다운이 있는 점만이 다르다. 이곳은 아무르 강을 따라 연이은 세 개의 언덕 위에 생긴 40킬로미터 길이의 도시이다. 그 외에는 가로수가 멋진 것도, 목조 가옥이 많은 것도, 도로에 면한 커다란 삼중창이 열려 있는 것도 이르쿠츠크와 같다.

거리는 이르쿠츠크보다 한층 더 조용한 느낌이다. 여기까지 오면 같은 시베리아라고 해도 극동이자 땅 끝이라는 착 가라앉은 분위기가 도시 전체를 점령하고 있다.

우리는 하바롭스크에서 일본인 묘지에 참배했다. 깨끗이 청소된 묘지에 몇 십 개 되는 묘비가 세워져 있었다. 마침 유족들이 단체로 와 있어서 우리도 그 단체에 껴서 묘비 하나하나에 고개를 숙이고 다녔다. 담배를 잘게 잘라서 묘석 위에 올려놓는 여성의 모습이 눈길을 끌었다.

우리는 작가동맹 하바롭스크 지부 사람들의 안내로 아무르 강 유람선을 탔다. 배가 강 중간에 나갈 때쯤부터 비가 오기 시작했다. 강은 과연 대흑룡강다운 관록을 지니고 있었다. 누렇고 탁한 물이 도도하게 흐르고 커다란 기선과 끌배가 오가고 있었지만 그것들이 작아 보였다. 난징 부근의 양쯔 강 정도일까? 혹은 더 넓을지도 모른다. 강이라는 느낌은 전혀 안 난다. 아무르 강에서도 이 부근이 쑹화 강의 물이 모이는 곳이기 때문에 강폭이 가장 넓다고 한다. 3킬로미터에서 6킬로미터 정도 된다고 나이만이라는 소수민족 출신의 작가 호지야 씨가 설명한다. 그때그때의 수량으로 강폭이 배가 되기도 하고, 반이 되기도 한단다. 하바롭스크 시 반대편 기슭이 비로 뿌옇게 번져 보이는데 그것은 반대편 기슭이 아니라 강 가운데에 생긴 모래톱이라고 한다.

우리를 태운 배는 쑹화 강과 합류하는 지점까지 갔지만, 어느 쪽이 상류이고 어느 쪽이 하류인지, 또 어느 것이 본류이고 어느 것이 쑹화 강인지 전혀 알 수가 없었다. 갑판으로 나가자 강바람이 무척 찼다.

　요새 일본에서 오는 여행객은 배로 나홋카에 상륙하여, 거
기에서 하바롭스크까지 기차로 가고, 하바롭스크에서 모스
크바까지는 비행기로 날아간다. 나홋카─하바롭스크 간 기
차 여행에서는 시베리아 들판을 지겨울 정도로 보게 된다. 우
리는 왕복 코스를 잡았기 때문에 두 번 기차 신세를 졌다. 갈
때는 나홋카 오후 6시발 기차를 타고 다음 날 오후 3시 10분
에 하바롭스크에 도착했다. 돌아올 때는 하바롭스크 오후
4시발 기차로 다음 날 오후 1시에 나홋카에 도착한다. 스물
한 시간의 여행이다.
　여기에서는 나홋카에서 하바롭스크에 간 5월 7일부터 8일
에 걸쳐 차창으로 본 철로가 풍경에 대해 쓰겠다.
　객실은 2인실인데 일본의 일등침대칸에 비해 경쾌하지는
않지만 중후한 느낌으로 제법 괜찮게 만들어졌다.
　다음 날* 아침 7시 30분에 잠이 깬다. 루지노라는 역에 기
차가 멈춰 있다. 승강장에 나가서 운동을 한다. 한겨울 추위
이다. 빨간 모자에 까만 망토, 긴 장화를 신은 거구의 남자가
홈에 서 있는데 역장 같았다. 역 주변은 벌거벗은 나무 숲으

---

* 5월 8일

로 평원에 생긴 도시이다.

기차는 습지 들판을 계속 달린다. 언덕이 멀리, 가까이 파
도친다. 완전히 회색의 풍경이지만, 그 가운데 연녹색 싹이
튼 나무들이 눈에 띈다. 긴 겨울이 끝나고 봄이 오려고 하고
있다. 습지대도 조금 푸른빛을 머금고 있다. 습지에는 돌멩이
처럼 둥글게 뭉친 흙이 뒹굴고 그 모든 흙덩어리 표면에 파
란 풀이 자라고 있다. 그런 흙덩이가 습지대에 온통 흩어져
있다. 홋카이도 천연기념물인 푸른빛 나는 녹조류 마리모*가
뒹굴고 있는 것 같다.

8시 30분에 이만이라는 도시에 도착한다. 부근 경치가 아
름답다. 유럽에서도 미국에서도 못 보던 풍경이다.

11시 40분에 비긴이라는 도시. 배후에 작은 언덕을 짊어
진 도시로 언덕 중턱까지 집이 빼곡히 늘어서 있다. 길에 사
람 모습이 하나도 안 보이는 것이 이상했지만, 그 또한 시베
리아적인 것이리라.

12시경이 되자, 차창에서 보이는 풍경이 겨우 고원 느낌을
띄기 시작한다. 그러나 여전히 습지대라는 것은 예의 파란 마

---

* 모스볼이라고도 하는 둥근 공 모양의 녹조류

리모 같은 흙덩어리가 여기저기에 흩어져 있는 것으로 알 수 있다. 자작나무가 눈에 띄게 많아지고, 낙엽수, 시베리아소나무도 보이기 시작한다. 기차가 나홋카에서 계속 북상하고 있으니까 북으로 감에 따라 식물 분포가 달라지는 것이다.

나뭇가지에 새 집 같은 것이 붙어 있는 것이 눈에 띈다. 일단 알아차리고 나자 여기저기 수없이 많이 보인다. 여자 차장한테 묻자, "패러사이트"라고 대답해준다. 뭔지 몰라도 기생물인 것만은 분명하다.

3시 10분 하바롭스크에 도착할 때까지 기차는 마리모 같은 흙덩어리가 흩어져 있고 패러사이트가 달라붙은 나무들이 점점이 있는, 똑같은 풍경 속을 달린다.

나는 나홋카에서 하바롭스크까지 이어지는 극동의 일부를 유리창을 통해 눈에 담으며, 하바롭스크와 이르쿠츠크라는 두 곳의 동시베리아 도시에서 각각 하룻밤을 보내고, 바이칼 호와 아무르 강에서 노닐었지만, 광활한 시베리아를 떠올리면 눈에 보일까 말까 한 먼지 같은 작은 지점에 잠시 발을 디딘 것에 지나지 않는다. 그래도 발을 디디지 않았던 것보다 디딘 쪽이 좋았다. 시베리아 대자연의 묵묵한 무뚝뚝함과 거기에 조용히 살고 있는 인간의 겸손함은 비록 한순간일지라도 직접 자기 발로 그 땅에 서보지 않고는 느낄 수 없기 때문이다.

나는 러시아 여행에서 돌아오고 나서『오로시야국 취몽담』을 잡지에 연재하기 시작했는데, 이 작품에서 시베리아의 대자연 가운데에 처음으로 놓인 몇 안 되는 일본인의 놀라움을 써보고 싶었다. 이세의 표류민 다이코쿠야 고다유가 일본의 쇄국시대에 오호츠크에서 야쿠츠크, 야쿠츠크에서 이르쿠츠크, 나아가 모스크바, 페테르부르크레닌그라드에 이르기까지 자기 발로 이 광활한 대륙을 계속 걸었다는 사실은 상상하기만 해도 정신이 아득해진다.

러시아 여행에서 가장 강하게 느낀 것이 무엇입니까? 라는 질문에 나는 러시아라는 나라는 넓다, 라고 대답하기로 했다. 나홋카의 부두에서 요코하마로 향하는 배 바이칼 호에 탔을 때, 나는 40일 정도의 러시아 여행을 되돌아보며 잡다한 민족이 벅적대는 중앙아시아의 여러 도시와, 일본해의 조수가 철썩철썩 밀려오는 지금 내가 서 있는 나홋카 부두가 같은 나라라고 나 자신에게 납득시키는 것이 무척 어려웠다.

"대자연 가운데 조그마한 인간이 영위해가는 삶이 느껴지는

묘한 애절함이 시베리아의 풍경이리라."

1907년 5월 6일 홋카이도 아사히카와에서 군의관인 아버지 하야오와 어머니 야에의 장남으로 출생.

1908년 아버지의 근무지 변경으로 어머니와 함께 원적지인 시즈오카 현 이즈 유가시마 섬으로 귀가.

1912년 부모와 떨어져 이즈 유가시마 섬의 양할머니 밑에서 성장.

1914년 유가시마소학교 입학.

1920년 할머니가 사망함에 따라 아버지의 근무지인 하마마쓰로 이사한 후, 하마마쓰 심상고등소학교로 전학.

1921년 시즈오카 현립 하마마쓰제일중학교에 수석으로 입학.

1922년 아버지의 타이완 부임으로 시즈오카 현립 누마즈중학교로 전학. 친척 집에서 통학.

1926년 아버지의 근무지인 타이완으로 갔다가 함께 가나자와 귀국.

1927년 가나자와 제4고등학교 이과 입학. 유도부 연습에 몰두.

1929년 지역 잡지 『일본해시인』에 투고하며 창작 활동을 시작. 도쿄에서 간행된 잡지 『불꽃』에 동인으로 참여.

1930년 제4고등학교 졸업. 규슈제국대학교 의학부를 지망했으나 실패하고 영문학과 입학.

1932년 규슈제국대학교 중퇴. 교토제국대학교 문학부 철학과에 입학해 미학 전공.

1935년 교토제국대학교 교수 아다치 분타로의 딸 후미와 결혼.

1936년 교토제국대학교 졸업. 『선데이 마이니치』에 투고한 소설 『유전 (流転)』이 계기가 되어 마이니치신문사 오사카 본사에 입사해 『선데이 마이니치』 편집부 근무.

1937년 중일전쟁에 징집되어 포병부대 배속 후 중국 북부에 주둔.

1938년 병으로 본토 송환된 후 제대. 『선데이 마이니치』 학예부 복귀.

1950년 「투우(闘牛)」로 제22회 아쿠타가와상 수상.

1951년 마이니치신문사 퇴사. 창작활동과 취재, 강연을 위해 여행.

1958년 『덴표의 용마루(天平の甍)』로 예술선장 문부대신상 수상. 대표시집 『북국(北國)』 간행.

1959년 『빙벽(氷壁)』으로 일본예술원상 수상.

1960년 『둔황(敦煌)』과 『누란(楼蘭)』으로 마이니치 예술대상 수상. 마이
니치신문사 특파원으로 로마에서 한 달 반 체류한 뒤, 올림픽
종료 후 유럽 여행.

1961년 『요도의 일기(淀どの日記)』로 제14회 노마문예상 수상.

1962년 자전 소설 『시로밤바(しろばんば)』 발표.

1964년 『풍도(風濤)』로 요미우리 문학상 수상. 미국 정부의 초청으로 장
남 슈이치와 함께 미국에 두 달간 체류한 후 귀국.

1965년 한 달간 중앙아시아를 여행하며 실크로드의 흔적을 탐사.

1966년 『오로시야국 취몽담(おろしや国酔夢譚)』 연재.

1968년 『오로시야국 취몽담』 조사차 소련을 방문하여 약 40일간 체류.
귀국 후 단행본으로 간행.

1969년 『오로시야국 취몽담』으로 신초샤 제1회 일본문학대상 수상.

1971년 가을에 3주간 아프가니스탄, 네팔 등지 여행.

1973년 2주간 아프가니스탄, 이라크, 터키 등지 여행.

1975년 중국방문 일본문학대표단의 단장으로 소설가 시바 료타로 등과
함께 서안, 연안 등 중국 각지를 여행.

1978년 『나의 서역기행(私の西域紀行)』 연재. 봄에 남경, 소주 등 중국 각
지를 한 달여간 여행하고, 가을에 2주간 아프가니스탄, 파키스
탄 등지를 여행.

1979년 8월에 3주간 둔황, 우루무치 등 서역 각지를 여행.

1982년 『혼카쿠보 유문(本覚坊遺文)』으로 신초샤 제14회 일본문학대상
수상. 수차례 중국 방문.

1983년 세 차례 중국 여행.

1987년 『공자(孔子)』 발표.

1988년 나라 실크로드 박람회 총프로듀서 담당.

1991년 1월 29일 사망.

서정성 넘치는 시적 여행기

이노우에 야스시는 메이와 시대1764·1771부터 이어져온 이즈伊
豆 지역의 의사 가문에서 1907년 태어났다. 아버지 하야오는
육군 군의관으로 근무하고 있었고, 증조부 기요시는 명의로
명성을 떨친 인물이었다. 증조부에 대해 야스시는 "별 볼 일
없는 시골 의사 집안에서 간신히 내 자존심을 지탱하게 해준
유일한 인물이었다"라고 회고하고 있다.

  1912년 여동생이 태어나자 야스시는 증조부의 작은부인
핏줄은 아니지만 호적상의 할머니에게 맡겨져 할머니가 사망하는 시기
인 초등학교 6학년까지 부모와 떨어져 이즈에서 살게 된다.
첩이라는 신분 때문에 본가와 동네에서 괄시받던 할머니와
의 동거 생활을 야스시는 "상당히 강한 동맹관계를 맺고 마
을사람과 친척들을 적으로 돌리며 살았다. 이 동맹감은 할머
니가 죽은 지 40년이 지난 지금도 내 마음속에 그대로 존재
한다*"라고 술회하고 있다. 이 유년 시절의 특이한 경험이

---

* 이노우에 야스시, 「나의 자기형성사」, 『어린 시절·청춘방랑』, 신초샤, 1976

작가 이노우에 야스시를 형성하는 데 큰 그림자를 드리웠다.

야스시는 가업을 이어 의사가 되기 위해 1930년 가나자와 제4고등학교 이과에 입학했으나, 시詩와 유도에 열중한 탓에 규슈제국대학교 의학부 시험에 떨어진다. 정원 미달인 법문학부에 입학했다가 교토대학교 철학과로 편입한다. 교토대학교 3학년 재학 중이던 야스시는 가명으로『선데이 마이니치』현상소설에 응모하여 가작으로 뽑히고, 1934년에 같은 가명으로 응모한 작품이 입선해서 상금을 받는다. 300엔의 상금은 당시 대졸 신입사원 연봉의 반에 해당했다. 그 뒤로 이름을 바꿔가며 계속 현상소설에 당선되어 금전적으로 풍족한 대학 생활을 보냈다고 한다.

1936년 본명으로『선데이 마이니치』장편 대중문예소설 모집에 응모한『유전』이 지바 가메오상을 수상하자 야스시는 마이니치신문에 입사하게 된다. 그 후 1949년「엽총獵銃」을 발표할 때까지 단 한 편의 소설도 발표하지 않고, 학예부 기자로 종교 난과 미술 난을 맡아 미술 평론을 쓰는 등 착실한 기자 생활을 보낸다. 1937년에는 중일전쟁에 동원되기도 했으나, 이듬해 각기병으로 제대하여 다시 마이니치신문에 복귀하고, 뛰어난 문장력을 인정받아 1945년 8월 15일의 패전일 사회면 톱기사를 쓰기도 했다.

1948년 다시 소설을 쓰기 시작하여 1949년「엽총」이『문

학계』에 게재되고 두 번째 복귀작인 「투우」가 1950년 제22회 아쿠타가와상을 수상한다. 소설 주문이 쇄도하여『검은 조수黯い潮』,「죽음과 사랑과 파도와死と恋と波と」,「뇌우雷雨」 등을 발표하고 1951년 집필에 전념하기 위해 신문사를 퇴사한다.

이노우에 야스시는 시인이자 소설가로서 일본의 중요 문학상이란 문학상은 거의 다 수상한 대작가이다. 가장 큰 상훈인 문화훈장을 수상한 일본예술원 회원이며, 제9대 일본펜클럽회장, 국제펜클럽부회장을 역임했다. 그는 문단의 신사라고 평해지며 타인에 대한 배려가 깊은 원만한 생활인이었다. 한편 일본 사소설 작가들이 흔히 보이는 사회 정치적 무관심이 두드러지는 작가로, 이 점이 비평가들로부터 비판의 대상이 되기도 했다. 하지만 신변에 가깝고 일상적인 삶에 대한 애착이 독자들을 매료시키는 요인이 되었다.

『방관자傍観者』1951 등 11권의 시집을 펴냈으며, 생애 최초의 수상작이라 할 지바 가메오상 수상작『유전』을 비롯해 제22회 아쿠타가와상 수상작 「투우」, 일본예술원상 수상작『빙벽』, 마이니치 예술대상 수상작『둔황』, 몽골과 일본 침공의 첨병을 맡아야 했던 고려를 그린 요미우리 문학상 수상작『풍도』 등 중요 문학상을 거의 다 휩쓴 장편소설들을 비롯하여 영화화된 작품이 32편, TV 드라마로 방영된 작품이 11편에 이른다.

그는 또한 역사적 사실에 입각한 정확한 기술과 자료의 면밀한 검토에 의한 집필을 고수하는 성실한 자세를 견지하는 작가이다. 그 작가적 자세가 이 기행문에도 그대로 투영되어 있다. 이 기행문집은 야스시가 펴낸 네 권의 기행문집제1권『일본 여행』, 제2, 3권『실크로드 기행(상, 하)』 가운데 마지막 권인『북에서 유럽으로北からヨーロパへ』이다. 1960년대에서 1970년대에 걸친 러시아 기행, 로마올림픽 관람기, 프랑스, 스페인 그리고 뉴올리언스, 시애틀 등의 미국 기행문이 수록되어 있다.

이 책의 해설에서 후쿠다 히로토시는 이렇게 말하고 있다. "어떤 자리에서 각자의 수집벽이 화제에 올랐을 때, 야스시가 말하기를 자기는 이렇다 할 수집벽은 없지만 굳이 들자면 여행이 아닐까 싶다고 했다. 실제로 이노우에 야스시는 여행의 작가였다. 그 컬렉션이 이 책이다."『나의 서역기행私の西域紀行』의 해설에서 다나카 준조는 이렇게 말하고 있다. "이 책에는 아직 못 가봤을 때 상상으로 그리던 이미지와 실제로 현장에 섰을 때 느낀 이미지 사이의 간극, 다시 말해 마음속 캐치볼이 온갖 곳에 전개되어 있다. 많은 교시를 받게 된다. 이미 현장에 간 일이 있는 사람도, 앞으로 가려는 사람도, 그리고 후세의 사람도 의지해야 할 귀중한 정열의 기록이다."

이러한 해설들은 꼼꼼하게 여행지에서의 모든 것을 기록하고, 강행군인 여정에도 불구하고 밤이면 어두운 차 안에서라이터 불에 의지해 노트를 정리하던 이노우에 야스시의 성실한 작가적 자세에 대한 존경심으로 차 있다.

수많은 자료를 섭렵하여 역사적 사실에 충실한 동시에 풍부한 상상력을 구사한 예술작품으로 승화시킨 야스시의 역사소설들은 그의 취향이자 컬렉션인 여행을 통해 완성된 것이다. 이 책에 수록된 두 번의 러시아 여행은 제1회 일본문학대상 수상작이자 다이코쿠야 고다유와 선원들의 러시아 표류를 다룬 『오로시야국 취몽담』에 생생하게 담겨, 주인공들이 느꼈을 감회로 연결되고 있다. 1782년 12월 13일 고향 이세伊勢를 출발하여 에도로 출항한 신쇼마루호는 풍랑을 만나 북으로 표류하게 된다. 선장 다이코쿠야 고다유 이하 열여섯 명의 선원은 8개월간의 표류 끝에 알류샨열도 암치트카섬에 도착하지만 표류 기간에 선원 한 명이 죽는다. 섬 사람들이 잘 대해주지만 오랜 표류 생활에 쇠약해진 선원들은 두 달이 지나자 열 명밖에 남지 않는다. 선원들은 러시아어를 배우며 3년을 보낸다. 1784년 한 명이 또 죽고 남은 아홉 명은 여름에는 해달이나 바다표범을 잡고 겨울에는 지하 토방에 틀어박혀 간신히 연명한다.

3년 만에 러시아 배가 기항하나 귀국의 꿈을 고대하던 기쁨도 잠시, 폭풍우로 배가 하루 만에 파선된다. 그들은 직접 배를 만들기로 결심하고 1년 만에 완성시켜 섬을 떠난다. 캄차카를 거쳐 니지네캄차카에 도착하지만 그사이 다시 세 명을 잃는다. 남은 여섯 명은 1789년 이르쿠츠크로 옮겨져 러시아제국 광물 조사관 락스만을 만나게 된다. 락스만의 알선으로 고다유는 페테르부르크에 가서 에카테리나 2세 여왕을 알현하고 귀국 탄원서를 낸다. 그사이 동상으로 다리를 잃은 쇼죠는 러시아정교에 귀의하여 귀국을 포기하고 일본어 교사로 러시아에 남는다.

겨우 귀국 허가가 났지만 한 명은 쇼조와 함께 러시아에 남고, 귀국한 것은 고다유와 고이치, 이소키치 세 명뿐이었다. 이들은 1793년 홋카이도의 하코다테에 도착하지만, 도쿠가와 막부의 하선 허락을 기다리는 동안 고이치가 괴혈병으로 죽는다. 결국 에도에 도달한 것은 고다유와 이소키치 둘뿐이었다. 그들도 에도에 연금되어 끝내 고향 땅을 밟지 못한 채 삶을 마감한다.

『오로시야국 취몽담』을 러시아어로 번역한 보리스 라스킨은 고다유를 일반 평민이지만 지혜로운 인물이었다고 평하며, 러일 외교와 무역 관계 수립에 관심이 많았던 과학자 락스만을 만난 것은 행운이었다고 말한다. 쇄국 정책을 고수하던 일본 정부는 러시아와의 국교 체결을 거부하여 국교 수립은 불발했지만, 보리스는 이 소설을 마음을 설레게 하는 과거로의 여행, 고다유라는 뛰어난 인물의 삶과 공적에 관한 흥미

진진한 이야기라고 언급하고 있다.[*]

시베리아 기행문에는, 1874년 러시아 공사로 부임하여 임기를 마치고 두 달에 걸쳐 시베리아를 횡단하여 귀국한 에노모토 다케아키의 여정과 1892년 말을 타고 시베리아를 횡단한 후쿠시마 야스마사 대령의 발자취도 드러난다. 그들의 일기와 보고서는 러시아 전쟁 발발 가능성을 전제로 각지의 풍토, 지리, 군비 등을 상세히 기록한 보고서이기도 하다. 1960년 마이니치신문 특파원 자격으로 로마올림픽 관람기를 연재한 야스시는 올림픽 종료 후 이탈리아, 스위스, 프랑스, 스페인을 거쳐 미국 여행길에 오른다. 유럽 여행은 「로마의 여관ローマの宿」1961, 「론 강ローヌ川」1964 등의 작품으로, 미국 여행은 장편소설 『바다わだつみ』1966라는 작품으로 결실을 맺었다.

이 책에는 여행이라는 것이 목숨을 건 위험한 모험이었던 시절, 세계 각지를 답파한 선구자들에 대한 추모와 애도의 염이 담겨 있다. 야스시는 과거 그 거리를 걸었던 일본인의 삶을 시적인 문장으로 재현한다. 작중 인물에 대한 작가의 감정이입이 이 글을 단순한 여행기가 아닌 서정성 넘치는 서사시로 승화시킨다. 서두에 그는 산문에 가까운 세 편의 시를 실은 것이 이채로운데, 생전에 야스시는 무로 사이세이의 「눈

---

[*] 보리스 라스킨, 「마음은 늘 여행 중」, 『이노우에 야스시』, 쇼가쿠칸, 1991.

내리는 날」이라는 시에서 눈 내리는 날 밖으로 나가지 않고
는 못 배기는 자신의 충동적 감정이 정확히 분석되어 있는
것을 보고, 시가 무엇인지 깨닫고 평생 시와 떨어질 수 없게
되었다고 토로한 적이 있다. 야스시의 시에 대한 애정과 이해
는 그의 딸이자 시인이기도 한 구로다 요시코의 말로 대신할
수 있을 것이다.

'아버지의 시집 『북국』에 수록된 「눈동자」에는, 바람이 강
하게 부는 화사한 봄날, 누군가에게 안긴 어린아이가 마당 귀
퉁이에 있는 오래된 우물을 들여다보고, 깊은 땅속 수면 위에
자기 얼굴이 있고 그 눈동자가 차갑게 자기를 마주 보고 있
다고 느끼는 순간의 마음이 그려져 있습니다. 그때 이런 것이
시로구나, 하고 생각했어요. 설명할 길 없는 느낌을 포착하여
소중하게 여기는 사람이 시인임을 이해한 것이지요. 구태여
암기하지 않아도 그런 시는 저절로 마음에 꽂혀 일생 동안
빠지지 않는다고요[*].'

김춘미 (번역가)

---

[*] 구로다 요시코, 「아버지가 남겨준 것」, 『이노우에 야스시의 세계』, 헤이본샤, 2007.

이노우에 야스시

1907년 홋카이도 아사히카와에서 태어났다. 집안 사정 때문에 여러 지역을 전전하며 성장기를 보냈다. 10대 시절부터 습작을 시작하여 교토제국대학교에서 미학을 공부하면서도 각종 문학작품 공모에 응모하는 등 글쓰기를 계속했다. 1936년 『선데이 마이니치』에 『유전』을 투고한 것을 계기로 마이니치 신문사에 입사하여 종교, 미술, 출판 분야에서 기자 생활을 했고 1951년 퇴사 후 문필 활동에만 전념했다. 1950년 「투우」로 아쿠타가와상을 수상했고 이후 시와 소설을 넘나들며 왕성한 창작활동을 펼쳤으며 예술선장 문부대신상, 마이니치 예술대상, 노마문예상, 요미우리 문학상, 일본문학대상 등 일본의 주요 문학상을 수상했고 1976년 일본 문화훈장을 받았다. 대표작으로 『덴표의 용마루』(1957), 『빙벽』(1957), 『둔황』(1959), 『시로밤바』(1962), 『풍도』(1963), 『오로시야국 취몽담』(1968), 『내 어머니의 연대기』(1977), 『공자』(1989) 등이 있다. 1991년 84세로 생을 마감했다.

옮긴이
김춘미

이화여자대학교 영문학과를 졸업하고 한국외국어대학교 일본어과에서 석사학위를, 고려대학교 국문학과에서 박사학위를 받았다. 현재 고려대학교 일본학연구센터 일본번역원장으로 재직 중이다. 옮긴 책으로 무라카미 하루키의 『바람의 노래를 들어라』, 『해변의 카프카』, 다자이 오사무의 『인간 실격』, 마루야마 겐지의 『밤의 기별』, 무라카미 류의 『사랑에 관한 달콤한 거짓말들』 등이 있다.